KB045921

마왕님,
리트라이!
4

유사 천사
루나 엘레강트
이글

밍크
오르간

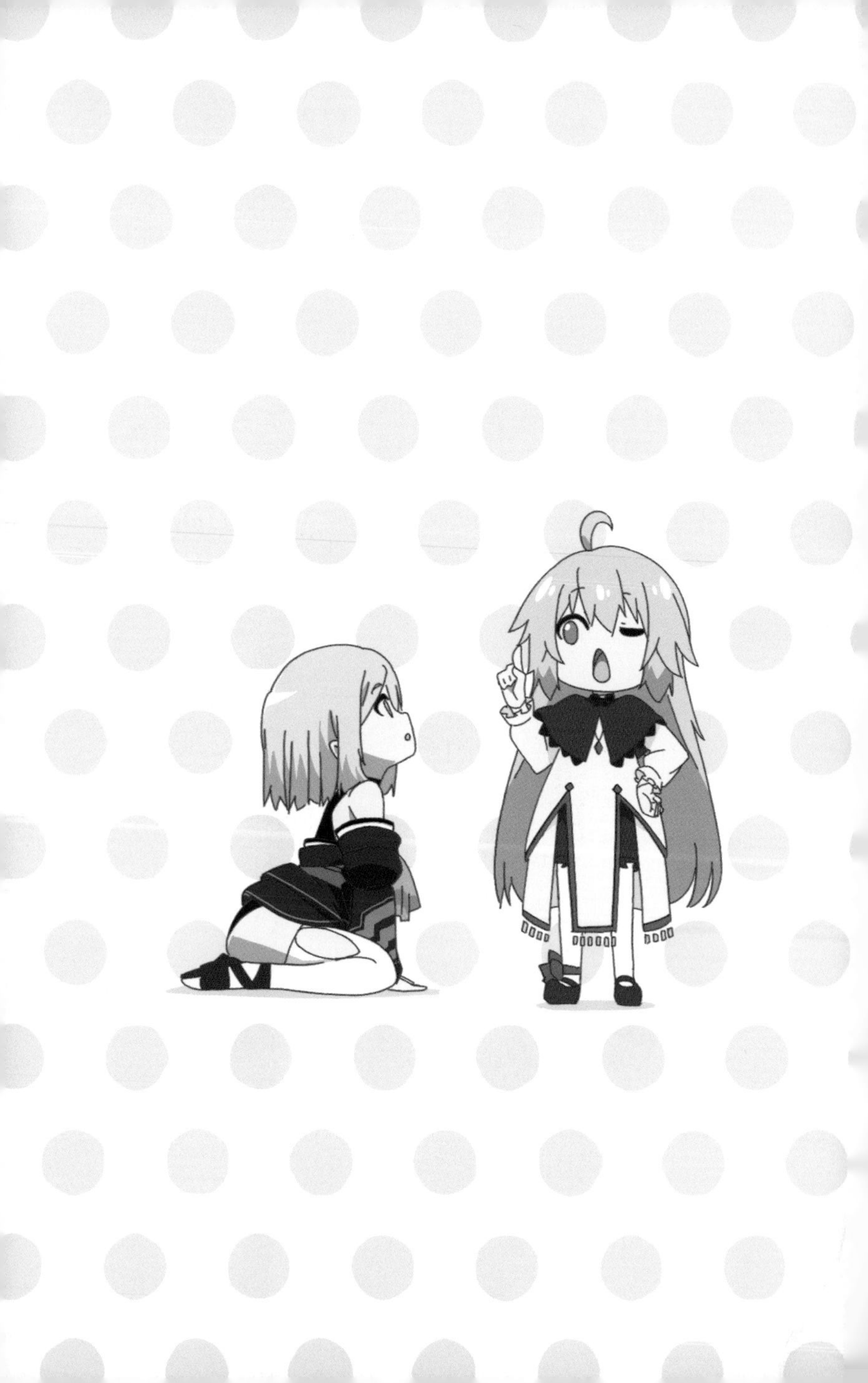

Maousama Retry!

마왕님, 리트라이!

칸자키 쿠로네
Kurone Kanzaki
[ill] 이이노 마코토
Makoto Iino

6 장 전란의 서곡

마왕님, 리트라이! 4

중단 버스데이

———서력 2006년 ×월 ×일———

"해피 버스 데이~ 투~ 유~♪"

헤드폰에서 XX의 중성적인 목소리가 울린다.

음정도 박자도 안 맞는 엉성한 노래다.

요즘 아키라와 XX는 텍스트만이 아니라 목소리도 써서 채팅할 때가 많다.

지금은 당연한 기능이 되어 매일 쓰이게 되었지만, 두 사람이 만났을 때는 아직 보편적인 방식이 아니었다.

"해피 버스 데이 디어 아키라~♪ 반올림하면 벌써 서른~♪"

"시끄러워! 일하라고, 등신아. 직업소개소 안 가냐?"

"거기! '일해'와 '직업소개소'는 금지단어거든!"

"사축처럼 일해. 말이 되라고. 사회의 톱니바퀴가 되어서 신나게 갈리다 죽어."

"아파, 아파! 고막이 아파!"

두 사람의 대화는 늘 이런 식이다.

하지만 아키라의 목소리에도 XX의 목소리에도 상당한 취기가 감돌았다.

"너무하지 않아? 생일인데 혼자 쓸쓸하게 보내는 외톨이 아키라를 위해 함께 놀아주고 있는데!"

"헛소리하지 마. 난 귀찮아서 밖에 나가기 싫은 거야."

"어? 지난번 그 애는? 벌써 끝났어?"
"오래됐거든. 서로 가볍게 즐긴 거라 음속으로 끝났거든요."
아키라는 말하면서 잔에 위스키를 따랐다.
딸그락. 얼음이 경쾌한 소리를 냈다.
"또 적당히 누군가를 찾을 거야. 어차피 금방 찾을 테고."
잔이 점점 비워진다.
소리를 듣기만 해도 어마어마한 속도로 마신다는 걸 알 수 있었다.
——2006년.
오오노 아키라가 가장 막장으로 살던 시기다.
현실에서도 인터넷에서도 마구 헌팅을 반복하며 언제든 어디서든 불러낼 수 있는 여자가 늘 10명이 넘는 상태였다.
얼핏 보면 호스트 같기도 하고, 악질적인 변태 같기도 했다.
그곳에는 이미 과거의 자신감 넘치는 모습은 없었다.
손쓸 수 없이 망가져서 물속에서 발버둥 치는 듯한 나날이었다.
블랙홀이 모든 것을 흡수하자 인터넷 공간에는 잔해가 굴러다닐 뿐.
주위를 둘러봐도 세계는 전부 불에 타버린 들판만 보였다.
GAME 회장은 이미 폐쇄되었고 오오노 아키라는 나름대로 자유로운 생활을 보냈지만, 그 일상은 계속 타락해가서 척 봐도 구원의 여지가 없는 수준이었다.
일과 일 사이에 술과 여자가 끼어들어 있을 뿐인 나날. 생산성이라고는 아무것도 없다.

그저 똑같은 시간을 반복하고 있다.

"뭔가 말이야. 아키라는 창작할 때가 아니면 완전히 폐품남이란 말이지. 인간쓰레기라고 해야 하나, 구제 불능이라고 해야 하나, 우주 찌꺼기라고 해야 하나."

"시끄러워. 취직이나 해. 세금 내라고. 매일 일요일이라니 인생 우습게 보는 거냐?"

"못 해, 못 해! 요즘 조사해보고 알았는데, 나는 병에 걸린 모양이야. 뭐더라. 나르콜렙시? 인가 하는 그거."

"……잠이 마구 쏟아지는 병이던가? 그런 이야기 처음 듣는데. 언제 졸렸는데?"

"일하려고 하면 갑자기 졸음이 온단 말이지. 나 완전 기면증이잖아."

"……다음 생 몫까지 두들겨 패고 싶어졌어."

아키라 쪽에선 얼음이 달그락거리고, XX 쪽에서는 캔을 따는 소리가 났다.

서로 벌써 얼마나 많이 마셨는지도 모른다.

"그 이야기 받아들이지 그래? 그럼 아키라는 더 대단한 '세계'를 만들 수 있잖아?"

"전부 다 사라진 뒤에 이제 와서 어떻게 하라고."

"…………아키라가 마음에 들어 했던 XXX도 돌아올지도 모르잖아?"

"그딴 녀석 몰라! 나는 배신자를 싫어한다고! 멋대로 주절거리다가 사라지다니……, 속이 다 시원해!"
"하하, 흥분했네~ 그런 아키라도 귀여워서 나는 좋아하지만~"
"징그러워……. ……소리 끈다."
"잠깐, 잠깐만! 이것만은 말하게 해줘!"
"뭔데?"
"──나는 기다릴 거야. **몇 년이 지나도.**"
취해서 머리가 몽롱한 건지 아키라는 그 말에 대답하지 않고 음성을 껐다.
그대로 침대에 누웠다.
너무 많이 마셔서 그런가, 머릿속에 노래 하나가 계속 맴돌았다.
────Happy Birthday to You────
"멍청한 자식. 몇 년은 무슨, 이대로는 내일도 캄캄……. ……어라? 그러고 보면 그 녀석────."
몇 살, 이었지?
남자? 여자?
이름은 뭐였지?
"하하, 술 너무 많이 마셨나………… . 자야지."
아키라는 자기 자신에 기가 막혀서 중얼거린 뒤 눈을 감았다. 이 남자가 진정한 의미로 눈을 뜨는 건──── 아직 시간이 더 필요했다.

Maousama Retry!
마왕님, 리트라이!

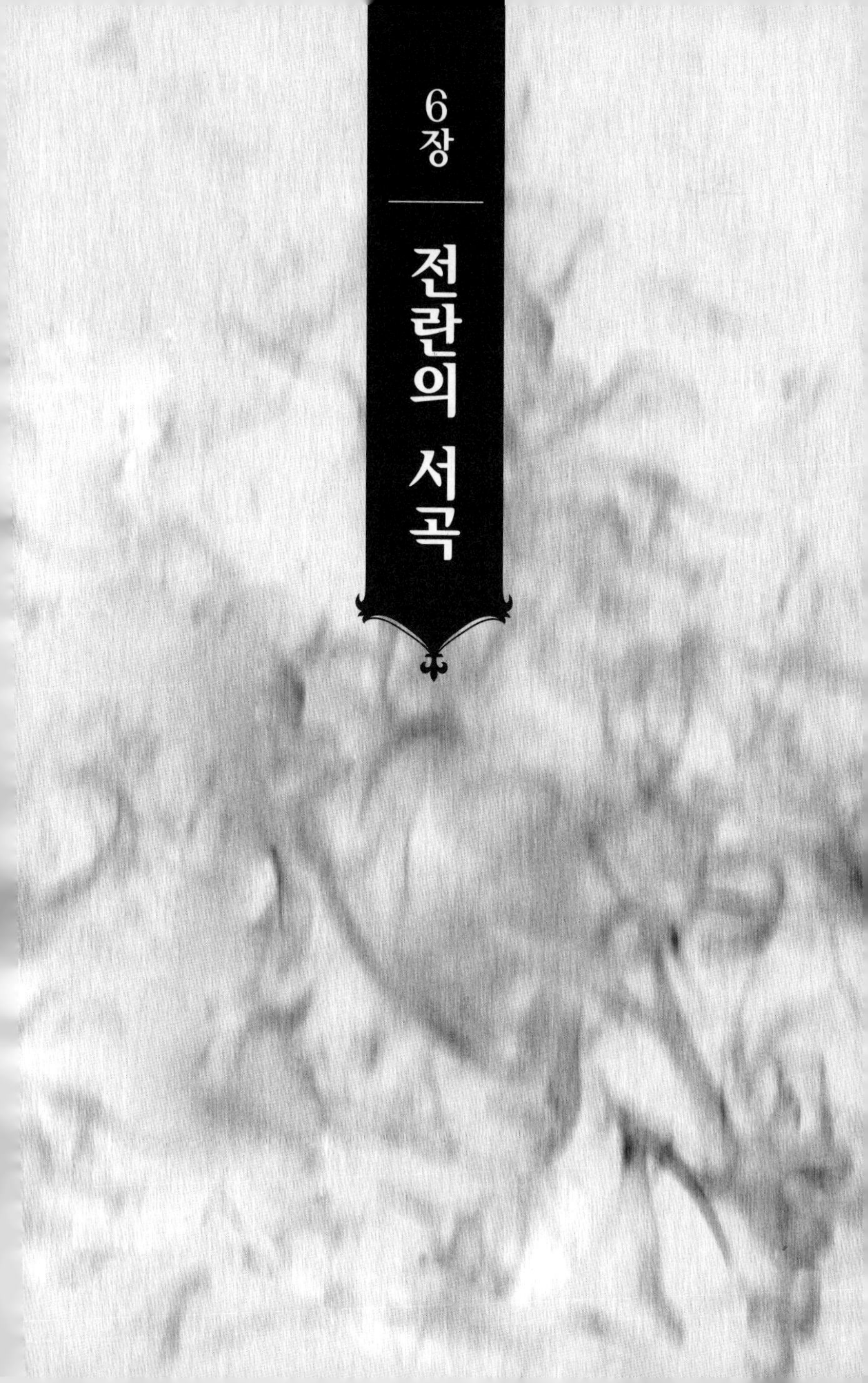

6장

전란의 서곡

수난의 시작

――――유리티아스 항구――――

부두에서는 현재 많은 인간이 땀을 흘리며 배에 짐을 나르고 있었다.

대량의 맑은 물과 식량, 교역품 등 종류는 차마 다 셀 수 없을 정도다. 간단히 식량이라고 해도 신선한 채소나 고기만이 아니라 돼지며 양 등 가축을 직접 태우는 배도 있다.

이것들은 배 안에서 처분해 고기로 먹거나, 우유를 짜서 먹는다.

"이봐, 빨리 나르라고. 아저씨!"

"죄, 죄송합니다!"

사람들이 바쁘게 움직이는 가운데 위태로운 발걸음으로 우왕좌왕하는 중년 남자가 있다.

루키 시에서 포터로 일하던 해머다. 그는 빈민가에 사는 최저층이라 할 수 있는 계급의 남자이자, 돈을 벌기 위해 유리티아스에 왔다.

"아저씨, 그렇게 엉거주춤한 자세로 뱃일을 제대로 할 수 있을 것 같아?"

"죄, 죄송합니다……!"

갑판장에게 혼난 해머가 움찔거리며 목을 움츠렸다. 이 작업을 지휘하는 갑판장은 멀린이라는 이름의 20대 남자인데, 참으로 거칠었다.

조금 전부터 눈에 띄는 족족 화내면서 일을 제대로 못 하는 인간에게젠 가차 없이 주먹을 휘둘렀다.

40대 중반도 지난 해머에게는 두 자릿수 이상 나이 차이가 나는 어린 상대에게 혼난다는 상황 자체도 괴로워서 한심하게도 눈물이 나올 것 같았다.

“입을 움직일 여력이 있다면 발을 움직여!”

“크…… 헉……! 네, 네……!”

멀린의 발차기가 통통한 배에 사정없이 직격하자 해머는 아파서 얼굴을 찡그리면서도 필사적으로 짐을 날랐다.

멀린만 아니라 배에서 일하는 남자들은 성격이 거칠다.

바다라는 무시무시한 대자연 속에서 살아가기 때문이다. 한번 폭풍이 닥치면 현세의 지위나 입장 같은 건 눈곱만큼도 도움이 되지 않는다는 걸 생생하게 실감하기 때문일 것이다.

그들 안에 있는 건 쓸 수 있는 인간인가, 써먹을 수 없는 인간인가. 이 두 종류밖에 없다.

목숨을 맡기는 동료 중에 무능한 인간이 섞여 있다면 전원의 목숨이 위기에 처하게 된다.

“헉, 헉……, 헉, 헉………….”

해머가 통통한 몸을 흔들며 열심히 나무상자를 날랐다.

주위에 있는 남자 중엔 우아하게 담소를 나누며 나르는 자도 있고, 해머처럼 얼굴을 시뻘겋게 물들이며 나르는 자도 있다.

이것도 경험 차이일 것이다. 토목작업과 마찬가지로 발 딛는 곳이 거친 항구나 불안정한 배 위에서 하는 작업은 아마추어에겐 어렵다. 이런 건 제대로 시간을 들여서 몸을 움직이는 법을 배워야 할 필요가 있지만, 숙달되기도 쉽지 않다.

해머가 사다리를 건너 간신히 배에 도착했다. 여기선 선장이 운반된 짐을 확인하면서 세세한 지시를 내리고 있었다.

선장의 오른쪽 눈에는 무시무시한 흉터가 있는데, 안대로 그걸 가리고 있다.

소매에서 뻗어 나온 두 팔은 통나무처럼 굵고, 몸을 봐도 우락부락한 대흉근이 셔츠를 팽팽하게 밀어 올렸으며. 입가는 짙은 수염으로 덮여있다.

'이, 이것이…… 바다 사나이…….'

해머는 거친 외모의 선장을 보고 눈앞이 어질어질해졌다.

루키 시에서는 신출내기 모험가가 많아서 겉으로 보이는 요란함을 경쟁하는 자가 무수했지만 내면은 텅 비어있다.

그 점에서 이 선장은 겉으로 보이는 모습을 꾸밀 필요도 없다.

그저 그곳에 있기만 해도 넘치는 존재감을 발휘하는 남자였다.

"신입. 그 상자는 창고 C3이다. 엉뚱한 곳에 넣지 말고."

"네, 넵!"

"그쪽은 선미에――."

나무상자에 찍힌 도장을 본 선장이 차례차례 지시를 내렸다.

해머는 내심 상자마다 보관하는 곳이 정해져 있다는 것에 놀랐다. 지정된 장소로 나르자 다른 창고에도 크기가 다양한 상자가 잔뜩 쌓여있었다.

칸막이로 세세히 분류되어 충격이나 침수를 대비한 구조였다.
"이게 배구나……. 먼 곳으로 짐을 나르는 구조물……."
처음 타는 배, 처음 해보는 뱃일에 해머는 나잇값도 못 하고 흥분했다.
피곤하던 몸이 순식간에 기운을 되찾는 것 같았다.
"조, 좋아……. 점심까지 앞으로 조금 남았어. 힘내자……!"
익숙하지 않은 뱃일에 발걸음은 참으로 위태로웠지만, 해머는 혼나면서도 어떻게든 무사히 점심 휴식 시간을 맞을 수 있었다.
"헉, 헉…… 하아…………."
"……마셔."
"흐억?!"
"용케 낮까지 **버텼**군."
대자로 뻗어서 거칠게 숨을 몰아쉬는 해머에게 누군가가 한 잔의 물을 내밀었다. 얼굴을 들자 그곳에는 무뚝뚝한 표정을 지은 선장이 있었다.
"가, 감사, 합니다…………!"
목이 타들어 갈 듯 말랐던 해머는 나무로 깎은 컵을 껴안듯이 기울였다. 그건 고작 미지근한 물이었지만 호화롭게도 레몬 과즙이 섞여 있었다.
"먹어."
"네, 넵!"
선장이 직접 건네주자 해머는 황공한 듯 고개를 숙였다.
받은 접시에는 삥 밀고도 볶은 돼지고기에 양상추, 또 다른 접시에는 생선구이가 둘 있었다. 빈민가에서 사는 해머에게는 대단한 진수성찬이었다.

"이, 이렇게 호화로운 걸 먹어도…… 되, 되는 겁니까?"

"바다에 나가면 제대로 먹지도 못해. 그러니까 우리는 육지에 있는 동안 실컷 먹고 마시지."

"그, 그렇군요…………."

"구운 비스킷은 돌처럼 딱딱하고 금방 구더기가 끓지. 물이 썩으면 배탈도 나. 소금에 절여서 나무통에 담아둔 고기는 날이 갈수록 냄새가 고약해져서 도저히 먹을만한 게 못 돼. 잔뜩 쌓아둔 채소도 출항하면 순식간에 사라지거든. 나중에 가면 신발의 가죽까지 뜯어서 먹게 되지."

선장이 담담하게 말해주는 이야기에 해머의 얼굴이 창백해졌다. 처음 타는 배와 처음 해보는 뱃일에 흥분했던 차에 냉수를 뒤집어쓴 듯한 기분이었다.

해머가 동요하거나 말거나, 선장은 호쾌하게 럼주를 마시고 마석을 이용해 궐련에 불을 붙였다.

"폭풍이 오면 어디로 흘러갈지도 몰라. 물의 마석이 다 떨어지면 그 후엔 천사님에게 기도라도 해서 비가 내리길 기다릴 수밖에 없지."

듣기만 해도 지금 먹는 음식의 맛이 사라지는 듯한 이야기였다.

이것도 일종의 괴롭힘인 건지 모른다며 해머는 뻣뻣하게 긴장했다.

"나쁜 말은 안 해. 너 같은 녀석은 얌전히 육지에서 살아."

"아니, 그, 저…… 는………….."

육지에서 살라는 말에 해머의 얼굴이 어두워졌다.

"바다에 오는 건 육지에서 튕겨 나간 녀석들이다. 사람들 속에서, 사회 속에서 살 수 없는 녀석들이 마지막에 흘러드는 쓰레기장이지."

선장의 독백에 해머는 제대로 반응하지도 못하고 고개를 숙였다.

걱정해주는 걸까. 아니면 도움이 안 되는 녀석은 꺼지라고 해고 선언을 하는 걸까.

"저, 저는 미궁에서 실수하는 바람에…… 운반책, 그러니까 포터가 되었는데요. 그, 영 잘되지 않아서………….."

온갖 일에 도전해봤지만, 어디에서도 도움이 되지 않는다고, 무능하다는 낙인이 찍혀 해고당했다는 이야기를 주섬주섬 늘어놓았다. 그런 이야기를 하면 괜히 더 해고당할 법한데도, 해머는 나쁜 의미로 솔직한 남자였다.

"여, 열심히 할 테니까 부디, 저를 자르지 말아주세요……!"

간단히 축약하자면, 그건 무능한 중년 남자의 지루한 실패로 점철된 반생이었다.

절정도 없고 위기도 없다. 그저 비참하고, 듣기만 해도 넌더리가 나는 내용이었다.

10살은 더 어린 젊은이들에게 구박받고, 돈을 뜯기고, 일상적으로 폭력을 당하고, 그런데도 포터라는 일에 매달릴 수밖에 없었던 구제 불능의 이야기였다.

선장은 그런 지루한 이야기를 끈기 있게 계속 들었다.

험악하게 생긴 표정은 미동도 하지 않았고, 그 눈은 바다로 향한 채였다.

"너는 이 선단이…………."

"네, 넵."

"어떤 짐을……, ……아니, 네겐 상관없는 일인가."

결국 선장은 아무 말도 하지 않고 그 자리를 떠났다.

해고한단 말을 듣지 않았다는 사실에 안도하면서 해머도 바다로 시선을 주었다. 끊임없이 부두에 밀려드는 파도가 배를 으스스하게 흔들어댔다.

멍하니 주저앉은 해머의 얼굴에 그림자가 드리워졌다.

"칫……. 진짜 있잖아. 언제까지 처먹고 있을 거야."

"죄, 죄송합니다!"

"배는 만찬을 즐기는 장소가 아니라고."

고개를 들자 갑판장 멀린이 지긋지긋하다는 얼굴로 해머를 내려다보고 있었다. 허둥지둥 음식을 쑤셔 넣었는데 목에 걸려서 제대로 넘어가지 않았다.

그런 굼벵이 같은 모습을 본 멀린은 가차 없이 주먹을 휘둘렀다.

"끄……, 윽……."

"내가 먹으라고 하면 10초 내로 먹어. 배에서 꿈지럭거렸다간 바다에 버린다."

"네, 넵……!"

멀린의 싸늘한 눈에 해머는 급히 남은 음식을 먹었다. 바다에 버리겠다고 말했을 때의 눈빛이 명백한 진심이었기 때문이다.

"이렇게 둔한 아저씨를……. 도대체 선장님은 무슨 생각인 거야…………!"

거칠게 말을 뱉은 멀린은 선장의 뒤를 쫓아가듯 달려갔다.

뭔가 항의라도 할 생각인 거겠지.

해머는 아무 말도 하지 못한 채 어두운 얼굴로 그 모습을 바라보았다.

————기함, 1등 객실————

1등 객실의 내부는 호화 호텔이라도 되는 양 멋진 가구가 갖추어져 있었다.

캐노피 침대에 새빨간 카펫. 동서의 술이 가득 채워진 와인장, 마석을 잔뜩 사용한 조명기구. 선내엔 선원들이 잘 장소가 없어 갑판이나 기둥 뒤에 기대어 자는 게 일상이고, 이 방은 대신관 혼자 사용한다.

그 대신관의 입에서 예상하지 못한 말을 들은 무관장은 눈을 부릅떴다.

"아인을 데리고 스 네오에 가는 겁니까…………?"

"그렇다네. 여기에 두고 가면 잭이 어떤 장난을 칠지 모르니 말일세. 그 남자는 호쾌한 외모와는 반대로 집요하다네."

대신관은 우습다는 듯 껄껄 웃더니 새끼손가락으로 떠올린 벌꿀을 날름 핥았다.

바로 마족령으로 향하는 줄로만 알았던 무관장에게는 의외의 말이었다.

"하, 하지만 그 아인은 마족령으로 데려가는 것 아닙니까……?"

"자네는 아무것도 모르는군. 상대는 **인간**이 아닐세."

"그, 그건, 음…………."

이번 거래 상대는 인간이 아닌 마족――그것도 대마족이라 불리는 존재다.

"그자들에게 상식은 통하지 않는다네. 한 번 넘겨주면 무사히 돌아올 수 있을지 알 수 없지."

"그, 그건 즉……?"

둔한 반응에 대신관은 한숨을 쉬었다.

앞으로 조금씩 교육하지 않으면 도저히 써먹지 못할 것 같다.

"그 아인은 보험일세. 상대가 가장 바라는 건 끝까지 수중에 남겨둬야 하는 법."

"그, 그렇군요……. 2단계 거래라는 겁니까?"

대신관은 나이프로 새하얀 치즈를 자르며 말없이 고개를 끄덕였다. 이것도 북방의 초원국 밀크에서 들여온 고급품으로, 금화 한 닢이 넘어가는 고가이다.

"으음, 참으로 맛있군."

희귀한 당나귀 젖으로 만든 고급 치즈의 맛에 대신관이 혀를 내둘렀다.

부드러운 감칠맛 속에 땅콩 풍미의 단맛까지 느껴지는 환상적인 맛이었다. 무관장은 침을 꿀꺽 삼켰지만 대신관은 계속해서 치즈를 잘라 본인의 입으로 가져갔다.

"그자들과의, 거래는, 실패가…… 용서되지, 않으니 말일세."

대신관이 치즈의 맛에 살살 녹으면서도 의기양양한 얼굴로 말했다.

이교도들을 악마에게 넘기고, 그 대가로 귀중한 마물의 신체 부위나 인간은 좀처럼 손에 넣을 수 없는 광석, 마도구, 위험하기 그지없는 약물 등을 받는다.

이것이 거래의 전모이지만, 처음부터 전부 줘버리면 상대방이 어떻게 변모할지 알 수 없다. 고분고분 전부 건넸다간 태연히 거래를 없던 것으로 만들어버릴 것이다.

아무튼 상대는 인간이 아니라 **악마**니까———

죽은 자에겐 말이 없다. 그 자리에 있는 전원을 죽인다고 해도 불평할 수 없는 상대다.

"자네는 내가 돌아올 때까지 스 네오에서 대기하게나."

"네, 맡겨주십시오!"

마족령에 가지 않아도 된다는 사실에 무관장은 내심 안도했다.

악마가 창궐하는 장소에는 할 수 있는 한 평생 가고 싶지 않다.

이렇게 유리티아스에서 많은 노예를 실은 선단이 출발하고, 아인을 포함한 일행은 스 네오로 향했다.

다양한 사람이 그 나라로 향하고 있는 줄도 모른 채.

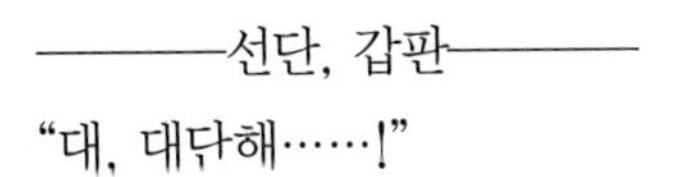

———선단, 갑판———

"대, 대단해……!"

파도를 가르며 선단이 나아간다. 웅장한 광경을 본 해머는 무심코 소리쳤지만, 이 선단이 향하는 곳이 어디인지는 전혀 몰랐다.

해머만이 아니라 많은 선원이 그랬다. 정보공유 없이 선장과 일부 인간만 정보를 점유했지만, 이 세계에선 그리 이상한 이야기도 아니다.

선원 중엔 문맹이 많아서 정보를 줘도 혼란스러워할 뿐이라, 많은 사람이 명령을 받으면 그에 따라 움직일 뿐이었다.

그 대우는 말하는 소나 말이나 마찬가지였다.

처음에는 흥분했던 수습 선원들도 항해가 계속되자 점점 뱃멀미에 시달리게 되었다.

발밑이 늘 불안정해서 훈련을 받지 않으면 제대로 걷는 것도 어렵다. 뱃전에 가서 토하는 자가 속출하자 베테랑 선원들은 그걸 보고 크게 웃었다.

늘 보는 광경이자 통과의례 같은 것이다.

“이봐, 신입들! 출발하자마자 바로 그 모양이냐!”

“앞날이 훤하다, 아주.”

웃는 선원들도 처음에는 비슷한 추태를 보였지만, 어떤 직장이든 선배랍시고 으스대고 싶어 하는 인간은 일정 수 이상 존재한다.

그런 인간들에게 신입 갈구기는 딱 좋은 스트레스 해소법이었다.

배에선 육지와 달리 오락거리도 적기 때문이다.

베테랑 선원들이 떠들어대는 가운데 멀린은 혼자 돛대에 설치한 감시대에서 배 위를 내려다보고 있었다.

'이번에도 쓸만한 녀석은 적군…….'

마족령으로 가려면 거친 해류를 건널 필요가 있기 때문에 딱 좋은 훈련장이기도 하다.

베테랑 선원들은 배 여기저기를 민첩하게 돌아다니며 돛을 자유자재로 움직이고 맞바람 속에서도 지그재그로 틀며 배를 움직였다.

신입들이 보기에는 마치 마법 같은 재주였다.

짐꾼 겸 수습 선원으로 탄 자들은 구역질을 참으며 필사적으로 움직이려 했지만, 선상에서 자빠져 나무통처럼 굴러가는 녀석들이 속출했다.

'눈 뜨고 못 봐주겠네. 선장님도 나이를 먹고 물러진 건가…….'

멀린은 이번에 항구에서 일하는 모습을 보고 응모자 중 대다수를 잘라버렸지만, 그래도 선장의 말을 들어 어쩔 수 없이 배에 태운 자도 있었다.

그중 한 명이 해머다.

딱 보기에도 통통하고 나이도 나이라 선상에서 민첩한 움직임을 할 것이라곤 기대할 수 없었다.

'어차피 꼴사납게 나뒹굴고 있겠…………, 어?'

선상에서 사람들이 분주히 움직이는 가운데 해머는 비틀거리면서도 열심히 일했다. 뱃멀미에 취한 수습 선원을 간호하고, 거친 바람에 굴러가 버린 나무통이며 밧줄, 낚시 도구 등을 서툴게나마 정리해갔다.

'오호라…………?'

그 동작은 결코 칭찬할 수 있을 만큼 깔끔하지 않고 엉성했지만, 일종의 '끈질김'이 느껴졌다.

이 세계에서 배는 현대의 선박처럼 안정된 구조물이 아니다. 바람에 파도에 맡기는 부분이 많아 대항해시대의 배와 흡사했다.

흔들림을 낮춰주는 만곡부 용골이나 핀 안정기 등은 기대할 수 없다.

말 그대로 널빤지 한 장 아래엔 지옥이 펼쳐진 셈이다.

'저 아저씨…………'

해머가 의외로 건투하는 모습을 본 멀린의 눈매가 조금 바뀌었다.

여태까지 멀린은 육지에서 한가락 하며 으스대던 거친 놈들이 배에 타자마자 바로 속을 게워내며 징징거리는 모습을 수없이 봤다.

그들은 다 토사물과 콧물을 흘리면서 이렇게 말했다── 육지에 돌려보내 달라고.

그때마다 멀린은 크게 웃으며 답이 없는 멍청이를 용서 없이 바다에 집어 던졌다. 출항한 배가 중간에 돌아갈 수 있을 리 없다.

'저 아저씨, 멀미를 안 하는 체질인가…………?'

익숙해지는 게 아니라 처음부터 뱃멀미에 강한 타입도 가끔 존재한다.

멀린도 그런 타입이었다.

"뭐, 잠시 상황을 지켜보……, ……엉? 저건 그놈들이잖아."

이쪽을 향해 다가오는 작은 배 무리를 본 멀린이 흐릿한 미소를 지었다.

깃발을 흔들어 주위에 있는 배에 신호를 보내자 즉시 선단이 하나의 생물처럼 움직이기 시작했다. 이 해역에는 작은 규모의 해적이 자리를 잡고 있기 때문에, 여기를 지나가던 배가 종종 공격을 받곤 한다.

"멍청한 놈들. 우릴 누구라고 생각하는 거야."

신호와 함께 베테랑 선원들이 무기를 들고 뱃전에 서서 상대를 위협했다. 동시에 무기고에서 창과 활을 가져와 차례차례 뱃전으로 날랐다.

작은 배 무리는 뱃머리가 자기들 쪽을 향한 걸 알자 즉시 흩어져서 도망치기 시작했다. 전력의 차이를 깨달았다는 이유도 있겠지만, 무엇보다 배짱이 다르다.

이 선단은 스스로를 지키는 것만이 아니라, 때로는 이쪽을 공격하려는 해적을 반대로 공격해서 쓰러뜨린다.

배도 무기도 짐도 인간도 전부 약탈해서 팔아치운다. 육지와 마찬가지로 바다 위도 무질서한 싸움이 끊이질 않아 안전한 항해와는 거리가 멀었다.

"가라! 누구에게 싸움을 걸었는지, 주제도 모르는 놈들에게 가르쳐줘라!"

멀린의 거친 외침이 울려 퍼지고 선단이 작은 배 무리로 돌격했다. 갑자기 시작된 전투에 해머의 온몸이 떨리고 얼굴은 창백하게 질렸다.

그를 기다리고 있는 긴 수난은 이제 막 시작했을 뿐이다.

Maousama Retry!
마왕님, 리트라이!

돌격

4명의 남녀가 먹을 흩뿌린 듯한 암흑 속을 달려갔다.

몇 발자국 앞도 제대로 안 보일 만큼 캄캄한 밤이었지만, 그 발걸음엔 망설임이 없었다. 밤눈이 밝은 건지, 아니면 어떠한 스킬이라도 발동한 건지.

보면 볼수록 고개를 갸웃거리게 되는 집단이다.

칠흑의 롱코트로 몸을 감싼 마왕.

새로 소환된 측근——— 후지사키 아카네.

그리고 세계적으로 유명한 스타플레이어인 밍크와 오르간.

한 그릇 안에 섞어두면 이상한 화학반응이라도 일어날 것 같은 조합이다.

"저기, 오르간……. ……진짜로 갈 생각이야?"

"진심이다."

오르간의 얼굴은 늘 그랬듯 무표정했지만, 밍크의 얼굴에는 불만이 가득 넘쳤다. 이런 소수 인원으로 마족령을 향해 가고 있으니 당연한 반응이었다.

"솔직하게 물어볼게. 자살이라도 하고 싶어?"

"아니. 죽이러 가는 거다."

밍크의 질문에 오르간은 칼같이 단호하게 대답하면서도 뒤에 있는 두 사람에게 시선을 주었다.

그곳에는 이번 폭거를 가능하게 만들지도 모르는 남자의 모습

이 있었다.

고대로부터 전승되어 내려오는, 희대의 반역자.

타천사 루시퍼라고도, 마왕이라고도 불리는 상식에서 벗어난 존재. 그런 신화 속 인물의 옆구리에는 아담한 소녀가 들려 있었다.

"아카네, 일어났으면 네 발로 달려라."

"뭐야, 하쿠토가 보쌈해온 거잖아! 책임지고 날 데려……, 어, 으악!"

말없이 아카네를 내던진 마왕은 뒤도 돌아보지 않고 달려갔다. 그 얼굴에는 조금도 미안해하는 기색이 없었다. 마치 월요일에 쓰레기를 내놓은 주부 같은 표정이었다.

"뭐야! 귀여운 나를 버리다니, 너무하지 않아?"

순식간에 뒤처진 아카네였지만 바로 마왕 옆에 그 모습을 드러냈다. 이 집단이 터무니없는 속도로 달리고 있다는 걸 생각하면 그 빠르기는 정말 어마어마하다.

"네게는 두 다리가 있지 않나. 움직여."

"막 잠에서 깬 아이돌을 달리게 하다니……. ……하쿠토, 바로 그런 점이야!"

"뭐가 그런 점이라는 거냐."

"섬세함이 부족하다…… 는 뜻이라고!"

덤벼들 듯이 점프한 아카네가 마왕의 등에 억지로 업혔다.

달리는 게 귀찮은 건지 **어부바**로 이동할 생각인 모양이다.

"하아, 편해라. 잘 알아 모시라……, ……으, 억, 으악!"

말없이 아카네의 얼굴을 붙잡은 마왕이 그대로 뒤쪽을 향해 집어 던졌다. 그 얼굴에는 조금도 미안해하는 기색이 없었다. 쌓일 대로 쌓인 낡은 옷을 정리한 것처럼 만족스러운 표정이었다.

순식간에 쫓아온 아카네가 씩씩거리며 소리쳤다.

"왜 두 번이나 버리는 거야! 하쿠토, 그런 점이 말이야, 어!"

"짜증………….."

마치 똑같은 장면을 반복 재생하는 꼴이다.

후방의 소란에 시선을 준 오르간은 신화 속 이미지가 우르르 무너지는 걸 느꼈다. 그녀는 옛날부터 '타천사 루시퍼'에게 장엄한 무언가를 느끼고 공감하는 부분이 많았다.

강대한 힘으로 반기를 든—— '희대의 반역자'에게.

마침내 대륙의 절반——— '밤을 지배했다'고 일컬어지는 존재에게.

그건 오르간이 절실히 추구하는 이상적인 모습이라 할 수 있다. 그녀 또한 거대한 대악마에게 반기를 들려 하고 있기 때문이다.

밍크도 두 사람의 모습에 이미지가 붕괴하는 걸 느끼는 건지 의심스러워하는 얼굴로 입을 열었다.

"저기, 저거 진짜로 전승 속 마왕이야?"

"……적어도 괴물 같은 힘을 지닌 건 확실해."

그 이상한 규모의 역침공을 일격으로 분쇄한 걸 생각하면 실력은 진짜다. 하지만 두 사람의 대화를 듣고 있으니 기력이 저절로 빠지는 것 같았다.

"아무튼 지금은 앞으로 전진할 뿐."

"하아……. ……터무니없는 일에 휘말렸어."

일행은 말없이 도일 시를 빠져나와 수인국과의 경계선인 국경 요새 아서에 도착했다.

주위는 아주 조용하고, 소수의 병사가 보초를 서고 있을 뿐이었다.

루키 시에서 그토록 큰 소란이 일어났는데도 전선 기지가 이 꼴이니 위기관리 능력이 부족하다는 말을 들어도 반박할 수 없으리라.

태평한 광경에 밍크는 기가 막혀 중얼거렸다.

"여전하구나, 이 나라는……. ……공화제라니 진짜 바보 같아."

쿠도는 이 대륙에서도 드문 공화제를 채택한 나라다.

오랫동안 전란과 연이 없었던 이 나라에서는 문제없이 기능하고 있지만, 유사시에는 지극히 취약한 체제이기도 했다.

근대의 선거처럼 민중이 한 표를 행사하는 게 아니라 수많은 부호와 귀족 중에서 원수를 뽑는 시스템이고, 그 권력도 지극히 느슨하다.

일각을 다투는 유사시에는 강한 권력을 휘두를 수 있는 인물이 없으면 피해가 더 커진다.

"힘없는 나라가 멸망하는 건 당연한 일이지."

오르간의 대답은 가차 없었다. 그녀는 어디까지나 '힘'의 신봉자로, 정치 체제 같은 건 아무래도 상관없는 일이었다.

한편 마왕과 아카네도 전시대적인 요새를 보고 제멋대로 떠들어댔다.

"부실한 오두막 수준인데……. 이런 구조로는 플레이어의 공격을 5분도 못 버티겠군."

"나라면 30초 정도? 아이 아이 서♪"

신랄한 말이긴 했지만, 이 두 사람은 정상의 범주를 넘어섰기 때문에 참고가 되지 않는다.

오르간은 마왕과 아카네에게 이 요새에 대해 설명하면서 요새 너머엔 수인국이 지배하는 지역이 펼쳐져 있다고 전했다. 그곳은 '적지'라고.

실제로 이 요새에서 한 걸음이라도 넘어가면 누구라고 해도 목숨을 보장할 수 없다.

당연히 그곳은 인간의 규칙이나 상식이 통하지 않는 세계다. 아카네는 그 이야기를 듣고 호기심에 눈을 빛내며 신나게 외쳤다.

"수인이라니……. 보고 싶어, 보고 싶어! 푹신푹신 몽실몽실할까? 그럴까?"

"새삼 묻는 것도 그렇긴 한데……, 넌 마왕의 권속인가?"

"얼라리? 하쿠토는 이쪽에서도 마왕이라 불리는 거야? 푸하하."

'이쪽에서도'라는 말이 오르간의 마음에 걸렸다.

마치 '다른 세계'가 있다는 듯한 말투 아닌가.

"불야성의 아이돌, 아카네야! 잘 부탁해!"

"아이, 돌…………?"

"히이, 니는 어러모로 성가시니까 조용히 해라."

아카네를 밀치며 마왕이 끼어들었다.

아카네에게 맡겼다간 무슨 소릴 할지 알 수 없다고 판단했기 때문이다.

마왕은 담배에 불을 붙인 뒤 요새를 향해 가뿐히 뛰어올랐다.

전원에게 손짓해서 눈 앞에 펼쳐진 거대한 숲을 내려다보며 잘난 듯이 입을 열었다.

"적지에 들어가기 전에 간단히 자기소개라도 할까."

자기소개고 뭐고 4명의 모습을 본 병사들이 소란을 피웠지만 그러거나 말거나 깔끔하게 무시했다. 이 요새에는 아무런 볼일도 없고, 그저 목적을 달성하면 바로 떠날 예정이기 때문이다.

다행인지 불행인지 아우성을 치던 병사들도 밍크와 오르간의 모습을 보고 해산했다. 두 사람은 정기적으로 여길 방문해 수인과 거래하기 때문이다.

건드리지 않으면 천벌도 떨어지지 않는다는 듯 멀리하는 태도다. 사실상 그들은 공무원 같은 존재라, 내키지 않지만 어쩔 수 없이 교대로 여기에서 근무하는 병사일 뿐이다.

각각 간단히 이름을 댔지만, 그것만으로는 끝나지 않는 것이 밍크다.

그녀는 S랭크라는 정점에 위치한 모험가이자 평소엔 지극히 성실하고 냉정하다. 북방국가군의 정세에도 밝으며 정보 분석력도 뛰어나다.

다만 지독한 병을 앓고 있어, 그게 겉으로 드러나면 손을 쓸 수 없어질 뿐이다.

"자기소개라……. ……마왕, 당신의 목적이 뭔데? 날 조사해서 뭘 할 생각이길래?"

"아니, 조사할 마음은 없다. 간단히 이름과 특기를 들어둘——."

"그렇게 말한다면 어쩔 수 없지. 그렇게까지 나에 대해 알고 싶다면 알려줄게."

"아니, 그러니까 간단하게 이름——."

"내 이름은 밍크. 세간에서는 스타플레이어라고 불리지만, 그 정체는~~!"

치명적으로 그늘진 표정을 지은 밍크가 도도하게 자신에 대해 읊어 나갔다.

달빛을 받은 그 모습은 참으로 사랑스러웠지만, 입에서 나오는 말은 몹시 난해한 설명들이었다.

흑봉황입네, 다크 샐러맨더입네, 의미를 할 수 없는 말이 튀어나오는 것만이 아니라 이따금 오른손을 붙잡고 '이럴 수가……, 너무 빨라!' 같은 소리를 하기 때문에 통 진도가 안 나갔다.

그건 자기소개라기보다도 중이병 에센스를 가미한 기나긴 셀프 신상털이였다.

그 내용은 참으로 드라마틱하고 파란만장했다. 마왕은 심드렁하게 듣다가 기나긴 이야기에 지긋지긋해진 건지 중간에 가로막았다.

"너는 본인의 위키피디아 페이지라도 낭독하는 건가?"

"위키, 뭐라고……?"

"아니, 그만 됐나."

너에 대해선 충분히 알았다는 듯 마왕은 녹초가 되어 고개를 저었다. 마침 오르간도 비슷한 표정으로 어깨를 움츠리고 있었다.

오직 아카네만 재미있다는 듯 흥미진진한 눈빛으로 밍크를 쳐다보다가 결정적인 한마디를 뱉었다.

"이 사람 꽤 심각한 중2병이야! 오른손의 봉인이라니, 고전이라서 오히려 신선하지 않아?"

"주, 중……? 당신들 아까부터 무슨──."

"있지, 그 붕대에도 봉인이 있는 거지?"

"오, 당신은 아는구나. 이 성스러운 붕대가 풀리면 또 한 명의 내가 눈을 떠버려……."

"무서워, 너무 무서워……! 이제 그만해! 그만해바라기!"

밍크는 아련하게 중얼거렸지만 아카네는 참다못해 배를 부여잡고 굴렀다. 그 모습을 보면 도저히 지금부터 수인국을 지나 마족령으로 가려는 집단으로 보이지 않았다.

마왕은 말없이 담배를 내뿜고 이 꼴같잖은 분위기를 차단하듯 말했다.

"일단 둘로 갈라진다. 만에 하나를 생각해서 이 숲을 답파하겠어."

"답파? 무슨 뜻이지?"

오르간만 그 말에 반응했다. 그 옆에서 밍크는 차례차례 묘한 포즈를 취하고 아카네는 그걸 부추기다가, 결국 오른손을 누르며 함께 소란을 피우기 시작했다.

"조, 조금만 더 참아줘……, 나의 오른손……!"

"내 오른손도 싱크로율이 대박적! 이럴 때 어떤 표정을 지어야 할지 모르겠어!"

'바보와 중2병의 악마합체라니, 나는 무슨 벌칙 게임을 받고 있는 거지……?'

마왕은 죽은 눈으로 그들을 바라보다가 결국 두 사람을 무시하고 오르간에게 고개를 돌렸다.

제대로 된 대화를 할 수 있는 사람은 오르간뿐이라고 판단한 모양이다.

"새 맵이 뜨면 지도를 작성해서 거기에 이름을 붙이고 구별해 나가는 게 기본이다."

"수인국의 숲을 미궁처럼 생각하는 건가…………?"

마왕의 **그것**은 전이동을 위한 준비물이었지만 오르간에게도 기묘한 형태로 전해졌다.

동시에 그 조심성에 조금 감탄했다. 출발하기 전에 했던 말투를 봤을 때는 그대로 마족령에 침공할 것 같은 기세마저 보였기 때문이다.

"아카네, 지도와 펜 갖고 있지?"

"흐엉? 응, 지도도 필기도구도 완벽해."

측근들은 《예비 가방》에 유형무형의 아이템을 넣어두고 있으며 각각 특색이 있지만, 기본적인 도구는 통일되어 있다.

"며칠이 걸리든 상관없다. 이 숲의 남부를 답파하도록. 나는 북부를 담당한다."

"알았어!"

이런 지시는 바로 알아듣는 건지 아카네가 고개를 힘차게 끄덕였다.

"그리고 그 귀찮은 중이병은 네가 데려가."

"좋아~ 더 다양한 이야기를 들려달라고 해야지…………. 으히히."

그 반응에 약간 불안을 느끼는 마왕이었지만, 밍크와 둘이서 지도를 만들었다간 머리가 쪼개질지도 모른다고 생각한 모양이다.

"화려하게 움직여서 교란해라. 낮이든 밤이든 마음대로 휘저어봐. 쉴 때는 루키 시에 돌아가 안전한 장소에서 쉬도록."

"어쩐지 소풍 주의사항 같은데."

'소풍이라………….'

그리운 단어에 마왕은 무심코 웃어버릴 뻔했다. 하지만 필요한 걸 전달하고 확인하는 건 잊지 않았다.

"말할 것도 없겠지만 최대한 전투는 피하도록. 시간 낭비다. 이번 임무는 알고 있을 테지?"

"뭐야, 놀면 안 돼? 김빠지게."

"무슨 김이 빠진다는 거냐. 실수하지 마라, 아카네."

마왕은 그 말을 끝으로 요새에서 훌쩍 뛰어내렸다.

그것은 수인국의 국경을 침범하는 중대한 행위였다.

Maousama Retry!
마왕님, 리트라이!

마왕과 마인

요새에서 뛰어내린 마왕은 성큼성큼 숲을 향해 걸어 나갔다

그 무방비한 등을 오르간이 허둥지둥 쫓아갔다.

“이, 이봐……. 너무 무신경한 거 아니야? 조금 더 방식이.”

“걱정하지 마라. 아카네가 이목을 끄는 동안 이쪽에서 조사하는 거다.”

“미끼로 쓴다는 건가……?”

오르간은 그 말에 비정함을 느꼈으나 그렇게 거창한 건 아니었다. 그냥 이 남자는 예전에 회장에서 그랬던 것처럼 움직이고 있을 뿐이다.

맵을 대대적으로 교체했을 때는 당연히 지도도 백지가 되므로 플레이어들은 어디에 뭐가 있는지조차 알 수 없게 된다.

많은 플레이어가 ‘오오노 아키라의 세계’에 온갖 방법으로 도전하며 숨겨진 수많은 요소나 히든 스킬, 히든 아이템 등을 발견하고자 사력을 다했다.

말하자면 이번에는 이 남자가 ‘새 맵에 도전하는 포지션’에 있다고 할 수 있으리라.

‘게다가 여기에는………….’

조금 전부터 계속 느꼈던 것, 생각했던 것이 새삼 머릿속에 떠올랐다.

이 광활한 숲을 앞에 두고 마왕은 한 가지 가능성을 느꼈다.

'이 숲에도 '소원의 사당' 같은 무언가가 있는 것 아닐까……?'

그건 과거에 좌천사로 추정되는 신상(神像)과 만난 장소.

그 장소를 모든 일의 발단이라고 생각한다면 이 숲도 간과할 수 없다.

마왕은 그런 꿍꿍이를 숨기고 그럴싸한 말을 입에 담았다.

"팀플레이로 완전한 승리를 노린다면 한정된 인적 자원 속에서 각자 역할을 완수하는 게 중요하지."

전투를 담당하는 자, 후방에서 보조하는 자, 팀의 물자를 담당하는 자, 적을 방해하는 데 전념하는 자. 마왕은 과거의 회장을 떠올리며 자연스럽게 그런 이야기를 했다.

"확실히 네 생각이 맞군."

마왕의 말을 듣고 오르간도 고개를 끄덕였다. 초월적인 힘을 휘두르는 괴물이라고 인식하던 존재의 입에서 지극히 타당한 주장이 나왔기 때문이다.

초일류 모험가인 오르간은 철저한 현실주의자다.

현실에 기반해 만사를 생각하고 대처한다.

"목적을 위해선 희생도 개의치 않는다는 건가."

오르간의 눈이 차갑게 빛났다.

그녀는 정에 넘어가거나 도덕에 사로잡히는 우행을 저지르지 않는다. 이쯤에서 마왕은 대화의 흐름이 이상한 방향으로 향했다는 걸 깨달았다.

"아무런 희생도 없이 이룰 수 있는 건 사소한 일뿐이지."

——이번일 또한 그런 '사소한 일'일 뿐이다.

마왕은 거창한 말을 기구처럼 띄워 올리며 상대방의 뾰족뾰족한 의식을 감싸려 했다.

'괜한 힘이 들어갔다고 해야 하나, 너무 심각하게 각오했다고 해야 하나………….'

실제로 오르간의 결의와 각오는 범상한 수준이 아니다. 얼핏 봐도 그건 명백했다.

마왕은 그걸 감당하지 못하고 긴 머리카락을 거칠게 쓸어 올렸지만, 오르간도 오르간대로 마왕의 호언장담에 짓눌려있었다. 이 남자의 말을 믿는다면 대악마와의 전쟁조차 '사소한 일'이라고 말하는 셈이니까.

"여전히 대단한 자신감이다만……, 이제 어떻게 할 생각이지?"

"음, 보고 있도록."

마왕이 요새로 시선을 돌리자 뭔가 소란을 부리는 아카네와 밍크의 모습이 있었다.

웃고 있는 그 얼굴에는 한 톨의 긴장감도 없다.

"그럼 중이 요정! 간다아아!"

"그러니까 그 중이라는 건 무슨……, 앗, 잠깐?!"

밍크의 목덜미를 잡고 높이 점프한 아카네는 그대로 숲을 향해 뛰어들었다.

완전히 소풍 나온 초등학생이다.

"수인이라! 어떤 프렌즈가 있을까? 기대돼!"

"뭐가 프렌즈인 건데! 당신, 여기가 얼마나 위험한 장소인지 아는 거야?!"

"너는 영창도 잔뜩 생각해놨을 것 같은데, 나중에 꼭 들려줘야 한다~?"

"그러니까, 수인들의 흉포함은………………!"

"이얏~~~ 호~~~~!"

두 사람이 깡총깡총 뛰면서 숲속으로 사라졌다.

그 모습에 마왕은 머리를 부여잡고 싶었지만, 오르간은 이해했다는 듯 고개를 끄덕였다.

"확실히 저만큼 소란을 피우면 수인들은 다들 저쪽을 쫓아가겠지."

"그래."

그걸 노렸다는 양 마왕은 고개를 끄덕인 다음 작전을 전달했다.

지극히 단순한 작전이지만, 그렇기에 이 남자의 집요함이 엿보이는 내용이기도 했다.

"우선은 모습을 숨기고 이 숲을 구석구석 뒤진다."

"그건 상관없다만, 냄새는 어떻게 할 생각이지? 그들은 코가 예민한데."

"음, 그건 이걸 쓰면 된다──《하급 아이템 작성 : 제취 스프레이》."

이쯤 되면 정기 행사가 된 느낌이 드는 공격력 1짜리의 잡템을 만들어낸 마왕은 온몸에 스프레이를 뿌렸다. 이것도 투척 속성의 무기이자 한 번 던지면 소멸되는 아이템이다.

단, 아이템에 적힌 설정은 **흉악하다**.

"퀄런 냄새가…… 사라졌잖아…………?"

"이건 '페이버리즈'라는 거다. 제취만이 아니라 항균 작용도 있지."

"아니, 그 전에 어디서 꺼낸……, ……어푸! 하지 마!"

"마음에 들어요!"

마왕은 영문을 알 수 없는 소릴 하면서 오르간의 전신에 스프레이를 뿌렸다. 때로는 알티 요청이라는 의미 불명의 추임새도 중얼거리면서.

"이 자식, 무슨 짓이냐!"

"신사 · 숙녀의 에티켓이지. 이제 후각이 뛰어난 자들에게서도 숨을 수 있다."

그렇게 말하며 마왕은 《은밀자세》에 들어가 순식간에 모습을 감췄다.

"아직 듣지 못했다만, 너도 모습을 숨길 수 있을 테지?"

"날 무시하는 건가──? 《흑귀의 베개(나이트메어)》."

오르간이 마법을 영창하자 그 모습이, 기척이 순식간에 사라졌다.

대수롭지 않게 시전하긴 했지만 이것은 제5마법이라 불리는 영역이다. 이걸 구사할 수 있는 자는 대륙 전역을 뒤져도 몇 명 되지 않는다.

"훌륭하군. 그럼 멋들어지게 산책 한 번 나가실까."

"이 숲을 산책이라……. ……대단한 헛소리군."

―――――수인국, 국경의 숲―――――

인기척을 느낀 우족 남자가 먹고 있던 풀을 삼켰다.

남자 주위에는 건초가 쌓여있어 풀 속에 파묻힌 것처럼 보이기도 했다. 여기는 국경을 감시하기 위해 만들어진 오두막이자 우족 남자의 침소이기도 했다.

국경 감시는 지루하기 짝이 없는 일이지만 그에게는 참으로 적임이었다.

우족 남자는 근력이 강하고 지구력도 대단하지만, 반면 느긋한 성격이 많다.

하루의 태반을 멍하니 보내면서 때로는 풀을 먹고 자고 하는 일상을 보낸다.

본래 감시에는 부적절한 종족이지만 여기는 다르다.

반쯤 무시당하고 있는 땅이기 때문이다.

연약한 인간이 국경을 넘어 침공할 리도 없으니, 사실상 일이라고 할 것도 없다. 옆을 보자 드워프가 술을 마시고 코를 골고 있었다.

"음머. 영감님. 인간이 온 것 같은데."

"이 둔감한 소 녀석이. 매번 오는 그 녀석들이겠지."

드워프는 그렇게 말하면서 귀찮다는 듯 몸을 뒤척였다. 그는 감시병인 우족 남자를 구워삶아 그 입장을 이용해서 오르간과 거래하고 있었다.

그 구조는 이러하다.

먼저 묘족 여자가 마족령에 숨어 들어가 저쪽이 원하는 정보를 캐낸다.

거인족 남자가 호위로 따라가 그녀를 보호한다. 오르간은 귀중한 마물의 신체 부위를 제공한다는 흐름이지만 이것만으로는 거래가 성립되지 않는다.

묘족 여자도 거인족 남자도 마물의 신체 부위엔 관심이 없기 때문이다. 그걸 원하는 드워프가 더해져 마물의 신체 부위와 맞바꿔 고양이와 거인에게 비장의 드워프산 술을 제공한다.

이 우족 남자는 그걸 못 본 척하며 술을 얻어 마신다는 구조다.

얼핏 변칙적인 '삼각무역'으로 볼 수도 있다.

종족도, 원하는 물품도, 가치관도 전부 다 다른 상대와 거래하려면 이렇게 될 수밖에 없으리라.

"흥……. 또 그 아가씨인가. 귀찮기는."

드워프는 투덜거리면서도 묘하게 서둘러 준비를 시작했다.

오르간은 수인국에선 손에 넣을 수 없는 귀중한 재료를 가져오기 때문에 사실은 늘 목이 빠지게 기다리고 있다.

다만 드워프는 자존심이 아주 강하기 때문에 그런 사실을 결코 겉으로 드러내지 않는다.

"음머. 영감님, 다른 인간도 있어."

"멍청하긴. 늘 옆에 있는 **괴상한** 여자겠지."

드워프가 보기에도 밍크는 괴상한 여자로 보이는 모양이다. 본인이 들으면 이 일대에 성속성 마법을 퍼부을 게 분명하다.

"음머, 인간은 언제 봐도 너무 말랐어. 더 살이 쪄야 해."

"음, 그건 동감한다민."

드워프와 우족이 선호하는 체형은 뭐니 뭐니 해도 땅에 튼튼히 뿌리내린 듯한 중량감이 느껴지는 여성이다.

그런 관점에서 보자면 오르간이나 밍크는 말라비틀어진 나뭇가지처럼 참으로 연약했다.

“음머, 처음 보는 인간이 있어.”

“응? 그건 문제인데……. 좀 너무 까부는군.”

드워프의 얼굴이 못마땅한 듯 일그러졌다. 그는 표면상의 태도는 그렇다 쳐도 내심으로는 오르간의 실력을 적잖이 인정하고 있다.

무엇보다 강한 ‘마인’이라는 점 때문에 거래할 생각도 한 것이다. 당연히 인간과 거래할 마음은 조금도 없다. 그가 인간과 거래한 건 평생 한 번뿐이다.

“영감님, 어떻게 할래?”

“그 아가씨 말고는 필요 없어. 인간은 전부 내쫓아.”

수인국 측에서 본 인간이란 능력이 현격하게 떨어지는데도 불구하고 일방적으로 이쪽을 멸시하는 데다, 심지어 아인이라고 부르면서 공공연하게 차별하는 존재이기도 하다.

참으로 가소롭다고 할 수 있다.

“음머, 혼쭐을 내주면 돼?”

“그 녀석들 상대로 사양할 필요 없지. 저항하면 머리를 깨버려.”

침이라도 뱉을 기세로 드워프가 쏘아붙였다.

먼 역사를 돌아보면 건국 이래 그들은 인간과 수도 없이 충돌했다. 그럴 때마다 기고만장해진 인간을 무찌르고 어느 쪽이 위인지 실컷 교육해준 적이 있다.

———숲입니다, 그린입니다, 좋습니다~!

갑자기 그런 기묘한 목소리가 들렸다. 드워프가 급히 밖으로 나와보자 그곳에는 폴짝폴짝 뛰면서 국경선을 넘는 소녀의 모습이 보였다.

"뭐지? 저 꼬맹이는……. ……이봐, 소! 후방에 있는 녀석들에게 알리고 와!"

"음머, 풀 먹은 거 소화하려면 시간이 걸려. 바로 움직이면 몸에 안 좋아."

"이 둔탱이 소가! 뭘 위해 감시하는 거냐!"

이렇게 국경은 때아닌 소란에 휩싸여 혼란이 커졌다. 소란을 틈타 조사한다는 마왕의 계획은 절묘하게 성공했다.

한편 그 마왕은———.

삼색 볼펜과 메모장을 들고 숲의 여기저기를 쏘다녔다.

앞을 봐도 뒤를 봐도 대삼림인 숲에는 처음 보는 나무가 무성했고, 꽃이며 열매, 땅바닥에 굴러다니는 나뭇잎마저도 전부 다 낯설었다.

"흐음, 국경을 A-01이라고 가정하고 진행할까. 건물이나 마을이 있다면 표식으로 삼기 좋을 테지만."

오르간은 그런 마왕의 모습을 주의 깊게 관찰했다. 그야말로 일거수일투족까지 감시하는 듯한 기세였지만, 마왕의 모습은 신기루처럼 일렁이고 때로는 연기처럼 사라졌다.

'**이것**이 마법이 아니라면 대체 뭐란 말인가.'
신경을 극한까지 곤두세워 응시하지 않으면 그 모습을 잡을 수가 없다.
심지어 기척마저 희박해서 마치 환상이라도 보는 것 같았다.
그곳에 있다는 걸 처음부터 아는 오르간조차 이런 식이니, 다른 자는 도저히 발견하지 못하리라.
그런 생각에 잠겨있던 오르간의 머리에 갑자기 목소리가 울렸다.
《그러고 보면 잊고 있었다. 너희와 일시적으로 팀을 맺는다.》
마왕의 목소리가 울린 것과 동시에 그 모습이 선명하게 보였다.
오르간은 이것이 떨어진 상대에게도 목소리를 전달하는 무언가라는 걸 바로 알아차렸다.
《편리하군. 이것도 네 능력 중 하나인가?》
《그런 셈이지.》
《모습도 선명하게 보이게 되었다만………….》
《당연하잖나. 동료에게도 모습이 보이지 않으면 불편하다.》
마왕은 그렇게 말하면서 아주 예전에 저질렀던 실수를 떠올렸다.
과거 GAME 회장에 《은밀자세》를 추가했을 때는 동료도 모습을 확인하기 어렵게 만들어두었다. 덕분에 플레이어들에게서 대대적인 항의를 받았다.
그때 '오오노 아키라'는 당당하게 이렇게 지껄였다.

"이번 업데이트는 은밀자세의 효과를 여러분이 직접 체감하고 실감할 수 있도록 **일부러** 이렇게 설정했습니다. 당연히 다음부터는 동료에게도 보일 수 있도록 조절해두었죠."

물론 입에서 나오는 대로 지껄였던 것이므로 실제 업데이트 준비에 크게 바빠졌다.

이 남자는 옛날부터 실수한 것조차 이용해 전부 계산이라고 믿게 만드는 꼼수에 능했다. 이세계에 와서도 전혀 변하지 않는 모습을 보면 타고난 사기꾼이라는 생각이 드는 존재다.

《동료라……. ……참고로 물어보겠다만, 이건 몇 명에게까지 목소리를 전할 수 있는 거지?》

그리운 추억에 잠겨있던 마왕에게 오르간이 그런 질문을 던졌다.

이 능력이 무제한으로 끝없이 뻗어 나갈 수 있다면 정보전달에 혁명이 일어날 것이다.

아니, 전쟁의 형태까지 싹 바꿔버릴지도 모른다.

《팀에는 인원수 제한이 있거든. 평상시라면 10명이 한계다.》

GAME 회장은 오픈 초엔 팀 인원을 최대 5명까지 제한을 걸어두었지만, 우여곡절을 겪고 부활한 뒤엔 최대 10명의 팀을 짤 수 있게 늘렸다.

오르간은 그런 흐름을 알 리 없으나 평상시라는 단어에 시선이 날카로워졌다.

《평상시가 아닐 때는 어떻게 되는 거지?》

《히하, 그건 뭐――― **축제**지.》

뭐가 우스운 건지 마왕이 쿡쿡 웃었다.

특정 조건이 갖춰져서 불야성 공방전이 발발하면 《전 세계 긴급통신》이 해방된다.

말 그대로 모든 플레이어를 대상으로 조건 없는 통신이 해금된다. MMO 등에 흔히 있는 전체채팅창을 상상하면 된다.

거기에 온갖 언어가 잔뜩 쏟아지니 어마어마한 속도로 흘러간다. 해금, 해방. 듣기에는 좋아도 실상은 혼란을 부과하는 것이나 마찬가지다.

《축제라……. 지금 국경이 마침 그런 상황인 걸로 보인다만.》

《아카네는 빠르니까. 알아챘다고 해도 아무도 쫓아가진 못할 거다.》

마왕은 그렇게 말하며 태연히 숲을 걸어갔다.

그 시야는 늘 움직이고, 숲의 전모를 파악하려는 듯한 모습이다.

메모장에 사각사각 무언가를 적나 싶더니 나무를 때리고, 낙엽을 줍고, 발밑의 잡초를 물끄러미 관찰하는 등 참으로 태평하다.

신경 쓰이는 부분은 파란색 펜으로 무언가를 적고, 때로는 빨간색 펜으로 주의사항을 적어넣었다.

오르간은 그 광경을 뭐라 말할 수 없는 기분으로 지켜보았다.

순식간에 색을 바꾸면서 종이에 글을 적을 수 있는 기묘한 붓. 평범한 사람이었다면 그것만으로도 놀랐겠지만, 오르간은 미궁에서 비슷한 것을 몇 번 본 적이 있다.

그건──── 고대의 파편, 오파츠라 불리는 것.

복잡한 것부터 간단한 것까지 종류와 형태는 다양하다.

공통점은 딱 한 가지.

대다수가 똑같이 재현해서 만들 수 없다———는 점이다.

'시대가 다르거나, 기술이 다르거나, 혹은 고대 마법의 일종일지도.'

오르간은 그런 오파츠에 설렌 적도 있었지만 그럴 때마다 머릿속에서 지워버렸다.

그런 걸 추구해봤자 밥을 먹여주는 건 아니다. 그녀가 원하는 건 낭만이 아니라 더 즉각적인 힘이자, 압도적인 폭력이다.

'이 남자와 있으면 영 저쪽에게 휘둘리는군…………'

모습을 지우는 능력, 말을 하지 않아도 뜻을 전달할 수 있는 신기한 힘. 오르간은 마왕과 대화할 때마다 자신이 어디에 있는지 자꾸만 잊어버린다.

'마왕이라 불리는 존재가 오파츠를 사용하고 콧노래를 흥얼거리며 수인국 안을 산책한다니…….'

오르간의 그것은 허황된 감상이었지만, 눈앞의 광경을 되살아난 신화의 1막이라고 친다면 또 다른 멋이 있는 모습이기도 했다.

'설마 나는 새로운 신화의 1막 속에 있는 건가…………?'

그런 생각마저 들자 사소한 광경마저 전부 특별하게 보였다.

참으로 곤란하게도 마왕의 중후한 외모는 그런 상상을 감당할 만한 힘을 지니고 있었다.

《뭐, 나쁘진 않군……. ……아니, 좋은 모습이다.》

《음?》

무심코 입에 담고 말았다.

오르간의 그것은 신화나 동화 같은 것에 대한 일종의 동경을 담은 감상이었지만, 그런 건 눈곱만큼도 모르는 마왕은 단순히 외모 이야기라고 판단했다.

《글쎄. 사람들은 무서워한다만.》

자조하듯 씁쓸하게 웃은 마왕이 손에 든 메모장으로 시선을 내렸다.

그런 태도도 오르간이 봤을 땐 의외였다. 마왕의 행동이나 언동 하나하나가 신화의 새로운 일면을 엿보는 것처럼 신선했다.

《미리 말해두지만, 조사엔 시간이 걸린다.》

《그런가……. 상상했던 것과 다르게 신중하군.》

《무슨 상상을 한 건지는 모르겠다만, 나는 궁금한 걸 보면 옛날부터 이런 식이었거든.》

《딱히 불만은 없다. 마음대로 해.》

초일류 모험가인 오르간이 봐도 마왕의 조사는 집요하고 꼼꼼했다.

하지만 마왕은 딱히 특별한 행동을 한다는 생각은 없었다. 이 남자는 창작자이지만 동시에 한 명의 게이머이기도 할 뿐이다.

어드벤처 게임을 할 때는 모든 엔딩과 이벤트를 회수하고, 시뮬레이션 게임이면 모든 나라를 정복하고, RPG 게임에선 모든 미궁의 지도를 100%로 채워야 직성이 풀리는 타입이다.

본래대로라면 《감옥 미궁》도 구석구석 조사하고 싶어 했을 테지만, 그건 튜토리얼이라고 선을 그었기 때문에 적당한 선에서 멈췄다.
《흠, 군데군데 함정이 설치되어있군. 좋은 마음가짐인데……. 장소도 나쁘지 않아.》
《함정을 칭찬하다니……. ……무슨 심경에서 뱉는 감상인 거냐.》
오르간은 인내심을 발휘해 마왕의 **조사**에 어울려주었지만, 호기심을 채 억누르지 못한 건지 궁금했던 질문을 던져보았다.
《너는 왜 힘이 봉인된 거지?》
마왕은 '그건 내가 더 알고 싶거든?'이라고 대꾸할 뻔했지만, 이 소녀가 아직 적인지 아군인지 알 수 없는 상황에서 경솔한 말을 할 수는 없었다.
'적인지, 아군인지…………'
지금은 손을 잡은 상태지만 앞으로도 계속 그러리라는 보장은 없다.
따라서 마왕은 그 질문에 대답하는 대신 질문으로 받아쳤다.
《너야말로 왜 아버지……, ……아니, 그 악마를 죽이고 싶은 거지?》
마왕에게는 만난 적도 없는 상대이니 당연히 원한이고 뭣도 없다.
성직자였다면 악마라는 이유만으로도 살의를 품기엔 충분했겠지만, 이 남자에게는 그런 섬세한 마음가짐을 기대해봤자 시간 낭비다.
오히려 자신의 목적과 맞는다면 악마라고 해도 손을 잡을 것 같은 분위기조차 풍긴다.

《일단 물어보겠는데……, 그 질문에 꼭 대답해야 하는 건가?》

《네가 말하고 싶지 않다면 대답하지 않아도 상관없다. 나는 나대로 목적을 위해 움직일 뿐.》

마왕의 말에는 많은 것이 포함되어 있었다. 목적만 달성한다면 상대방과 싸울 필요가 없다는 뜻이.

그걸 민감하게 감지한 오르간은 굳게 결심하고 마지못해 무거운 입을 열었다.

《내 어머니는 인간이다. 놈에게 여흥 삼아 폭행을 당해 나를 낳았지.》

'윽, 괜히 물어봤다…………'

갑자기 시작된 무거운 이야기에 마왕은 1분 전의 자신을 때리고 싶어졌다.

Maousama Retry!
마왕님, 리트라이!

아카네 님? 여신님?

“이얏호!!”

아카네는 어딘가의 배관공처럼 소리치며 숲속을 성큼성큼 나아갔다.

그 뒤를 필사적으로 쫓아가는 밍크의 등 뒤에는 여러 명의 수인을 달고 있었다.

““거기 멈춰, 이 인간 녀석들이이이이이!””

그 숫자에, 그 분노에 밍크의 얼굴이 창백해졌다. 아무리 그녀가 S랭크 모험가라고 해도 저 숫자를 상대로 싸우는 건 무모한 짓이다.

“다, 당신 말이야……, 조금 더 생각하면서 행동하라고!”

“그런 말을 들어도……. 앗차차, 위험해라.”

——생존 스킬 ‘강운’ 발동!

땅에 설치된 함정을 아카네가 우연히 회피했다.

“이크, 다음엔 뭐가 떨어진다!”

——생존 스킬 ‘강운’ 발동!

이어서 나무에 설치된 포획망이 떨어졌지만, 그것도 우연히 회피했다.

게다가 다음 광경을 본 밍크는 눈을 부릅떴다.

——생존 스킬 ‘강운’ 발동!

“우와, 나무에서 맛있어 보이는 사과가 떨어졌어! 우물우물.”

"다, 당신…… 진짜 말도 안 돼! 대체 무슨 생물인 기야?!"

"어? 그러니까 나는 불야성의 아이돌이라고."

아카네의 태평한 모습에 밍크는 머리를 부여잡고 싶어졌다. 조금 전부터 아카네를 선두로 세워두면 함정이나 기습을 전부 회피하고 있기 때문이다.

"내 친위대는 참 대단해서, 늘 펜라이트로…… 앗, 아야!"

――생존 스킬 '강운' 발동!

아카네가 나무뿌리에 발이 걸려 넘어지자 그곳에는 예쁜 조개껍데기가 떨어져 있었다.

"럭키! 뭔가 반짝반짝한 걸 주웠어."

심지어 하늘을 날던 까마귀가 부리에서 무언가를 떨어뜨렸다.

아카네가 그걸 들고 살펴보자 낡은 금화였다.

"반짝이다! 이걸로 과자 살 수 있을까? 그럴까?"

"믿어지지, 않아……. ……진짜 뭐야, 당신…………."

그건 GAME 회장에서 나쁜 이벤트를 전부 회피하는 생존 스킬. 하지만 밍크의 눈에는 그건 강운이라기보다도 무언가에게 사랑받는 것처럼 보이는 모습이었다.

"당신 설마…… 운명의 여신님의 가호를 받고 있다거나 그런 건 아니지?!"

뭐든 잘 풀리고, 안 좋은 일이 생겨도 최종적으로는 플러스가 된다.

그런 황당한 인간이 이 세상에 존재할 리 없다.

"여신님? 그보다는 내가 여신이라고 해야 하나? 나는 귀엽잖아."

“대화가 안 통해……. 이렇게 된 이상 또 한 명의 나를 꺼낼 수밖에 없는 걸까……?”

“또 한 명의 나? 암흑의 도플갱어? 아니면 여럿 있는 중이병 인격 중 하나?!”

“여럿? 그 관점은 없었어. 확실히 다른 인격이 하나일 필요는 없지…….”

이쯤 되면 대화의 교통사고다.

두 사람의 의사소통에는 아직 시간이 더 걸릴 것 같다.

뒤에서 쫓아오던 수인들도 밍크와 마찬가지로 아카네가 함정을 전부 회피해버리는 걸 보고는 충격을 받았다.

“왜 함정이 전부 빗나가는 거지?”

“사슴에게 물어봤자 모른다고.”

“야, 들소! 아까부터 기습까지 다 간파당했잖아!”

“영 모르겠는데…….”

다양한 수인들이 각각 떠들어댔다.

무리를 이뤄 쫓아오는 낭족(狼族)과 녹족(鹿族), 땅을 기어 오듯 쫓아오는 언서족, 검게 번들거리는 우족도 있었다. 심지어 그 무리 중에는 육지엔 잘 나타나지 않는 어인과 리저드맨의 모습도 있었다.

인간의 침공은 오랫동안 없었던 일이기 때문에 놀라서 나온 모양이었다.

“왜 인간이 이 숲에……!”

“이 녀석들, 마족령의 노예 시장에서 도망친 거 아니야?”

쫓아온 수인들을 돌아보며 아카네가 실망한 듯 중얼거렸다.

상상했던 모습과는 달랐기 때문이다.

“뒤에 잔뜩 오긴 했는데 어째 상상했던 거랑은 달라. 푹신푹신한 애는 없어?”

“잡히면 죽는다고……. ……정말 태평하긴.”

맞춰줬다간 끝이 없다고 판단한 건지 밍크가 일어나 마법을 영창하기 시작했다.

손에는 본인이 ‘흑의 서(書)’라 부르는 성서를 들고 있으며, 밍크의 몸을 감싸듯 원 모양의 마법진이 떠 있었다.

그 모습을 본 아카네도 눈을 빛냈다.

“심원의 어둠이여, 인간의 이름을 칭하는 어리석은 자를 현혹하라———! 《성광무(홀리 미스트)》”

그 순간 숲속에 성스러운 안개가 퍼졌다.

이윽고 안개가 빛을 뿜었다. 눈이 멀어버릴 듯한 섬광에 뒤에서 오던 수인들이 비명을 질렀다.

“으아아아아아악!”

“눈이이이이이! 내 눈이이이이!”

“아파! 누가 내 발 밟은 거야!”

“하얗게………… 불태웠어.”

“앞이 안 보여!”

———연속 영창———.

“그를 비추는 탄식의 태양, 그대 재액에서 벗어날 길 없나니, 굶주린 사신의 발소리를 들어라아아!”

———《천쇄성박(엔젤 체인)》———.

밍크의 외침과 함께 하늘에서 작은 천사들이 무수히 강림했다.

각각 손에 든 성스러운 사슬로 수인들을 차례차례 속박했다. 영창과 뭐가 맞는 게 없는 황당한 광경이었지만, 어쨌거나 아무리 힘이 센 자라고 해도 이 사슬에서 벗어나는 건 쉽지 않다.

"뭐야, 다음엔 이상한 사슬이…………!"

"아아아아아악!"

"빠끔빠끔, 못 움직이겠어! 이봐, 거기 두더지…… 이거 풀어줘!"

"뭐야, 자기의 일은 스스로 하자! 알아서 척척척! 몰라?"

수인들의 혼란 뒤로 아카네는 몸을 부들부들 떨더니 환희의 탄성을 질렀다. 마법을 눈앞에서 직접 보고 흥분을 억누르지 못하게 된 모양이다.

"뭐야, 뭐야! 중이 요정 너무 멋있잖아! 감동했어!"

"어……? 뭐, 뭐 이 정도야."

"있지! 지금 그거 나한테도 가르쳐줘! 나도 마법 쓰고 싶어!"

"가르쳐달라니……. 당신, 마왕의 권속이잖아?"

"그렇지만! 아, 근데 한 번 봤으니까 됐나."

"질리는 거 너무 빠르지 않아? 아니, 이 틈에 도망가자!"

"좋아! 지금이야! 나다!"

밍크가 냅다 도망치고 아카네도 영문을 할 수 없는 소릴 외치면서 뒤를 쫓아갔다.

침입자를 쫓던 부대의 발을 묶어놓은 덕분에 숲의 남부가 한층 더 시끄러워졌다.

종횡무진 달리는 아카네에게 무언가를 결심한 밍크가 물었다.

"아카네라고 했지? …………부탁이니까 하나만 진지하게 대답해주지 않을래?"

"응? 뭔데?"

"무슨 승산이 있는 거지? 이렇게 소란을 피웠으니 이제 살아서 돌아가지 못한다고."

"어? 나 노숙은 싫은데. 야영 세트는 있지만~ 오늘은 슬슬 돌아갈까?"

"돌아간다고? 어디에?"

아카네는 그 말에 대답하는 대신 《예비 가방》에서 《점프 슈즈》를 꺼내서 장착했다.

그리고 아무 설명 없이 그대로 밍크의 몸을 끌어안았다.

"자, 잠깐만!"

"우우, 부드러워…………. 정말 파렴치한 마시멜로네. 에잇, 에잇."

"하지 마, 잠깐, 간지럽…… 앗, 꺄아아아아악!"

밍크의 커다란 가슴에 얼굴을 파묻은 아카네는 가볍게 점프하며 루키 시로 《전이동》을 했다. 갑자기 바뀐 풍경에 밍크의 눈이 휘둥그레졌다.

"어……. 이게 뭐야?"

"이건 내 파트너 2호. 1호는 산에서도 사막에서도 쭉쭉 미끄러지는 대단한 녀석이야."

어안이 벙벙해진 밍크를 두고 아카네는 점프 슈즈를 넣은 뒤 루키 시 안으로 성큼성큼 걸어갔다.

황당한 마도구를 사용했는데도 그 모습은 평소와 달라진 게 없다.

밍크가 보기엔 영문을 알 수 없는 사태지만, 이 아카네라는 소녀에게 설명을 요구해봤자 입만 아프다는 걸 깨달은 건지 얌전히 뒤를 따라갔다.

"사, 살아 돌아온 것만으로도 다행인 거지……. 오르간은 음, 걱정할 필요 없을 테고."

힘없이 중얼거리는 밍크는 아직 몰랐다. 앞으로 여기를 베이스캠프 삼고 수인국에 수도 없이 들락거리게 되는 미래를.

"아무튼 지금은 몸을 쉬어줘야지…………. 더는 아무 생각도 하고 싶지 않아."

여관에서 지친 몸을 달래려던 밍크였지만 그 등에 낭랑한 목소리가 날아왔다.

뒤를 돌아보자 그곳에는 익히 아는 홀리 브레이브가 있었다.

"얼마 전에는 크게 신세 졌습니다."

오타메가가 깊이 머리를 숙여 지난번 사건을 도와준 것에 감사를 표했다.

마을을 보자 이른 아침인데도 불구하고 곳곳에서 복구 작업이 시작되고 있었다. 그중에는 삼연성의 모습도 있는데, 두 팔 벗고 큼직한 건물 파편을 나르는 모습이 보였다.

"신경 쓰지 마. 딱히 한 일도 없었고……. 그건 그렇고 여전하네."

밍크는 오타메가의 모습을 보고 기가 막힌다는 듯 중얼거렸다.

늘 남을 위해 일하고 아무런 보답도 바라지 않는다. 자국만이 아니라 타국민까지 구하려 하다니, 솔직히 이상한 남자였다.

"오늘은 일행분은 안 계시는군요."

"아, 오르간은――."

솔직하게 대답하려다가 급히 입을 다물었다. 오르간은 수많은 마도구를 사용해 마인이라는 걸 숨기고 있지만, 홀리 브레이브의 눈은 속일 수 없다.

'하지만 별말 안 한단 말이지. 무슨 생각인 건지…….'

반은 인간이라는 논리로 눈감아주는 걸까. 아니면 오르간의 존재에 어떠한 가치라도 찾아낸 걸까.

밍크의 그런 생각을 뒤로 오타메가는 평소와 다름없는 모습으로 다시금 꾸벅 인사했다.

"그녀에게도 제가 감사해한다고 전해주시면 감사하겠습니다."

"어, 어어……. 알았어."

"두 분에게 부족하게나마 사례를――."

"필요 없어. 당신은 늘 너무 배려한다니까. 조금은 자기 나라에서의 입장을……."

밍크는 쓸데없는 충고라는 생각에 뒷말을 삼켰다.

이런 대화는 벌써 수도 없이 반복했다. 새삼 이런 말을 해봤자 오타메가는 삶의 방식을 바꾸지 않을 것이다.

"저는 당분간 이곳에 머무르려 합니다."

아마 복구작업을 도우려고 하는 거겠지.

그런다고 동화 한 닢 얻을 수 있는 것도 아닌, 완전한 봉사활동이었다.

"그렇겠지. 적어도 당신에게 어둠의 축복이 있길 기도할게."

"………………마음에 감사드립니다."

밍크의 말에 오타메가는 난처한 듯 쓴웃음을 지으면서도 깊이 고개 숙여 인사한 다음 조용히 떠나갔다. 성스러운 용사에게 어둠의 축복이 내렸다간 큰일이지만, 그는 현명하게도 한 귀로 흘려넘기는 선택을 한 모양이었다.

"그럼 나도 쉬어야지. 그 땅에서 증폭한 어둠을 달래야 해……."

영문을 알 수 없는 소릴 주워섬기며 크게 하품한 밍크는 여관으로 향했다. 거리에는 복구 작업에 한창인 사람들의 목소리가 울려 퍼졌다. 그 소리를 들은 얼굴이 자연스럽게 부드러워졌다.

"인간은 약하지. 그래도 끈기만큼은 악마보다 뛰어나다고……."

밍크는 그런 말을 중얼거리며 아침노을로 물든 거리를 느긋하게 둘러보았다.

맹주의 결단

———성광국 북부, 게이트 키퍼———

그곳은 성광국과 타국을 가로막는 거대한 요새이자, 수많은 전투가 일어난 장소이기도 하다. 매년 작열하는 햇볕이 내리쬐는 성광국이지만 이곳만큼은 좀 특이했다.

옛날부터 성광국의 북부는 날씨가 불안정했다.

지금도 요새 주위는 큰 눈보라가 휘몰아쳐서 사람들은 구멍 속에 숨듯 숨을 죽이고 있다.

그렇게 춥나 싶으면 다음 날 아침에는 작열하는 태양이 쏟아지고, 건물을 통째로 날려버릴 듯한 강풍이 변덕스럽게 불어닥치는 등 사람이 살기에는 너무나 가혹한 땅이었다.

그런 골치 아픈 땅에서 국경을 지키는 자들은 무관파라 불리는 귀족들이다.

중앙 정부에 실망한 이들은 이미 국경에서 거대한 군벌이 되어가고 있었으나, 맹주인 아츠 아래에서 가까스로 통제만은 유지되고 있었다.

그들이 여태까지 폭주하지 않은 것은 오로지 아츠의 통솔력 덕분이다. 하지만 전령이 가져온 소식에는 그 아츠조차 안색을 바꾸었다.

"망할 여우가……. 이런 때에 무슨 생각을 하는 거냐!"

전령의 알림에 따르면 마담 버터플라이의 캐러밴이 게이트 키퍼를 지나 북방국가군으로 출발한다고 한다.

국내가 이렇게 혼란스러운 상태인데도 태평하게 돈을 흩뿌리려는 마담의 행동에 아츠의 분노는 정점에 도달하려 했다.

"자기가 제왕인 줄 아는 여자 같으니…………. 이게 벌써 세 번째다!"

아츠는 기억력이 좋다.

이 황당한 캐러밴이 북방국가군으로 출발하는 건 이것으로 세 번째였다. 두 번째 때는 마담 본인이 캐러밴과 함께 저 멀리 '도시국가'까지 가기도 했다.

——눈을 보고 싶어.

그 이유를 들었을 때 아츠의 시야는 분노로 시뻘게졌다.

눈이라면 이곳에서도 얼마든지 볼 수 있다. 화려함을 추구하는 중앙의 귀족들은 무관파가 지키는 성광국의 북부나 황야만 펼쳐진 동부를 '화외지역(化外地域)'라고 부르며 멸시해왔다.

하늘에서 떨어지는 눈송이마저 야만적이고 볼 가치도 없다는 듯한 말투였다.

물론 마담은 그런 악의를 담아서 한 말이 아니라, 그녀가 보고 싶었던 건 하늘에서 잔잔히 내리는 가루눈이고 그걸 보면서 황량하던 마음을 달래려는 의도였을 뿐이다.

하지만 반발하는 두 사람은 대화 자체가 적어서 서로 상대의 말과 행동을 곡해하곤 했다.

"설마 또 눈을 보고 싶다는 황당한 이유를 댄 건 아니겠지?"

"아, 아뇨. 마담 본인은 동승하지 않으셨습니다."

부글부글 솟구치는 불쾌함을 억누르듯 아츠는 창밖으로 시선을 돌렸다.

아쉽게도 오늘 밤은 눈보라가 몰아쳐서 대지까지 얼어붙는 듯했다.

'교화가 미치지 못한 지역을 지키는 야만인이라……. 우리가 없으면 네놈들은 오래전에 시체가 되었을 거다.'

움켜쥔 주먹에 자신도 모르게 힘이 들어갔다.

아츠를 맹주로 추대하는 무관파는 이 땅에서 수도 없이 외적과 싸우고 많은 피를 흘리며 성광국의 백성을, 국경을 지키고 있다.

'그에 비해 그 어리석은 여자는…………'

안전한 장소에서 평화롭게 사교계의 여제라고 으스대며 그 동생까지 예술에 빠져 터무니없는 낭비를 연발하고 있다. 아츠가 본 버터플라이 자매는 국가를 내부에서 좀먹는 적이었다.

"그 여자는 지난 신도 습격에서 아무것도 배우지 못했군……."

사타니스트의 공격을 받아 신도는 큰 피해를 입었다. 다양한 요소가 중첩되어 가까스로 악마를 격퇴했지만, 근본적으로 해결된 것은 아무것도 없었다.

귀족들만 부를 축적하고 백성은 가난에 허덕이는 모습은 변한 것이 없다. 이대로는 같은 일이 반복될 뿐이다.

가난을 버티다 못한 일부는 자신이 태어나고 자란 고향을 버리고 강도나 산적으로 전락하고 만다. 그렇게 된 자들이 최종적으로 도착하는 곳이 바로 사타니스트 집단이다.

"저기, 아츠 님……. 하나 더 보고드릴 게 있습니다."

"뭐지?"

"그 캐러밴 일행 중에 아무래도 루나 님이 계시는 듯합니다…………."

"루나 님께서?"

마담의 캐러밴과 성녀 중 한 명인 루나는 잘 연결되지 않았다.

여태까지 그 둘은 별다른 접점이 없었기 때문이다.

"그, 소문이긴 하지만 마담은 라비 마을에서 요양 중이라고……."

그런 부하의 목소리에 아츠는 팔짱을 끼고 생각에 잠겼다. 게이트 키퍼와 라비 마을은 멀리 떨어져 있어서 진위를 확인할 방법이 없다.

다만 마담과 루나라는 기묘한 조합이 마음에 걸렸다.

'분명 마왕이라고 하던 남자도 북쪽에………….'

전쟁기인데도 불구하고 북방으로 향한 남자를 떠올렸다. 아츠의 인식 속에서 마왕은 갑자기 튀어나와 루나의 후견인 비슷한 자리를 차지한 수상한 남자였다.

얼마 전 신도 습격 때는 콧노래를 흥얼거리며 중급 악마를 폭사시켰다는 소문도 돌았다.

'그 남자가 두 사람을 연결한 건가…………?'

여태까지 딱히 접점이 없었던 루나와 마담을 연결한 자.

아츠의 생각에 원인은 그 남자밖에 없다.

이런 세 사람의 공통 요소는―― '라비 마을'이다.

'그 남자는 뭘 꾸미는 거지? 애초에 그 여자가 그런 한촌에서 얌전히 지낼 리가 없는데.'

아츠가 그렇게 생각하는 것도 당연했다.

마왕과 만나기 전의 마담은 매일같이 파티를 열어 화려한 사교계에서 자신을 달래고 있었으니까.

'아무튼 삼보와 상담해볼 수밖에 없겠군.'

심복인 삼보를 불러 이 문제에 관한 상담을 하려고 했는데, 마침 부르기도 전에 본인이 나타났다.

그 손에는 봉랍이 찍힌 편지가 들려 있었다.

"아츠 공, 또 마담의 병이 도진 모양입니다."

삼보가 크게 웃으면서 의자에 앉았다. 보고를 마친 부하는 두 사람에게 따뜻한 수프를 가져다준 다음 방해가 되지 않도록 방에서 나갔다.

"삼보, 그 여자는 무슨 생각을 하는 거지?"

아츠의 표정을 보고 웃고 있던 삼보의 얼굴도 진지해졌다.

도저히 웃어넘길 수 있는 상황이 아니라는 걸 알아차린 모양이다.

"편지에는 늘 하는 인사와 루나 님께서 오신다는 이야기가 간결하게 적혀있었습니다. 마담이 충동적으로 물건을 사는 건 드문 일도 아니지만…… 조금, 너무 제멋대로이긴 하죠."

삼보의 말에 아츠의 얼굴이 씁쓸하게 일그러졌다. 그 '충동구매'라는 걸 할 돈이 있다면 얼마나 많은 빈곤 구제 대책을 마련할 수 있을까.

아츠가 하고 싶은 말이 뭔지는 익히 아는 건지 삼보가 달래듯이 말했다.

"사교활동이네 뭐네 하는 말을 들어도 저는 통 알 수 없으니 말입죠. 그래도 그 여자가 벌이는 소비가 이 나라에 적지 않은 돈의 흐름을 만들어내는 것 또한 사실입니다."

사교계의 꽃이라고 할 수 있는 파티나 무도회 등에는 각국의 다양한 요리와 접시가 쓰이고, 눈이 번쩍 뜨일 만큼 비싼 드레스와 보석이 오간다.

이런 것들은 결국 일자리가 되고 서민도 그 낙수효과로 이득을 보기도 한다.

요리사나 음식 재료를 제공하는 농가, 와인이나 에일 맥주를 만드는 주점, 도자기를 만드는 장인, 화가, 악사, 화려한 마차를 만드는 가게와 마부, 드레스를 만드는 의류 사업 관계자들, 보석상, 가구장인, 경비, 꼽자면 끝이 없다.

화려한 사교계가 사라지면 이런 수요도 싹 사라진다.

당연히 많은 사람이 일자리를 잃고 거리에 나앉게 될 것이다.

아츠도 그건 알고 있지만, 바깥의 눈보라를 보면서 말했다.

"삼보, 네가 무슨 말을 하고 싶은 것인지는 안다. 어떤 측면에선 그게 정론이라는 것도."

"허허, 이거 주제넘은 소리를 했군요."

마담의 행동을 낭비로 보지 않고 '경제활동의 일환'으로 인정한다면 이야기가 간단해진다.

하지만 그렇게 쉽게 인정할 수 없는 것도 사람의 마음이다. 하물며 그 한심한 파티가 자신들의 피로 얻어지고 보호받고 있다는 걸 생각하면 더욱더.

"일단 그 여자의 낭비벽 이야기는 제쳐두지. 자신의 돈을 어디에, 어떻게 쓰든 마음대로 하면 그만이다. 타인이 간섭할 수 있는 게 아니지."

"그렇, 죠…………."

아츠의 말에는 전장에서 잃은 수천의 전우들의 원통함이 담겨 있기에 삼보도 고개를 끄덕일 수밖에 없었다.

그는 아츠와 마담을 둘 다 잘 알고 있다 보니, 둘 사이에 끼어버린 상황이기도 하다.

중앙 정계에서 야만인이라고 경멸을 받으면서도 고독하게 북쪽 땅을 지켜온 아츠의 원통함.

어릴 때부터 주위 귀족들에게 비웃음을 듣고 멸시당하면서도 자신의 힘만으로 사교계의 정점에 올라선 긍지 높은 마담.

두 사람의 위치는 심리적으로도, 물리적으로도 너무나 멀리 떨어져 있다.

"그나저나…… 루나 님께서 외국에 나가신다는 이야기에는 놀랐습니다."

"그래…………."

무거운 분위기를 환기하듯 삼보가 자연스럽게 화제를 바꾸었다.

실제로 삼보에게는 참으로 신기한 상황이었다.

"루나 님께선 마담을 거북해하셨는데…………. 제멋대로라는 점에서는 마담과 닮았으니 어떤 계기로 마음이 맞은 건지도 모르겠군요."

삼보가 껄껄 웃은 뒤 조금 식은 수프를 먹었다.

확실히 제멋대로고 자존심이 강하다는 점에서 그 두 사람은 닮은꼴이었다. 그것만이라면 아츠도 딱히 쌍심지를 켤 필요가 없다.

문제는 거기에 마왕이라는 묘한 남자가 엮여있다는 점이다. 얼마 전 신도에 나타난 '용인' 소문도 그렇고, 요즘 성광국에는 이해할 수 없는 일이 너무 많다.

'그 남자는 루나 님과 마담을 연결해놓고 뭘 하려는 건지…….'

아츠의 머리에 예전에 떠올랐던 생각이 되살아났다. '쿠데타'라는 흉흉한 세 글자가.

성녀인 루나를 내세우고 마담의 경제력이 그것을 받쳐준다는 구도다.

'황당하군. 마치 그림의 떡 아닌가…………'

상징과 돈만으로는 쿠데타가 성립되지 않는다.

거기에 국내를 진압할 수 있을 만한 고유의 무력이 있어야 하기 때문이다. 예전에 아츠는 그걸 자신들 무관파에게 요구하는 건지도 모른다고 생각한 적이 있다.

"하지만 아츠 공. 아무리 잠행이라고 해도 루나 님께서 북방에 가시면 다소 경호할 사람이 필요하지 않습니까? 그곳은 방심할 수 없는 세력이 득시글거리고 있으니까요."

'흠……!'

그 말에 아츠의 머리에 경종이 울렸다.

생각지도 못했던 방법이 계시처럼 내려왔기 때문이다.

'설마 그 남자는, 아니, 그 여우는…………'

북으로 떠난 마왕을 자칭하는 남자, 참으로 뜬금없는 루나의 잠행, 그리고 그걸 숨겨주는 마담의 캐러밴. 아츠의 머리에 지극히 현실적인, 전국을 움직일 수 있는 수단이 떠올랐다.

'그 무리는 '외부 세력'을 끌어들이려 하는 것 아닌가………!'

아츠는 전율을 느꼈다.

예로부터 그런 방법으로 수많은 왕조가 멸망한 사례는 일일이 셀 수도 없을 정도다. 그 노선으로 따져보자면 이해할 수 없었던 행동에 전부 이유가 나타난다. 먼저 마왕이라 자칭하는 남자가 현지를 찾아가 외부 세력과의 회담을 준비한다. 여기에 '대표자'로 루나가 회담에 임하고, 마담의 캐러밴은 막대한 금전을 대가로 외부 세력을 움직인다는 도식이다.

당연히 여기에는 영토의 일부도 대가로 들어갈 것이다.

아츠가 보기에는 미치광이의 꿈이라고 욕을 퍼붓고 싶어지는 계획이지만 권력을 탐한 자들이 이런 수법으로 외부 세력을 끌어들여 나라를 멸망시킨 사례는 얼마든지 있다.

'어리석긴 하지만, 현실적으로 가능한 방법이다.'

지금처럼 다양한 세력으로 갈라져 극도로 혼란스러운 성광국에 외부 세력가지 더해진다면 그 혼란에 박차가 가해질 것이다.

또 북방국가군도 성광국 내부에 쉽게 파고들 수 있다면 이 계획을 받아들일 게 분명하다.

'삼보의 눈을 치료해준 건 우리 무관파에게 빚을 만들어 시간을 벌면서, 잘하면 삼보를 적절히 이용해 포섭하려고 하는 것 아닌가?'

"아츠 공, 루나 님의 경호는 제가———."

'그래, 바로 이때를 노려 삼보가 나설 수 있도록 준비한 거다. 그렇게 어영부영 아군으로 끌어들이기 위해 계획을 짠 거라면…….'

이대로 계획이 진행되면 아마 삼보는 외부 세력을 끌어들인 매국노로서 규탄을 받아 무관파의 지지만이 아니라 그 자리까지 잃게 될 것이다.

그렇게 된다면 일족을 지키기 위해 다른 세력으로 이동할 수밖에 없게 된다.

'그 망할 여우가 고식적인 수법을………. 아니면 배후에 있는 그 남자의 지시인가?'

아츠는 유능한 군인이자 그 능력은 이 대륙에서도 손에 꼽을 수 있을 정도다.

성광국이 자랑하는 수호신이라고 불러도 될 것이다.

하지만 유능한 군인이기 때문에 사고방식이 군사적인 측면으로 기울어져 있다.

그가 무능했다면 다른 선택을 했으리라.

"아니, 경호는 내가 맡는다."

"뭣……. 아츠 공이 직접?! 외국에서의 호위 정도는 제가 할 수 있습니다!"

"나도 여길 벗어나 잠시 휴식하고 싶어서 말이지."

"아니, 하지만………… 아츠 공은 혼자만의 몸이 아니잖습니까. 무슨 일이 생기면."

"몇십 년 동안 여기에 틀어박혀 있었다. 이번만큼은 내 억지를 용서해다오."

"아, 아츠 공이 그렇게 말씀하시니…………, 곤란하군요."

놀라는 삼보를 뒤로 아츠는 일행의 동향을 간파하겠노라 결의했다.

동시에 묘한 꿍꿍이가 있다면 그걸 분쇄하겠노라고.

'여제와 마왕………… 전부 네놈들의 뜻대로 흘러갈 거라고 생각하지 마라…………!'

아츠는 게이트 키퍼의 사령관을 일시적으로 삼보에게 대행시킨 다음 자신은 병사를 데리고 캐러밴과 동행하게 되었다.

————며칠 뒤, 북방국가군의 가도————

가도를 가득 메우는 대규모의 캐러밴이 느릿느릿 마차를 끌고 나아갔다. 행렬 여기저기에는 버터플라이 가의 깃발을 높이 내걸고 있다. 그 위용이 참으로 어마어마했다.

설령 한 나라의 왕이라고 해도 이만한 규모의 캐러밴은 쉽게 움직이지 못할 것이다.

그만큼 마담의 재력은 특출나게 뛰어나다.

성광국 남부는 전화의 불길이 미친 적도 없으니 당연하게도 국방비에 빠지는 돈이 없다.

아츠를 비롯한 무관파들이 있는 북부와는 토양이 전혀 다르다. 이 황당한 행렬을 보고 아츠는 그것을 절절히 통감했다. 참고로 '황당하다'는 건 규모만이 아니다.

"너희들, 가는 길에는 나를 공주님이라고 불러!"

마차 안에 떡하니 앉은 루나가 의기양양하게 외쳤다.

주위에 있는 마부들은 신경질적인 루나를 두려워하는 건지 허둥지둥 고개를 숙였다. 그리고 한 나라의 공주를 대하듯 공손히 모셨다.

'루나 님께서도 참 곤란하신 분이야…………'

저 태도는 어딜 봐도 성녀다움과는 거리가 멀다.

아츠가 본 루나는 마법이라는 힘에 천부적인 재능을 타고난 '어린아이'일 뿐이다. 정신은 아직 어리고 떼쟁이에 변덕스럽고 오만하다.

그런 사람이 한 나라의 상징인 성녀 중 한 명이니 참으로 곤란했다.

하지만 아츠는 상대의 지위나 안색을 살피느라 바른말을 주저하는 나약한 남자가 아니었다.

"실례지만 루나 님. 그 호칭으로는 경호에 지장이 생깁니다."

"뭐야, 내 의견에 불만이 있다는 거야?"

그렇지 않아도 눈에 띄는 캐러밴에 공주님이라 불리는 존재가 타고 있으면 절호의 표적이 된다.

북방국가군의 가도는 본래 무법지대다.

"귀한 몸에 무슨 일이 생기면 퀸 님이나 화이트 님을 볼 면목이 없습니다."

"윽……. 모처럼 밖에 있으니까 떠오르게 하지 말라고!"

루나에게 두 언니는 라이벌이자 자신의 앞길을 가로막는 높은 벽이기도 하고, 때로는 숨이 막힐 정도의 압박감을 주는 존재이기도 했다.

국외에 있을 때 정도는 머릿속에서 삭제해버리고 싶었다.

"어쩔 수 없지……. 그럼 아씨라고 불러."

그 말에 아츠는 불편한 표정을 지었다.

공주님이든 아씨든 귀한 신분이라는 티가 난다.

'적어도 성녀님이라고 부르는 것보다는 낫나…………'

성광국과 인접한 북방국가군에게 성녀란 차녀인 '킬러 퀸'을 가리킨다.

과거에 '게이트 키퍼의 비극'이라 불리는 국경 지역의 전쟁에서 퀸이 세 나라의 연합군을 격파하고 그들을 모조리 짓밟았기 때문이다.

살아남은 남자들은 전원 알몸으로 벗겨 밧줄로 묶은 뒤 성벽에 내걸었기 때문에 그 악명이 온 대륙에 널리 울려 퍼지게 되었다.

이 근방에서 성녀라는 호칭이 튀어 나갔다간 바로 전쟁 수준의 큰 소란이 벌어질 것이다.

"……알겠습니다."

그걸 떠올리며 아츠는 마지못해 고개를 끄덕였다.

따지고 보면 적지인 북방국가군에서는 경솔한 행동이 치명타가 될 수 있다.

실제로 아츠 본인도 북방국가군에서는 널리 알려진 인물이다. 지금은 정체를 숨기기 위해 평소와는 다른 일반적인 투구를 쓰고 호위병 중 한 명으로 섞여 들어갔을 정도다.

"그나저나 속도가 느린데……. 좀 더 팍팍 갈 순 없는 거야?"

"제가 보기엔 다치지 않고 통과하는 게 신기할 정도입니다."

버터플라이 가의 깃발이, 마담의 상식을 초월한 과거의 행동이 이 기적을 가능하게 만들고 있다. 가도에는 수많은 관문이 있으나 그곳에 있는 병사들은 환히 웃으면서 이 캐러밴을 통과시켜주었다.

그중에는 꼭 우리 마을에도 들러 달라며 애원하는 자도 나타날 정도다.

이 캐러밴 한정으로 관문도 요새도 존재하지 않는 것이나 마찬가지라는 태도였다.

실제로 캐러밴은 작은 마을을 발견하면 일일이 멈춰서 살만한 물건을 물색했다.

현대로 비유하자면 시골구석의 역 등에서 신선한 채소나 특이한 물건을 뒤지는 감각과 흡사한 건지도 모른다. 그걸 몇 번 반복한 뒤 아츠의 눈에 믿기 어려운 것이 보였다.

여기저기 마을에서 안내를 담당하는 인간이 튀어나오게 된 것이다.

'여기는 정말 적지인 건가…………?'

아츠가 움직일 때는 즉 행군이기 때문에 때로는 적지에 파고들어 나석을 가한다. 당연하게도 마을마다 불을 지르며 돌아다니는 일도 드물지 않다.

적지의 인간이 환하게 웃으면서 나타나다니, 마치 악몽이라도 꾸는 것 같았다.

"흐음. 그 옷감 좀 괜찮은 것 같은데…………. 두고 가."

"네, 넵! 감사합니다!"

루나가 무언가를 원하면 버터플라이 가의 노집사가 움직여 마을 사람에게 대금을 건넸다.

그건 언젠가 루나가 꿈꿨던 광경이기도 하다. 그 모습은 완전히 한 나라의 공주 그 자체였다.

처음에는 사양하던 루나도 뭐든 살 수 있는 쇼핑을 계속할 때마다 점점 대범해진 모양이었다. 마음에 든 물건을 바로 사들이게 되었다.

노집사도 그걸 막지 않았다.

오히려 생글생글 웃으면서 지켜보았다.

왜냐하면 마담의 쇼핑은 이런 귀여운 규모가 아니기 때문이다.

그녀의 쇼핑은 작은 마을부터 큰 도시까지 전부 집어삼키는 거대한 고래의 포식이기에, 마담이 지나간 자리에는 잡초조차 남지 않는다.

"저, 저기. 마담의 집사…………. 꽤 많이 샀는데 정말 괜찮은 거지?"

"루나 님께선 참으로 욕심이 없으시군요. 고작 이 정도의 쇼핑을 하고 귀국하시면 제가 마담께 혼납니다. 부디 조금 더 욕심을 내주시면 감사하겠습니다."

“그, 그래? 그럼 좀 더 살까……♪”

‘황당한 촌극이군…………’

두 사람의 대화에 아츠는 얼굴을 찌푸렸지만, 마담과 성녀의 쇼핑에 간섭할 권리는 없으니 묵묵히 따를 수밖에 없다. 무엇보다 여자의 쇼핑은 몹시 오래 걸리며, 끼어들었다간 괜한 불똥이 튄다는 걸 아츠도 잘 알고 있었다.

‘그나저나 이렇게 느긋한 여정이어도 괜찮은 건가……?’

외부 세력과의 접촉을 꾀한다면 시간도 중요한 포인트가 된다.

시간이 흐를수록 계획이 들통날 가능성도 커지기 때문이다.

‘의외로 먼저 간 남자가 준비에 애를 먹고 있는 건지도 모르겠군…………’

외부 세력의 포섭이나 개입 등은 책상 앞에 앉아서 생각하는 것처럼 쉽지 않다.

아츠처럼 노련한 전략가가 봤을 때 모략은 머릿속에서 짜 맞추는 것만이 아니라 그걸 실제로 움직여야 비로소 빛을 발하는 것이다.

‘탁상공론가가 자신의 꾀에 빠져 허우적대고 있을 가능성도 있지…………’

마담의 정치력은 아츠도 어느 정도 평가하고 있지만, 군사적인 측면이 엮이는 문제에는 어설프다고 보고 있다. 여태까지 병사 한 명 움직여본 적도 없고, 전장의 흐름을 알 기회도 없었기 때문이다.

그런 아츠의 생각에 근거를 더해주듯 루나가 성을 내며 외쳤다.

"그나저나 짜증 나, 그 자식! 뭘 천천히 와라, 쓸데없는 짓은 하지 말라야!"

"…………음? 그건 누굴 말씀하시는 겁니까?"

"어? 그, 그건, 그 녀석이야. 그 녀석!"

"마왕이라 자칭하는 남자———말입니까?"

"……응, 뭐."

어째서인지 루나가 토라진 얼굴로 고개를 홱 돌렸다.

이 이상 이야기하고 싶지 않다는 태도다.

참으로 어린아이 같은 모습이지만, 이렇게 된 루나는 오기로라도 입을 열지 않는다.

루나는 어린 시절의 경험 때문인지 성광국 인간에게는 선을 긋고 대하는 부분이 있다.

심지어 부주의하게 접근하는 권력자에게는 노골적으로 이를 드러냈다. 루나가 적개심을 품지 않고 대하는 건 아쿠나 바니처럼 천성적인 약자이다.

그런 그녀가 봤을 때 아츠는 북방의 무관파를 통솔하는 거대한 무력을 지닌 맹주이자, 권력자 중의 권력자라고 할 수 있다.

도저히 마음을 열고 대화할 수 있는 상대가 아니었다.

"그런 것보다 똑바로 경호해. 공주님을 지키는 것처럼."

"……알겠습니다."

아츠는 고풍스러운 무인답게 '천사'라는 존재를 존중한다.

여태까지 싸우면서 실제로 전사의 가호라는 걸 실감한 적이 많았기 때문이다. 다시 말해서 그 아래에 있는 세 성녀의 존재도 마찬가지로 존중해왔다.

'성녀님의 의향에는 최대한 맞춰왔지만…………'

화이트에게도 그랬고 퀸에게도 그랬다. 루나와의 접점은 적었지만 음으로 양으로 그 무절제한 행동을 옹호해왔다.

하지만 반란을 꾀한다면 사정은 달라진다.

"루나 님께선 현재의 성광국을 어떻게 생각하십니까?"

"아씨."

아츠가 은근슬쩍 떠보았는데, 루나는 썩 중요하지도 않은 부분을 지적했다.

아츠는 일시적으로 자신의 마음을 죽이고 한 번 더 물어보기로 했다.

"……루나 아씨께서는 현재의 성광국을 어떻게 생각하십니까?"

"아주 최악이야. 내가 나라의 정점에 서서 지도해주지 않으면 답이 없어!"

"…………!"

평상시였다면 그 말도 흘려들었을지도 모른다.

어린 마음에서, 지기 싫어서 나온 무모한 말이라고.

"지금은 **그 녀석**도 도와주고 있으니까 내 승리는 확고부동해!"

루나는 천진난만한 말을 툭툭 뱉었지만 듣는 아츠로서는 얼굴이 창백해질 만한 이야기였다. 떠보긴 했지만 이렇게 빨리 핵심을 찌를 수 있을 줄은 예상하지 못했다.

"그 말씀은 위에 있는 두 분을 밀어낼 각오라고 받아들여도 되겠습니까?"

"당연하지. 왜 내가 계속 언니들을 따라야 하는 건데. 게다가 **그 녀석**도 나에게 기대해주고 있고…………."

루나가 어쩐지 뺨을 붉게 물들이고 쑥스러운 듯 말했다.

그건 전부 실없는 발언일 뿐이었지만 아츠의 귀에는 그 모든 발언이 자신의 억측에 근거를 더해주는 것처럼 들렸다.

'마왕을 자칭하는……, 아니, 그 남자는 틀림없이 마왕처럼 악랄한 두뇌를 지닌 존재다.'

아츠는 자신의 생각이 맞았다는 걸 알았다.

루나를 부추겨 손바닥 위에서 뜻대로 굴리려고 하는 거다. 주위에 보좌라고 할 수 있는 존재가 없는 루나를 노린 것도 책략가로서는 당연한 선택이다.

"루나 님께선 그 남자의 **기대**에 부응하실 생각입니까?"

아츠는 직접적인 표현을 피해 완곡하게 물어보았다.

마음속 어딘가에서 부정해주길 바라며.

"나는 딱히 이 나라를 좋아하는 게 아니야――――."

하지만 돌아온 것은 뜻밖의 대답이었다.

아츠는 깜짝 놀라서 루나의 표정을 살폈지만, 루나의 눈은 진지하기 그지없었다.

"내가 믿는 건 예나 지금이나――――― 지천사님 뿐. 나는 내 소원을 이루어주는 존재를 좋아해. 노력도 하지 않고 핏줄만으로 으스대는 녀석들은 알 바 아니야."

기대했던 대답과는 달랐지만, 그 말에는 많은 뜻이 담겨있었다.

아츠는 어떻게 대응해야 할지 고민했다.

'그 남자는 아마 온갖 수단으로 루나 님의 소원을 이루어줘서 언제든 꺼낼 수 있는 비장의 패로 만든 거겠지. 그 결과 다른 자들의 의견은 전혀 들을 마음이 없게 되셨어.'

아츠의 생각은 군데군데 틀리긴 했지만, 본질적으로 엇나가진 않았다.

실제로 루나는 신기한 힘을 지닌 마왕에게 빠져있고, 무엇보다 자신의 마을을 경이적인 속도로 발전시키는 모습에 무한한 매력을 느꼈다.

어디의 누가 기피당하는 아인의 마을에 그렇게까지 힘을 쏟아줄까.

100번의 **허튼 소리**보다 한 번의 실행이 위대하다.

마왕의 행동은 어느 의미 참으로 알기 쉬워서 루나의 취향에 딱 들어맞았다.

그 관계를 무너뜨리는 건 쉽지 않다.

적어도 여태까지 제대로 접점이 없었던 아츠에게는 어려운 일이다.

"핏줄만이라는 건…………, 저를 비롯한 많은 귀족의 귀가 따가워지는 이야기군요."

"어라? 적어도 너는 인정하고 있어. 언니 편을 드는 건 마음에 안 들지만."

"참, 황공합니다…………."

아츠는 어쩐지 힘이 빠져버린 듯한 얼굴로 완만히 말을 몰았다.

루나에게 역심이 있다는 건 확실해 보이지만, 현재 성광국의 상황을 고려했을 때 역심을 품지 말라는 게 더 어려운 느낌이 들었기 때문이다.

상층부는 여러 세력으로 분열해서 사우는 중이고, 백성은 생활고에 견디다 못해 사타니스트로 타락해간다. 도저히 천사를 숭상하는 나라로 보이지 않는 꼬락서니, 지옥도이다.

'뭐가 옳고 뭐가 그릇된 건지…………'

아츠는 불현듯 생각했다.

이 여행 끝에 어떤 대답을 찾을 수 있을까.

적어도 요새 안에 있기만 했을 때는 찾을 수 없는 **무언가**를――.

Maousama Retry!
마왕님, 리트라이!

검은 자객들

———성궁, 회의실———

화이트가 각종 보고서를 읽고 서류작업을 진행했다.

세 성녀의 필두인 그녀의 일은 참으로 다양하다. 행정업무는 물론이요 다른 나라와의 외교, 귀족 간의 관계 조정 등도 그중 하나다.

온갖 의도를 숨긴 상인들과 절충할 때도 있고, 각 길드에서 건의나 분쟁 문제를 보낼 때도 있다.

꼬여버린 실은 최종적으로 성녀라는 권위가 판단을 내릴 수밖에 없다는 것이리라.

역대의 성녀들은 이러한 업무를 분담해서 적절히 일을 수행했지만, 현재의 성녀 3인은 다양한 의미에서 너무 편향적이었다.

화이트는 정치, 외교, 조정을 홀로 떠맡고 있는데, 다른 두 사람은 자유롭기 그지없다.

퀸은 유사시에 무력 진압에 나설 뿐이고 다른 일에는 전혀 관심이 없다. 루나는 루나대로 마법에 몰두하며, 자신의 권위를 뽐내느라 바빴다.

지금은 라비 마을에서 다소 영주다운 일을 하게 되었지만, 화이트의 힘이 되어줄 법한 행정 능력이나 지식은 전무하다.

화이트가 아니어도 울고 싶어질 만한 상황이다.

화이트가 업무에 힘쓰는 가운데 퀸은 여느 때처럼 오만방자한 모습으로 원탁에 발을 올려놨다가, 후지의 보고를 듣고 한쪽 눈을 떴다.

"마담이 북방에 캐러밴을……? 아, 몇 번 갔었지."

퀸에게는 전혀 관심이 없는 보고였다.

애초에 퀸과 마담은 형식상의 인사와 대화를 하는 정도의 관계일 뿐, 본격적으로 엮인 적이 한 번도 없다. 마담이 주최하는 중앙 사교계 모임에 퀸이 참석할 리도 없으니 인사한 횟수도 손에 꼽을 수 있을 만큼 적었다.

"쇼핑하고 있다면 마음대로 하라고 해."

"하지만 누님. 화이트 님께서 뭐라 말씀하실지……. 만약을 위해 보고하러 왔습니다."

퀸이 힐끔 시선을 주자 화이트도 서류에서 시선을 들어 부드럽게 웃었다.

그 머리에는 신성함이 느껴지는 빛을 뿌리는 천사의 고리가 떠 있다. 북방국가군 쪽에선 악귀라 불리며 두려움의 대상인 퀸이라고 해도 직시할 수 없는 광휘다.

"…………언니도 들었지? 평소처럼 항의하는 사자라도 보낼 거야?"

전쟁기인 북방에 무식하리만치 대규모의 캐러밴을 보내는 건 상식적으로 말이 안 되는 이야기다.

화이트는 과거에 그런 행동에 주의 및 항의 차원에서 사자를 보낸 적이 있었지만, 마담은 묵살이라는 무례한 대답을 돌려주었다.

마담 쪽에선 화이트에게만은 그런 말을 듣고 싶지 않았을 것이다. 천사에게 총애받는 듯 온갖 아름다움을 받은 그녀에게만은.

마담은 마담 나름대로 고뇌가 있었으나 위정자로서 지극히 성실한 화이트는 버터플라이 자매와 자주 충돌하곤 했다.

본래의 화이트였다면 국내 상황이 힘든 이런 때에——라며 항의하는 사자를 보냈을 것이다.

"마담에게도 생각이 있겠죠. 이번에는 눈을 감겠습니다."

"…………오오, 제법 여유가 넘치잖아?"

퀸은 재미없다는 양 화이트를 노려보았다.

사실 퀸은 고지식한 언니가 허둥대는 모습을 보는 걸 좋아하는데, 요즘 화이트는 너무 침착했다.

그 원인은 하나——— 머리 위에 떠 있는 '천사의 고리' 때문이다.

"진짜 대단해, 언니도…………. 이게 생긴 여유다, 이건가?"

퀸이 엄지를 세워 화이트를 놀렸다.

이렇게 된 이상 다른 방향으로 공략하겠다고 생각한 모양이다.

"가, 갑자기 무슨 말을 하는 거죠…………!"

"아니 뭐, 한여름 밤의 경험을 끝낸 여자 같다는 생각이 들어서……. 야, 후지. 교미한 녀석은 다들 이래?"

"그, 그만해! 애초에 교미라니 무슨! 달리 표현할 말도 있잖아!"

난데없이 묘한 방향으로 굴러간 화제에 화이트가 무심코 자리에서 일어났다.

하지만 퀸의 명령에는 더없이 충실한 후지는 태연하게 대답했다.

"확실히 첫 경험을 마친 사람은 미경험인 사람을 내려다보며 연민하는 경향이 있습니다."

"역시 그렇군. 이봐, 언니! 나에게 시비를 걸다니 아주 멋진 근성인데?"

"대체 무슨 이야기를 하는 거야!"

못 들어주겠다며 화이트는 얼굴이 빨개진 채 다시 자리에 앉아 서류로 시선을 옮겼다.

이 머릿속까지 근육으로 꽉 찬 듯한 주종의 대화를 받아주다간 아무리 시간이 지나도 일을 끝내지 못할 것이다.

"그나저나 누님. 하나 더 보고드릴 게 있습니다."

"뭔데?"

"루나 님께서 온 고울……, 두더지의 두목에게 '성사'를 내리셨다고 합니다."

"흐음. 그 녀석이 성사라…………."

퀸이 의외라는 얼굴로 중얼거렸다. 여태까지 루나의 성격을 생각하면 누군가를 용서하거나 석방하는 행동과는 거리가 먼 존재였기 때문이다.

화이트도 의외였는지 손을 움직이면서도 귀를 기울였다.

"그 끈질긴 두더지 자식에게 동료를 사냥하게 만든 거야?"

이독제독. 이런 방식은 여러 나라에서 볼 수 있는 수법이다.

일본의 역사를 돌아봐도 토쿠가와 이에야스 등은 에도에 횡행하는 도둑을 단속하기 위해 도적단의 수장을 붙잡아 그 죄를 용서한 것만이 아니라 도둑 체포, 내부 밀고, 정보수집 등에 이용했다는 일화가 있다.

"그것이, 우물을 파라는 명령을 받은 모양입니다."

"…………우물이라고?"

퀸이 무심코 원탁에서 발을 내렸다.

그 동쪽 황야, 말라붙은 땅은 우물을 파봤자 아무런 의미도 없다. 계란으로 바위를 치는 거나 마찬가지다.

"그건…… 그 녀석 나름대로 방식을 바꾼 '징벌'을 준 건가?"

현대는 말할 것도 없고, 이 세계에서도 체포되어 감옥에 들어간 범죄자는 크고 작은 다양한 형벌을 받아 노동하게 된다.

퀸은 그런 종류일 거라고 판단했지만 후지의 대답은 뜻밖의 내용이었다.

"아뇨, 아무래도 진지한 모양입니다……. 그 두더지 자식은 싸우는 실력도 제법 좋지만, 우물을 파는 일에는 프로급 실력을 갖추고 있습니다."

"통 모르겠네……. 그 등신, 더워서 뇌가 녹았나?"

퀸은 항복이라는 양 생각을 포기했지만 화이트는 달랐다.

그 기묘한 명령을 내린 사람은 루나가 아닐 것이다.

'아마도 그분께서…………'

화이트의 머릿속에 한 사내의 모습이 떠올랐다.

칠흑의 롱코트를 입고 머나먼 곳까지 노려보는 타천사 루시퍼의 모습. 온천여관에서의 광경이 되살아나사 화이트의 얼굴이 본인도 모르는 사이에 빨개졌다.

'설마 루시퍼 님께선 동쪽 황야에 물을…………?'

일반적으로는 말이 안 되는 일이지만, 말이 안 된다면 자신의 머리 위에 떠 있는 천사의 고리야말로 더 말이 안 되는 존재다.

'그 '온천여관'이라는 곳에도 뜨거운 물이 가득했던 걸 보면…………'

불가능은 아니다. 화이트가 봤을 때는 결코 공상 속의 이야기가 아닌 것처럼 보였다.

까마득한 저편────신화시대에 '밤을 지배했다'고까지 일컬어지는 존재가 다음엔 어떤 기적을 보여줄지 생각하니 가슴 속에서 벅차오르는 기대감에 그만 얼굴이 풀어졌다.

그런 화이트의 변화를 눈치 빠른 퀸은 놓치지 않았다.

"언니. 지금 남자 생각했지────?"

"무, 무슨 말을…………."

퀸이 얼굴을 일그러뜨리고 혀를 찰 듯한 기세로 말했다. 정곡을 찔린 화이트는 고개를 돌렸으나 퀸은 무인답게 봐주지 않았다.

"아니, 틀림없어……. 완전히 여자의 얼굴이었다고. 그렇지? 후지. 내 말 틀렸냐?"

"아뇨. 구구절절 누님 말씀이 맞습니다."

"너, 너희들은…………. 으으, 일을 방해할 거면 나가!"

성궁은 여전히 떠들썩했지만, 그 주위엔 수상한 자들이 꿈틀거렸다.

———성광국 서부, 도나의 저택———

성광국의 대광산지대, 풍요로운 서부를 지배하는 도나 도나의 저택에선 오늘도 화려한 파티가 열리고 있었다. 식탁에는 색색의 호화로운 요리가 즐비했고, 한 병에 서민의 한 달 치 월급이 날아갈 법한 비싼 와인을 콸콸 마셔댔다.

마치 이 세상의 영화를 한 장의 필름에 담은 듯한 광경이었다.

곳곳에서 환호성이 터지고, 때로는 취한 귀족이 노래를 부르는 등 세간과 동떨어진 공간이기도 하다.

하지만 옥좌에 앉아있는 도나의 얼굴은 조금 어두웠다.

'사람이 줄었어…………'

자신의 세력이나 자신의 편을 들어주는 사람의 '숫자'에 남들보다 훨씬 집착하는 도나이다.

파티장에 모인 사람의 수가 줄어든 것만이 아니라 화려함도 약해졌다는 걸 깨닫자 내장이 뒤틀리는 것 같았다.

원인은 다름 아닌 저 멀리 '라비 마을'에 있는 마담 때문이었다.

'이번에는 언니 쪽이라…………. 자매가 둘 다 고귀한 나에게 반항하다니!'

파티장의 '꽃'이라고 할 수 있는 많은 귀족 부인들이 이번에는 참가하지 않았다. 파벌이나 세력은 다를지언정 원래 이런 사교모임에는 서로 참가하기 마련이다.

결석할 때도 꽃을 보내거나 대리인을 보내는 등 섬세한 예의가 존재했는데, 다들 그런 배려는 잊어버린 것처럼 무단결석이라는 무례하기 그지없는 태도를 보였다.

'그 못난 돼지 자매 같으니………….. 그 자식들의 영지에 불이라도 질러버릴까……!'

도나는 거대한 권력을 지닌 가문에서 태어나 귀족이라는 생물을 체현하는 듯한 남자다.

좋게도 나쁘게도 어린아이 같은 면이 있다.

어떤 불법이든 저지르고 어떤 억지도 이뤄버린다. 이 세상에 태어난 이후 계속 그런 생활을 했으니 세간의 상식이 전혀 통하지 않는 남자였다.

도나의 감정 변화를 알아차린 건지 옆에 있던 남자가 말을 걸었다.

그가 총애하는 조카, 쿠루마 에비다.

"삼촌, 왜 그러십니까?"

"쿠루마야, 회장을 보고 생각하는 바가 없느냐?"

"슬프게도 꽃이 줄었군요. 영예로운 귀족파의 파티장으로 보이지 않습니다."

쿠루마는 척 보기에도 무자비해 보이는 가느다란 눈을 찡그리며 느끼한 동작으로 앞머리를 쓸어넘겼다.

그 머리카락은 버섯이 생각나는 모양이며, 몹시 호화로운 옷을 입고 있었다.

"듣자 하니 중앙의 귀족 부인들은 지금 온천여관이라는 것에 열광하고 있답니다."

"흥, 그 돼지가……. 돈이 넘친다고 쓸데없는 짓만 하고 있어."

다른 누구보다 본인이 가장 돈을 펑펑 낭비하며 매주 쓸데없는 파티를 열어놓고 도나는 그런 소릴 중얼거렸다.

"부인들은 유행에 민감한 존재……. 곧 질릴 겁니다. 그런 화외지역은 생각만 해도 저희의 용맹한 피가 더럽혀지니까요."

"흠……. 뭐, 그도 그렇군."

도나가 본 쿠루마는 자신의 조카답게 기개가 넘치는 남자였다.

귀족파의 정점에 선 자――― 그건 자신을 더없이 귀하게 여기고 다른 사람은 잡초처럼 대할 수 있는 배포를 지녀야 한다.

그것이야말로 귀족 중의 귀족, 왕의 자질이라고 생각하기 때문이다. 도나 개인의 사상은 그렇다 쳐도, 이런 남자들이 영주로 있는 영주민들은 참으로 고생이다.

"어차피 그 마을에는 밀리건을 보내두었다. 곧 뭐든 소식을 들고 올 테지. 거친 맹견이긴 하지만 그런 녀석도 적절히 이용하는 것이야말로 귀족이다."

"역시 삼촌, 번개와도 같은 결단력이십니다. 먼 과거에 악마왕과 맞서 싸운 용맹한 선조의 피는 삼촌의 몸으로 이어져 내려왔죠."

쿠루마의 거창한 칭찬에 도나도 기분이 좋아져 와인을 기울였다. 쿠루마는 딱히 알랑거리는 게 아니라 진짜로 그렇게 생각한다.

다양한 세력으로 갈라졌던 귀족들을 한데 모아 성광국의 서부를 차지한 그 재력과 무력은 도나가 가주가 되고 가장 절정을 찍었다고 할 수 있다. 좋게도 나쁘게도 도나의 강한 권세가, 이 남자의 끝없는 권력욕이 귀족파의 눈부신 번영을 쌓아 올려왔으니까.

하지만 쿠루마는 띄워주는 것만이 아니라 자연스럽게 충고도 흘렸다.

"그보다 삼촌. 카키프라이 문제가 급선무입니다."

"……무슨 일이냐."

불쾌한 이름에 도나의 얼굴이 일그러졌다.

"그 여자는 밤낮 가리지 않고 자랑하듯이 살롱에서 오르골 소리를 들으며 그림을 그린다고 하더군요. 살롱에 모인 예술파 귀족들이 아주 도취한 상태라고 합니다."

"……큭……, 그 물건, 말이냐…………."

도나에게 오르골은 급소다.

경매에서 수읽기 싸움에 패배하는 바람에 많은 관중 앞에서 물건을 빼앗겼기 때문이다.

"삼촌에게는 드문 실패였죠."

"나, 나도 안다……. 계속 비난하지 마라."

도나에게 다른 사람이 이런 소릴 했다간 그 자리에서 즉시 목이 날아갔을 것이다.

그 점에서 쿠루마는 자신이 사랑받고 있다는 걸 자각하고 있기 때문에, 이따금 도나에게 가차 없는 쓴소리도 하고 타이르는 듯한 말도 했다.

그런 점도 도나가 보기에는 귀여운 조카이다. 물론 그건 친척의 특권이므로 다른 사람이 똑같이 했다간 가만두지 않는다.

"그런 삼촌의 무료를 달래기 위해 오늘 밤엔 전국의 악사들을 모아왔습니다."

쿠루마가 손가락을 튕기자 악사들이 일제히 화려한 음악을 연주하며 들어왔다. 그 장엄한 광경은 귀족파의 파티에 참으로 잘 어울렸다.

모여있던 귀족들도 갑작스러운 서프라이즈에 환호성을 질렀다.

"그 여자가 오르골을 독차지하고 있다면 우리는 전국의 악사를 점유해 성광국에서 소리라는 소리는 전부 빼앗아버릴까 하는데요."

"크하핫! 정말 장한 조카구나! 나도 생각해내지 못한 일을 하다니!"

쿠루마의 말에 도나가 두툼한 몸을 흔들며 크게 웃었다. 두 사람은 덕분에 만족할지도 모르지만 다른 사람에게는 더없이 민폐인 계획이다.

도나는 화려한 음악에 만족하며 눈을 가늘게 휘었다가, 아주르가 가져온 보고에 안색을 바꾸었다.

"뭐……. 그 여자가 또 북방에 캐러밴을 보냈다고……?!"

"아무래도 그런 모양입니다."

도나의 귓가에서 보고를 마친 아주르는 여느 때와 같은 무표정이었지만 듣는 주인의 안색은 악귀처럼 분노의 색으로 물들어갔다.

"그 못생긴 돼지가!! 더는 못 참겠다!"

얼마 전 동생 카키프라이에게 오르골 건으로 망신을 당했고, 언니는 여관이라는 걸 이용해 중앙의 귀부인들로부터 한층 큰 지지를 받고 있나.

도나가 본 마담 자매는 자신의 앞길을 가로막는 불구대천의 원수였다. 영화로운 귀족파의 맹주인 도나의 분노에 파티장이 순간 고요해졌다.

이건 곤란하다고 생각한 건지 도나는 연극이라도 하듯 두 팔을 크게 벌려 느릿하게 고개를 끄덕였다.

"오오, 실례했소이다. 모처럼 열린 파티에 몹쓸 보고가 들어와서 말이오. 다들 계속해서 즐기시구려."

쿠루마도 이변을 느낀 건지 두 손을 지휘봉처럼 흔들어 악사들에게 신호를 보냈다.

바로 음악이 재개되자 파티장에 화사한 분위기가 돌아왔다.

"……삼촌."

"언니 쪽이 또 일을 저질렀다. 쿠루마, 이 자리는 맡기마."

"네. 삼촌도 아무쪼록 방심하지 마시길."

"음…………."

"자, 여러분! 오늘 밤도 우리의 용맹한 선조를 칭송하며 마음껏 먹고 마십시다!"

쿠루마의 외침에 곳곳에서 주먹을 치켜들고 호응한 뒤 화기애애한 담소가 재개되었다.

도나는 아주르를 데리고 여유로운 발걸음으로 퇴장했다.

방으로 돌아오자마자 도나는 감정을 드러내며 책상을 두드렸다.

"어떻게 된 일이냐, 아주르! 그 여자는 뭘 노리는 거지?"

이쯤 되면 그 자매가 뭘 하든 참을 수 없다는 듯한 태도였다.

"저는 오히려 먼저 북으로 떠난 남자가 더 마음에 걸립니다."

아주르가 보기엔 도나가 집착하는 오르골 같은 건 아무래도 좋은 물건이다.

오히려 지금은 자매의 동향보다 마왕을 자칭하는 남자를 주시해야 한다. 그 남자는 직접 칼날을 들이대는 거대한 적이 될 것이다.

"북으로…… 그래, 그 남자인가!"

도나의 기억 속에선 오르골을 경매에 내놓은 남자이자 셋째 성녀의 후견인이다.

고귀한 귀족 중의 귀족이라 자부하는 도나가 봤을 땐 버러지에 불과하지만, 그 남자가 갖고 있는 물건은 무시할 수 없다.

"그 남자가 또 기묘한 물건을 모아오는 것 아닌가……? 그래, 그 여자! 나와 경매에서 싸우는 게 두려워서 선수를 쳐 외국에서 입수하려는 거구나!"

어떠냐는 듯 소리친 도나가 손뼉을 쳤다.

아주르가 듣기에는 황당한 망상이었지만, 칼같이 부정할 수도 없었다.

그랬다간 주인이 역정을 내서 괜히 더 손을 쓸 수 없게 될 것이다.

"처음에는 동생, 다음으론 언니라……. 그 돼지 자매, 날 속이려 하다니 가소롭구나……!"

도나 안에선 그 자매의 불화는 단순한 위장이다.

겉으로는 결별했어도 그건 책략이고 뒤에서는 이어져 있다.

언니에게 불만이 있는 사람은 동생에게 모이고, 동생에게 불만이 있는 사람은 언니에게 모인다. 그렇게 양쪽에서 정보를 모아 유리하게 굴리고 있다는 견해다.

이건 딱히 도나 혼자만의 망상이 아니라, 과거에 이런 수법을 사용한 정보수집 사례가 많다.

일본의 전국시대에도 겉으로는 형제끼리 사이가 나쁜 것처럼 위장했지만, 당주인 '형'에게 불만을 지닌 가신의 목소리가 동생들에게 모이게 유도한 뒤 나중에 처단하는 케이스도 존재했다.

일족을, 가문을 지킨다는 건 동서고금 비슷한 고생이 동반된다.

'주인님 안에서는 저것이 **사실**인 거겠죠…………'

이건 아주르도 진위를 알 수 없다.

그 자매의 불화는 뿌리 깊은 진짜처럼 보이기도 하고, 대귀족이라면 그 정도의 연극은 가뿐하게 해내는 법일지도 모른다.

"아주르, 북에 다녀와라. 뒷말은 굳이 하지 않아도 알겠지?"

"……주인님, 그건 '맹약 파기'가 됩니다."

"네가 북쪽을 신경 쓰라고 진언하지 않았느냐!"

자신이 한 말이다 보니 이번만큼은 아주르도 얼굴을 살짝 찡그렸다.

실제로 북쪽에 간 남자가 마음에 걸리기도 했다. 당연히 도나가 생각하는 것처럼 오르골이나 그 외의 상품이 아니라, 그 의도가.

말없이 고개를 숙인 아주르를 보고 기분이 좋아진 건지.

도나는 올챙이 같은 배를 출렁거리고는 수염을 만지작거리며 거드름을 피웠다.

"아주르, 나는 그 자매의 괘씸한 동향을 감시하라고 명령한 것뿐이다. 이건 말하자면 '국내의 문제'일 뿐이지. 놈들이 뭐라고 간섭할 일이 아니다."

"네……."

그런 어린아이 같은 변명이 그 집단에게 통할 리 없는데—— 아주르는 그렇게 생각했지만 입 밖에 내진 않고 말없이 고개를 끄덕인 다음 방에서 나왔다.

이 이상 오래 있어봤자 다른 무모한 요구를 들이댈 뿐이다.

————모처, 사타니스트의 지하 신전————

"그렇습니까, 성녀가…………."

사타니스트의 지도자, 유토피아가 보고를 듣고 히죽 웃었다.

지난번 신도 습격은 실패로 끝났지만, 또 큰 기회가 찾아왔다.

"가르시아, 부하들을 데리고 성녀를 치세요."

그 목소리에 흉악하게 생긴 남자가 의기양양하게 일어났다.

무차별 테러 집단이라 할 수 있는 사타니스트 중에서도 지극히 포악하며 주위에 기피당하는 남자이기도 한 가르시아다.

"아무 지점에서나 공격해도 되는 거요?"

"네, 당신의 **판단**에 맡기겠습니다."

"헷헷……. 이거 고마운데."

가르시아는 만족스럽게 웃은 뒤 신전에서 나갔다.

전원이 떠나는 가운데 수긍할 수 없었던 건지 워킹만 그 자리에 남았다.

"유토피아 님, 그 남자는 유명한 범죄자입니다. 국외 활동에는 부적절하지 않겠습니까?"

"네, 그렇겠죠."

"그렇다면 왜――."

"성광국의 인간만으로는 나락을 눈뜨게 할 수 없습니다."

워킹은 한층 뭐라 말하려고 했지만, 갑자기 나타난 검은 그림자에 깜짝 놀라 뒷걸음질 쳤다.

유토피아의 그림자에서 악마의 형태를 한 무언가가 솟아났기 때문이다.

검은 그림자는 유토피아의 귓가에서 속닥거린 뒤 다시 그림자 속으로 가라앉았다.

"걱정할 필요 없습니다. 그냥 사역마니까요."

"그, 그렇습니까…………."

"저는 볼일이 있어 잠시 나갑니다. 뒷일은 맡기도록 하죠, 워킹."

"……알겠습니다."

유토피아는 어디선가 거대한 거울을 꺼내더니 그 안으로 모습을 감췄다.

그 정체를 알 수 없는 힘에 워킹은 깊이 고민했지만, 이윽고 생각해봤자 소용없다고 결론을 내린 건지 말없이 신전을 뒤로 했다. 지난 습격에서 사타니스트 집단은 커다란 피해를 입어 재편성까진 아직 시간이 걸릴 것 같았다.

'우리는 대체 어디로 향하고 있는 걸까…………'

워킹은 성광국의 현 상황을 염려하고, 썩어빠진 상층부를 바꾸기 위해 사타니스트에 투신했다. 하지만 여태까지 한 일이라곤 파괴와 살육뿐이다.

게다가 희생자는 귀족이 아니라 힘없는 민중이 많았다.

그 본인은 성녀나 귀족을 노렸지만, 조직이 해온 것은 순수한 파괴 활동이다. 그곳에는 아무리 시간이 지나도 미래로 이어질 법한 '재생'은 보이지 않았다.

'나는 정말 옳은 길을 가고 있는 건가…………?'

워킹은 품속에서 펜던트를 꺼내 뚜껑을 열었다. 그곳에는 빛바랠 줄 모르는 연갈색 머리카락이 들어 있었다. 그는 고인이 남긴 그 머리카락을 한동안 물끄러미 바라보았다.

'아빠는 잘못된 선택을 한 거니…………?'

굶주림과 병에 괴로워하던 그의 딸은 어린 나이에 하늘나라로 떠났다.

동화 속에 나오는 하늘에 뜬 섬 이야기를 아주 좋아하는 아이이자, 워킹의 자랑스러운 딸이기도 했다.

그는 약을 얻기 위해 필사적으로 돌아다녔지만, 빈민이 값비싼 약을 입수할 방법은 없었다. 천사의 가호도 기적도 아무것도 찾아오지 않은 채 사랑하는 딸을 허망하게 보내야 했다.

'지금의 네게 아빠는 어떻게 보일까…………'

펜던트를 향해 아무리 질문을 던져도 대답은 돌아오지 않았다.

워킹은 가슴속에서 솟구치는 허무함을 느끼며 다시 걸어갔다.
그 너머에서 아무런 희망도 찾아내지 못한 채.

———마족령, 오루이트의 저택———

오루이트는 저택 옆에 있는 우아한 정원에서 와인잔을 들고, 깊은 생각에 잠겨있었다.
그런 그의 눈앞에 거울이 나타나더니 유토피아가 모습을 드러냈다.
"오랜만입니다, 오루이트."
"지금 나는 기분이 안 좋다. 사라져."
오루이트의 말에 유토피아가 우습다는 듯 웃었다.
그 순간 유토피아의 목이 날아갔다.
"참으로 거친 인사로군요. 당신답지 않습니다."
유토피아는 떨어진 목을 주워 아무 일도 없었다는 듯 원래의 위치에 목을 되돌려놓았다.
마치 탈부착이 가능한 인형 파츠 같았다.
"얼마 전 이쪽의 실수를 사과하려 합니다. 하지만 설마 어둠 공작이라 불리는 당신이 놀러 오실 줄이야. 아무리 저라도 상상하지 못해서요……, 큭큭……."
오루이트는 다음엔 여덟 갈래로 찢어놓을까 생각했다가 손을 멈추고 말없이 와인을 마셨다.
눈앞에 있는 자는 그저 인형일 뿐이니 뭘 해도 소용없다고 생각을 바꿨기 때문이다. 말 그대로 굽든 삶든 토막 내든 눈 하나

까딱하지 않을 남자다.

"본래 역십자가를 셋 사용할 예정이었는데, 터무니없는 방해가 들어와서 말이죠."

"…………그래도 결과는 변하지 않는다."

어딘가 담백한 말투로 오루이트가 말했다.

여기서 감정적으로 대응하면 더 망신이라는 걸 알기 때문이다. 역십자가가 두 개든 세 개든 그 용인 앞에서는 전혀 무의미했을 거다.

"역시 어둠 공작, 냉정한 시야를 갖고 계시는군요. 다른 어리석은 자들도 본받았으면 좋겠는데요."

"빨리 용건만 말하고 사라져라."

"마왕을 자칭하는 남자가 수인국에 침입했다고 합니다."

"그게 어떻다는 거지?"

"저는 이렇게 생각합니다. 그 남자가 나타난 뒤로 전부 어그러지기 시작했다고――――."

유토피아의 말은 정확하다.

이 세계에 마왕이, 그 남자가 나타나지 않았다면 전부 유토피아가 설계한 계획대로 진행되었을 것이다.

먼저 악마왕의 부활――――.

이것만으로도 성광국의 동부는 괴멸했을 것이다. 그런데 하필이면 마왕을 자칭하는 남자에게 죽어버렸다는 소문이 자자하다.

이어서 성녀 암살.

이것도 용인이라 불리는 남자가 방해하지 않았다면 성공했을 것이다.

그로 인해 전력이 확 감소한 성광국은 다음 일격으로 큰 피해를 입는다…… 는 계획이었다.

바로 신도 습격이다.

남은 성녀는 성궁에 틀어박힐 수밖에 없으니 신도 전역이 유린당했을 것이다. 그런데 '마왕과 용인'이라는 변수 때문에 또다시 산산조각으로 부서지고 말았다.

유토피아로서는 차마 웃을 수 없이 진지하게 숙고해야 하는 상황이다.

"오루이트, 당신은 이걸 어떻게 보죠?"

유토피아가 논리정연하게 말하는 내용에 오루이트도 와인을 기울이며 잠시 생각에 잠겼다.

이걸 우연이라 치부하기는 어렵다.

"그 둘은 같은 시기에 나타났지. 아니, **동일 인물**이다――?"

유토피아는 조용히 고개를 끄덕인 뒤 건투한 운동선수를 격려하듯 박수를 보냈다.

몇 번이나 패배의 쓴잔을 마시는 동안에 도달한 하나의 결론이었다.

"오루이트, 이걸 조사해볼 생각은 없습니까?"

본래대로였다면 알고 싶다면 직접 조사하라고 대꾸했을 것이다.

하지만 오루이트에게 그 용은 몇 번을 죽여도 질리지 않는 표적이었다.

"그 용은 내 먹이다. 괜히 건드리지 마라."

"예, 물론이죠. 마음대로 하시길. 저는 이 이상 방해가 들어오지 않는다면 그걸로 족합니다."

오루이트도 유토피아의 의도대로 놀아나고 있다는 걸 느꼈지만 이번만큼은 어떻게 할 수 없다.

그 용을 죽일 때까지 전신을 좀먹는 듯한 둔통은 사라지지 않을 것이다.

"그런데 케일은 뭘 하고 있습니까?"

"모른다."

"이런, 몇 없는 **동지**에게 너무 매정하지 않으신지."

오루이트는 우습다는 듯 코웃음을 친 다음 와인을 더 가져오라고 종을 울렸다.

곧바로 메이드복을 입은 소녀가 차가운 와인을 날라왔다. 지난번 일을 떠올린 건지 이번에는 입을 열지 않고 꾸벅 인사한 다음 그 자리에서 떠났다.

소녀는 저택으로 돌아간 뒤 열심히 창문을 닦았다. 이따금 넘어지거나 수통을 엎어서 복도를 물바다로 만드는 등 제법 고생하는 모양이었다.

"저런 몸으로 참 갸륵하군요. 당신은 정말 **멋진 취향**을 갖고 있어요."

"보지 마라, 쓰레기. 저건 내 장난감이다."

"어이쿠, 실례. 화나게 한 모양입니다……, 큭큭…………."

유토피아는 한바탕 웃은 다음 짐짓 쓸쓸한 듯 말했다.

"제게도 매정하지 않으십니까. 저에 대해 무엇 하나라도 물어보지 않으시다니."

"관심 없다."

"그게 하계에서 고군분투 중인 동지에게 할 말입니까……, 안타깝군요."

오루이트, 케일, 유토피아.

이 세 사람은 마족령의 세력 다툼에 관심을 보이지 않고 마음대로 사는 괴짜들이다.

오루이트는 보통 저택에 틀어박혀 있지만, 마음이 내키면 하계의 투쟁에도 끼어든다.

케일은 어디 있든 그곳을 휘저어놓으며 행동에 일관성이 없다.

유토피아 또한 하계에 강림해 조직적으로 인간을 내부에서 망가뜨리고자 움직이고 있다.

"인간들의 싸움은 앞으로도 계속됩니다. 곧 나락도 눈을 뜨겠죠."

유토피아가 그런 말을 남기고 떠나려고 하자, 그 등에 불쾌한 말이 날아왔다.

"유토피아, 발목 잡히지 않도록 조심해라."

"……무슨 뜻이죠?"

오루이트의 말에는 걱정 같은 건 느껴지지 않고, 오히려 비웃는 듯한 뉘앙스였다. 늘 주위를 움직이며 원하는 대로 손바닥 위에서 굴리는 남자에게 한마디 해주고 싶어진 모양이었다.

"얼마 전 '감옥'에서 전례가 없는 무리가 기어 나왔다고 해."
"그런 것 같더군요."
"책사일수록 책략에 빠지는 법이지."
"…………무슨 말을 하고 싶은 거죠?"
유토피아의 목소리에 점점 짜증이 섞였다.
오루이트가 예상했던 것보다 더 하계 사정을 잘 안다는 것이 놀랍기도 했다.
"원하는 게 있다면 직접 움직여서 손을 더럽히라는 뜻이다."
"그런 고상하지 못한 방법은 제겐 어울리지 않는군요."
그 말을 끝으로 유토피아는 거울 속으로 모습을 감췄다.
오루이트도 아무 일도 없었다는 양 잔을 기울였다. 감미로운 와인 향을 즐기듯 손안에서 굴리는 그 모습은 어떤 귀족보다도 귀족답고, 범접하기 어려운 아우라가 느껴졌다.

———성광국, 국경 부근———

산천초목이 잠드는 심야. 두 개의 그림자가 소리 없이 부딪쳤다.
한 사람은 닌자도를 든 한조, 한 사람은 와이어를 생물처럼 휘두르는 아주르였다. 둘 다 소리가 나지 않도록 세공이라도 한 건지 어둠 속에서 미약한 불꽃만이 튀었다.
멀리서 보면 반딧불처럼 포근한 빛으로 보일지도 모른다.
"아주르. 북에는 돌아오지 말라고 했을 텐데."
"저도 돌아가고 싶진 않습니다. 다만 이것도 주인님의——."

"죽어."

한조의 손에서 무수한 수리검이 날아갔다. 아주르는 손에 있던 와이어를 채찍처럼 휘둘러 그것들을 전부 쳐냈다. 그 모습은 우아할 정도였으며, 숨도 흐트러지지 않았다.

"제노비아와 엮일 마음은 없습니다. 사정 정도는 들어주실 수 있지 않나요?"

"거절한다."

할 말은 전혀 없다는 듯한 태도에 그 아주르조차 얼굴을 찡그리며 도망칠 자세에 들어갔다.

그는 오랫동안 북방국가군에서 암살자로 일했기 때문에 마찬가지로 그늘 속에서 움직이는 한조 일족과는 몇 번이나 싸웠던 적이 있다.

"솔직히 당신 조직에 쫓기는 건 다시는 사양이거든요."

아주르는 도망칠 기회를 노리며 진심으로 피곤하다는 듯 말했다.

이건 연기도 뭣도 아닌 그의 진심이었다. 제노비아의 요인을 몇 명 죽였더니 아주르는 한조의 조직에서 쫓기는 몸이 되었다.

그 투쟁과 도주가 끝없이 이어졌다. 마침내 두꺼운 포위망에 견디다 못한 아주르는 성광국으로 도망쳤다. 한편 뒷세계의 정보상에게서 아주르에 대해 듣고 관심이 생긴 도나가 다방면으로 써먹을 수하를 원하던 참이었기에 그를 부하로 삼게 되었다.

"성광국이라는 굴에 틀어박혀 다시는 나오지 않는다는 게 추격 중지의 조건이었을 텐데."

한조 또한 개인의 몸으로 이례적인 살상력을 지닌 아주르를 추적하느라 애를 먹어서 중간에 멈춰야 하는 상황에 몰렸다.

조직이 감당하는 일이 많다 보니 개인을 오래 잡고 있을 수 없었다는 사정도 있다.

"이것도 현재의 제 자리를 지키기 위해서거든요."

호흡을 가다듬은 아주르는 남자라도 넋을 놓아버릴 만큼 아름다운 움직임으로 한조와 마주 보았다.

아주르는 그 마왕이라는 남자가 나타난 뒤로 자신의 자리가 조금씩 좁아지는 듯한 느낌을 받았다.

마치 외부에서 고요히 조여드는 것 같은 으스스한 예감을――심지어 그 끝에는 출구라고 할 만한 게 보이지 않았다.

여태까지 어떠한 사지에서도 살아 돌아왔던 아주르에게 그것은 이상 사태라 할 수 있다.

"네 주인……, 도나에게 위험이 닥쳤다는 거야?"

"마왕을 자칭하는 남자. 당신도 이미 알고 있지 않나요――?"

그 말에 한조의 의식이 잠깐 다른 곳으로 향했다. 아주르는 그 틈을 놓치지 않고 두 다리에 부적을 붙인 뒤 온 힘을 다해 달려나갔다.

"이 자식!"

"당신과의 약속을 깰 생각은 없습니다, 한조 님."

"내 이름은 사야네야!"

"이름, 또 바꾸셨네요…………."

한조가 열심히 뒤쫓았지만, 그 등은 섬섬 멀어져갔다.

아주르가 사용한 부적에는 《질풍화(하이 스피드)》의 힘이 담겨있다.

고위 마법사가 몇 달에 걸쳐 제작한 몹시 희귀한 물건이다. 아무리 한조라고 해도 이걸 장비한 아주르에게는 밀린다.

"곧 돌아오겠습니다. 그때까지 평안하시길, 한조 님———."

"누가 한조냐! 내 이름은 나츠키야!"

"아무리 그래도 너무 자주 바꾸는 것 아닙니까…………."

아주르는 상대방에게 들리지 않도록 작게 중얼거리며 한층 속도를 올렸다.

모 마왕이 모르는 사이에 북방에는 점점 혼란이 퍼져나가고 있었다.

Maousama
Retry!
마왕님,
리트라이!

비밀기지의 교사

왠지 무거운 분위기가 감도는 오르간과 마왕이 숲속을 걷고 있다.

그 후로 오르간이 아버지와의 관계를 털어놓을 때마다 마왕의 마음까지 심해로 가라앉은 모양이었다. 이 남자는 이런 정류의 불행담은 좋아하지 않는다.

《어머니는 출산 후 장난감처럼 굴려지다 살해당했다. 나는 어릴 때부터 실험체로 쓰였지.》

《그랬군…………….》

《온갖 칼날로 몸을 베고, 둔기로 뼈를 으스러뜨리고, 온몸을 태워버린 뒤에는 동상을 입은 적도 있다. 그 후엔 나에게 모든 속성의 마법을 퍼붓고는 회복 경위를 낱낱이 기록했지.》

오르간이 담담하게 말하는 내용에 마왕의 얼굴이 창백해졌다.

요즘 시대엔 삼류 호러 영화에서도 이런 짓은 하지 않을 것이다.

《식사는 개도 먹지 않을 법한 찌꺼기만 주어졌다. 하지만 지금 생각해보면 그게 그나마 나은 편이었지. 무슨 생각을 떠올린 건지 그날부터는 식사에 소량의 독을 주입했다.》

《흐, 흐음…….》

《내성 실험이었던 건지 아니면 또 다른 건지는 모른다. 날이 갈수록 독의 양이 늘어났──.》

《스, 슬슬 쉬도록 할까!》

차마 버티기 힘들었던 건지 마왕이 손뼉을 치고 발을 멈췄다.

사실은 이 숲을 더 좋아하고 싶었지만 기분전환이 필요했다. 아니, 그런 이야기를 들으며 숲을 산책한다는 건 완전히 벌칙이다.

《쉰다고? 이렇게 아무것도 없는 장소에서?》

《안심해라. 휴식에 딱 맞는 거점이 있다.》

거점이라는 단어에 오르간은 고개를 갸웃거렸다.

이런 깊은 숲속에서 뭘 하려는 걸까.

'그럼 이번에는 그걸 쓰도록 할까…………'

마왕은 칠흑의 공간에 손을 뻗어 우선 《서바이벌 굿즈》와 《방어 굿즈》를 꺼내 합성한 다음 거점을 설치했다.

갑자기 눈앞에 나타난 집 비슷한 것을 본 오르간이 눈을 부릅떴다.

《뭐, 뭐지? 이건…… 고대 마법의 일종인가?!》

《놀라기엔 아직 이르지.》

이어서 마왕은 거점의 '내구력'을 올려주는 《강화 소재》를 세 개 꺼내서 차례차례 거점에 흡수시켰다. 그다음엔 키 아이템을 꺼냈다.

다음 단계로 넘어가기 위해 필요한 《알루미늄 수지》다. 꺼낸 아이템을 흡수시키자 거점에 극적인 변화가 일어났다.

"거점 강화. 나와라————! 《비밀기지》."

거점이 눈 부신 빛을 발하더니 순식간에 모습이 바뀌었다.

무수한 덩굴로 덮이고 나무와 바위 사이에 숨어있는 듯한 외관이 되었다.

과거 GAME 회장에서는 적과 조우율을 극적으로 내려주는 효과가 있는 거점이기도 했다.

여기서 상위로 가기 위해서는 내구력 강화를 한층 거듭한 뒤 다음 키 아이템이기도 한《티타늄 복합판》을 준비할 필요가 있었다. 그걸 전부 다 준비하면 접근하는 자는 지옥의 비명을 지르게 되는《천연요새》의 완성이다.

거기까지 강화를 진행하면 치열한 회장에서도 일단 안심할 수 있는 거점 중 하나다.

《좋아, 이제 안심하고 쉴 수 있겠군.》

《자, 잠깐, 만……. 이건 뭐냐! 타천사의 힘이기라도 한 건가?!》

《음, 대충 비슷하다. 아무튼 들어가자.》

마왕은 설명하는 게 귀찮아진 건지 건성으로 대답하며 비밀기지에 달린 문을 열었다.

오르간은 잠시 멍하니 서 있다가 조심조심 그 뒤를 따라갔다.

비밀기지 안은 거점과 크게 달라져서 남자의 낭만이라 할 수 있는 것들이 가득 채워져 있다.

파이프 침대 말고도 해먹도 설치되어있고, 방의 칸막이 너머에는 편백나무 욕조가 있다. 원래는 드럼통 욕조인 걸 생각하면 큰 변화다.

방 중앙에는 모닥불이 있는데 벽에는 난로가 또 있었다.

나무 선반에는 컵과 식기가 잔뜩 놓여있고, 벽에 걸린 '덩굴'

을 타고 올라가면 널따란 로프트가 펼쳐져 있다.

"이제 목소리를 내도 괜찮다. 모습도."

절절한 안심감을 느끼는 건지 마왕의 목소리가 가벼워졌다.

"무척, 넓군…………."

오르간의 입에서 간신히 나온 말이다.

그것 말고는 어느 것부터 언급해야 할지 알 수 없었다.

"저기 로프트는 다락방으로 이어져 있다. 별이 뜬 하늘을 관찰할 수 있지. 정원으로 나가면 작긴 하지만 움막 욕조도 있고."

오르간이 창문에서 밖을 내다보자 확실히 돌로 된 움막 안에 뜨거운 물을 받아둔 건지 수증기가 피어오르고 있었다.

"영문을 모르겠군……. 너는 이런 걸 어떻게…………."

"젠장, 막과자 코너에 아무것도 없잖아……. 무슨 짓이냐! 오랜만에 우마이봉과 욧짱이카를 먹고 싶었는데…………."

마왕은 투덜거리면서 기지 내부를 확인하듯 돌아다녔다. 그 귀에는 이미 오르간의 목소리가 들리지 않는 듯했다.

"반합과 램프는 무사하군. 텐트에 바비큐 세트, 숯도 있는데 자전거는 없어……!"

하나하나 물건을 확인하는 마왕은 때로는 만족스럽게 고개를 끄덕이고, 때로는 못마땅한 듯 소리쳤다.

자신이 구상하고 준비한 물건이 하나라도 빠지는 게 화가 나서 견딜 수 없는 모양이다. 옛날이나 지금이나 이 남자가 추구하는 건 자신이 '창조한 세계' 뿐이다.

"후회하게 만들어주마……. 내 세계를…… 반드시……."

낡은 반합을 들며 부들부들 떠는 모습은 무섭기도 하고 어딘가 우스꽝스럽기도 했다. 오르간은 기가 막힌다는 듯 한숨을 쉬었다.

"그런 것보다, 이런 걸 세웠다간 수인들에게 들킬 텐데."

오르간은 당연한 의문을 입에 담았지만 돌아온 대답은 참으로 태평한 것이었다.

"그럴 걱정은 없다. 이 비밀기지를 간파하려면 발견율 상승 스킬을 무수히 갖추고 특화할 필요가 있으니까. 방음 대책도 완벽하다."

"잘 모르겠지만, 여전히 대단한 자신감이군…………."

오르간에게는 마왕이 무슨 말을 하는 건지 이해할 수 없었으나 그 자신감만큼은 전해졌다.

눈앞에서 이런 신기한 건물을 순식간에 만들어냈으니, 오르간도 무슨 말부터 해야 할지 당혹스러웠다.

"그보다 오늘 조사는 이제 끝이다. 적당히 쉬도록."

마왕은 그렇게 말하며 모닥불 안에 숯을 하나둘 던져 넣어 불을 더 크게 피웠다.

그걸 본 오르간이 절절히 중얼거렸다.

"상당히 야만적이군. 아니, 그렇기 때문에 마왕이라는 건가……."

"음? 흘려들을 수 없는데. 뭐가 야만적이라는 거지?"

"그 '숯' 말이다. 인간 세계에서는 금지된 물건이잖아."

"……저기, 무슨 말을 하는 건지 모르겠는데요."

"왜 모른다는 거야!"

마왕은 알 길이 없었지만, 이 대륙에서 숯은 금제품(禁制品)에 가깝다. 전란이 계속되는 세상이다 보니 목재는 가구나 생활용품만이 아니라 요새나 진지를 구축할 때도 필수품이기 때문이다.

하지만 나무는 크게 성장할 때까지 수십 년, 때로는 백 년 단위의 시간이 필요해서 쉽게 벌채할 수 없다. 역사상 무질서한 벌채가 몇 번이나 이뤄진 결과 목재가 고갈되어 대륙 전역에 큰 참상을 불러온 적이 있다.

그런 경험 때문에 나무를 태워서 소비하는 건 상상도 할 수 없는 야만적인 행위가 되었다. 무단으로 나무를 잘라 태워서 사용하는 자가 있다면 그건 나라도 법도 없는 무법자, 강도, 산적 등일 것이다. 이런 행위를 내버려 두면 국가의 재산인 목재를 멋대로 망가뜨리기 때문에 어느 나라에서도 그들을 엄하게 잡는다.

참고로 빈곤층의 비즈니스 중엔 땅에 떨어진 나뭇가지나 나뭇잎을 모아 파는 장사도 존재하지만, 대부분 본인이 소비하는 양을 모으는 것만으로도 어려운 실정이다.

'숯이 금제품이라…………'

마왕은 오르간의 설명을 들으며 은밀히 미소 지었다.

뜻밖의 '편법'을 발견한 못된 꼬마 같은 표정이다.

'이거 써먹을 수 있겠는데.'

옛날부터 금제품은 즉 돈이 된다. 위험한 약물은 그렇다 쳐도 숯을 아무리 많이 팔든 유통하든 이 남자는 아무런 가책도 느끼지 않는다.

오히려 별의 미식 같은 물건이 더 낯설어서 다루기 곤란하다고 느꼈다.

“숯이 그 모양이라면 석탄이나 석유는 어떻지? 전기는 당연히 없을 테지만…….”

“무슨 말을 하는 건지 모르겠지만, 석탄이라는 건 ‘검은 돌’을 말하는 건가?”

“으, 으음, 검은 돌이긴 한데………….”

“그건 잃어버린 보물이다. 이미 이 대륙 어디에도 없지.”

“보물? 잃어버렸다고?”

“……‘네가 있던 시대’에선 어땠는지 모르겠지만, 검은 돌은 고갈된 지 오래되었다. 기대하고 있다면 미안하지만 그건 마족령에서도 전부 다 캐 버렸어.”

“호오……, 고갈이라. 참으로 흥미로운 이야기를 들었군.”

“무, 무슨 소리야………….”

묘한 부분에 달려들자 오르간은 무심코 한 발자국 뒷걸음질 쳤다.

사실은 자연스럽게 언급한 ‘네가 있던 시대’라는 부분에 반응해 주길 바랐으나, 정작 마왕은 전혀 신경 쓰지 않는 모양이었다.

‘오르간이라. 이 녀석, 제법 아는 게 많은 것 같은데………….’

마왕도 마왕대로 오르간과의 대화를 즐기고 있었다.

이 세계에서 만난 여성들은 좋게도 나쁘게도 떠들썩한 사람이 많았기 때문에, 이렇게 차분하게 대화할 수 있는 상대는 퍽 귀중했다.

“오르간, 너는 옛날 일도 상당히 잘 아는 것 같은데 대체 몇 살인 거지?"

"나이? 400은 넘었을 테지만 이젠 정확한 나이는 모른다."

"아니, 400살이라니……."

"왜 놀라지? 전승이 맞다면 너는 만 살을 넘기지 않았나?"

'그럴 리가 있겠냐!'

마왕은 반사적으로 소리칠 뻔했으나 가까스로 자중했다. 타천사네 마왕이네 같은 오해도 때로는 그냥 내버려 두는 게 대화가 원활해지는 걸 깨달았기 때문이다.

'뭐, 앞으로는 적당히 조절해서 쓰면 되겠지…………'

마왕은 내심 그런 뻔뻔한 생각을 했다. 남을 속이는 행위에 아무런 죄책감도 느끼지 않는 모양이었다. 그 모습은 타고난 사기꾼 그 자체였다.

"여하간 우선 목욕으로 더러움을 씻어내도록 하지. 너는 저기 있는 나무 욕조를 쓰도록 해라. 나는 밖에 있는 움막 욕조를 쓰겠다."

그렇게 말하며 마왕은 들뜬 발걸음으로 정원을 향했다.

움막 욕조는 현실 세계에선 좀처럼 볼 수 없는 귀한 시설이다. 마왕은 아무런 주저 없이 옷을 벗어 던진 뒤 물을 끼얹어 전신을 씻었다.

'크으……!'

절묘하게 뜨거운 물에 마왕은 무심코 신음을 흘렸다.

이 온천에는 비밀기지의 시설답게 피로를 해소해주는 것만이 아니라 '남자의 싱취감'이라고 할 법한 것을 뼛속 깊이 전달해주는 효과가 있다. 실내에 있는 수제 편백나무 욕조에는 작긴 해도 도시의 소음에서 벗어나 호화로운 기분을 맛볼 수 있다는 설정을 해두었다.

"아주 끝내주는데………. 나 자신에게 주는 포상인 셈인가."

마왕은 움막 욕조에 몸을 담그며 조용히 일본주를 만들어냈다.

큼직한 동작으로 잔에 술을 따른 다음 입안에 쭉 흘려 넣었다.

"크흐으…… 이거지, 이거야! 오늘 하루 수고하셨습니다!"

마왕은 기분 좋게 웃으면서 밤하늘에 떠 있는 달을 향해 건배하듯 잔을 기울였다.

수고라고 해봤자 실상은 숲을 산책하고 아카네라는 제어 불가능한 미사일을 쏘아 보내 수인들을 혼란에 빠뜨렸을 뿐이지만, 이 남자 안에서는 그것도 어엿한 노동으로 처리된 모양이다.

"요즘은 일을 너무 열심히 했는데, 이 성취감은 나쁘지 않아. 조금 더 나에게 상을 주도록 할까."

끓어오르는 성취감에 기분이 들뜬 건지 뭔지.

마왕은 SP를 추가로 더 소모해 《가리비 조림》을 만들었다. 회장에서는 기력을 25 회복해주는 아이템이지만 단품으로만 주울 수 있어서 썩 인기는 없는 아이템이었다.

"음, 와사비 간장과 잘 어울려. 이렇게 되니까 냉두부도 먹고 싶어지는데……. SP 소모가 걱정이지만 오늘을 열심히 산 사람에게 내일이 오는 법이라고 하고."

열심히고 뭐고 그 모습은 나태함 그 자체였으나, 마왕은 머릿속에서 적당한 망상을 늘어놓고 그걸 정당화했다.

'모 노역장의 반장도 그랬잖아…… 사치란 건 조금씩 하면 안 된다고.'

그렇게 마왕은 더 큰 낭비를 하려고 했으나, 타하라의 《통신》이 들어오는 바람에 아쉽게도 중단했다.

그 내용은 일련의 움직임에 관한 후속 보고———.

루나가 마담의 캐러밴 속에 숨어서 출발했다는 걸 알리는 이야기였다.

《당신 말대로 **관대하게 받아**줬는데, 뒷일은 맡겨도 되겠어?》

《그래. 뒷일은 나에게 맡기도록.》

본래대로라면 '뭐야, 그거!' 하고 경악할 만한 보고였으나 뜨거운 물에 전신을 담그고 성취감으로 가득해진 마왕은 너그럽게 고개를 끄덕였다.

그 모습도, 목소리도 자신감이 넘쳐났다. 전부 예상했던 대로라고 말하는 듯했다.

《그럼 마음 놓고 추가 소식을 기다리도록 하지. 상대방에겐 동정심이 드네. 아무래도 그 양반들은 우리와 라이트 황국이라는 곳이 충돌하길 원하는 것 같지만.》

타하라는 그 후 외국 정세를 조사해서 바로 '답'에 도달했다. 그 머리에는 무수히 많은 대처법이 떠올랐지만 어떻게 처리할지는 장관에게 맡긴다는 태도였다.

황국에는 '홀리 브레이브'라 불리는 꺼림칙한 존재가 있기 때문이다.

《라이트 황국……, **그 남자**의 나라로군………….》

마왕이 무심히 중얼거렸다.

그 머릿속에는 빈민들에게 배식을 나눠주던 용사의 모습이 떠올랐다.

《…………뭐야, 벌써 만났어?》

《우연히 마주쳤다.》

《하하, '우연'이란 말이지…………. 아니 뭐, 우연이 참 무서운 법이긴 해.》

《그러게 말이다.》

타하라의 머릿속에서 어떠한 퍼즐이 착착 맞춰져 갔다. 그 회색 뇌세포는 저 멀리 '무언가'로 이어지려 하고 있었으나 기분 좋은 성취감과 일본주에 취한 마왕은 눈치채지 못했다.

지금 이 순간에도 술을 마시며 희희낙락 중이다.

물론 타하라 쪽에서는 장관님의 기분이 좋은 이유를 '전부 계획대로 진행되었다'는 걸로 받아들였다. 이어서 마왕은 아무렇지도 않은 듯 폭탄을 투하했다.

《보고가 늦어졌지만, 아카네를 이쪽에 불렀다.》

《────그래?》

타하라는 짧지만 어떠한 방아쇠를 당긴 것처럼 대답했다.

예정과는 다르지만, 변수에 대응해야 한다고.

그 머릿속에 떠오른 글귀는────제노비아 대책.

아카네는 닌자와 비슷한 《비밀 첩보원》이라는 특수 능력을 보유하고 있다. 국내에 잠입한 밀정을 끌어내기에는 딱 맞았다.

국내만이 아니라 앞으로는 외국의 정세도 캐낼 필요도 생길 것이다. 타하라가 봤을 때 이미 **외부**를 염두에 둔 체재를 갖춰 나가고 있다는 점에 조금 초조함을 느낄 수밖에 없었다.

《뭐, 장관님에게 이런 말을 하는 것도 좀 그렇지만 너무 조급해 하지 마. 보통 사람은 당신의 계획을 따라잡는 것만으로도 큰일이거든.》

타하라는 쓴웃음을 흘리며 다양한 의미에서 엇갈린 통신을 끝냈다.

마왕은 알딸딸하게 취한 채 웃으면서 가리비 조림을 입에 넣었다.

"하핫, 네가 보통 사람일 리 없잖아. 내가 '천재'라고 설정한 남자니까. 그래, 루나에게도 통신을 보낼까."

마왕은 잘난 체하며 자신만만한 태도로 '천천히 와라. 쓸데없는 짓은 하지 말고'라는 통신을 날렸다.

그런 주제에 이 남자는 사태를 전혀 파악하지 못했다.

하지만 움막 욕조가 만들어내는 '남자의 성취감'은 참으로 무시무시했다.

아무것도 이뤄내지 못했는데 마왕 안에서는 이미 무언가가 달성되고 말았다. 말 그대로 자신의 설정에 목까지 푹 잠긴 얼간이 같은 모습이라 할 수 있으리라.

"그럼 오늘 밤의 디너는 어떻게 할까. 기왕 숲에 있으니, 숲속에서 뭐라도 찾아볼까."

캠핑에 온 기분이기라도 한 건지 마왕은 가볍게 웃으며 목욕을 마쳤다.

기지로 돌아오자 얼굴이 살짝 붉어진 오르간의 모습이 보였다. 아마 실내에 있는 편백나무 욕조에서 호화로운 기분을 맛본 모양이다.

늘 입는 전신을 감추는 듯한 망토도 벗고 편안해 보이는 모습이었다. 후드에서 해방된 머리카락은 길고 귀도 조금 뾰족했다. 확실히 인간과는 다른 종족인 모양이었다.

"……오랜만에 좋은 기분이었다. 고맙다."

"음, 그거 다행이군."

쑥스러운 듯한 오르간의 태도를 본 마왕도 고개를 한 번 끄덕였다.

자신이 만들어낸 것을 즐기고 기뻐하는 모습이 단순히 기쁜 모양이다. 이런 점만 보면 이 남자는 덩치 큰 어린아이 같기도 하다.

'그나저나 이 녀석, 옷이………….'

오르간의 모습은 거의 속옷이나 마찬가지였다.

면적도 작으니 현대 일본에서 경찰이 이 장면을 봤다간 즉시 철창에 처박을 것이다.

"모, 모처럼 캠핑하기 좋은 날이니 이 숲에서 먹을 것이라도 찾아보지 않겠나?"

자연스럽게 시선을 피한 마왕은 이 상황에서 벗어나기 위해 신속히 움직였다. 예전에 화이트와 혼욕하게 되어 고생했던 걸 잊지 못한 듯했다.

"……너와 함께 있으면 여기가 수인의 숲이라는 걸 잊어버릴 것 같아지는군."

오르간은 기가 막혀서 중얼거렸지만 거절하지 않고 따르기로 했다. 이 남자에게 어떠한 상식을 입에 담아봤자 시간 낭비라는 걸 알아차린 게 분명하다.

두 사람은 다시 모습을 지우고 숲속으로 향했다.

머리 위의 하늘은 이미 어두웠으나, 숲에는 반딧불 같은 것이 무수히 떠다녔기에 환상적인 공간이 펼쳐져 있었다.

《이건 반딧불인가? 덕분에 꽤 밝지만………….》

《심림(深林) 반디의 일종이다. 호사가들에게는 비싸게 팔리지만, 적의를 느끼면 공격하지.》

《어느 시대든 특이한 곤충 애호가가 많다는 건가.》

두 사람은 환상적인 풍경을 즐기며 숲속으로 성큼성큼 걸어갔다. 서로 무슨 일이 있어도 대처할 수 있다는 자신감이 있기 때문이리라.

이 두 사람만이 할 수 있는 '야간 산책'이었다.

《흐음, 이건 버섯 같은데. 저건 사과인가?》

《이봐, 너무 무방비하게 나아가면 그 근처엔 함정이――.》

말을 하던 도중 오르간의 입이 멈췄다.

어째서인지 마왕은 함정을 마주치는 족족 피했기 때문이다.

오르간은 낮은 수준의 함정을 간파하는 마도구를 갖고 있지만, 마왕은 아이템을 쓰는 기척이 없었는데도 당연하다는 듯 함정을 피해갔다.

《……왜 함정의 장소를 알 수 있는 거지?》

《경험치라고 해둘까. 『함정 해제』 스킬이 있다면 편리하겠지만. 안타깝게도 나에게는 없어서 말이지.》

과거 GAME 회장에선 대제국의 마왕인 쿠나이가 움직일 때는 바로 최종결전 국면이었다. 그런 상황에서 함정은 의미가 없었다.

압도적인 폭력을 휘갈기며 적을 배제할 뿐. 마왕은 습득한 식량을 오르간에게 먹을 수 있는 건지 확인하면서 차례차례 아이템 파일에 집어넣었다.

그것들은 파일에 《그림자 버섯》, 《얼룩 사과》라고 표시되었다. 마왕은 처음 보는 식자재에 호기심이 동한 건지 열심히 재료를 모아나갔다.

옆에서 보면 산에 먹을 것을 캐러 온 부녀 같았다.

《오르간, 저 반짝반짝한 풀은 뭐지?》

《저건 이 숲에서만 자라는 맛있초다. 잎도 맛있다고 하고 열매도 고가로 팔리지.》

《뭐야, 그 이름은…………. 이름으로 장난치는 건가?》

《어떤 식물인지 알아보기 쉬워서 좋잖아. 다만 저건———.》

《뭐, 됐다. 먹을 수 있다면 가져가지.》

《자, 잠깐! 저 풀은 아주 겁이 많아. 조심성 없이 접근하면 자살한다.》

《으하하! 그런 황당한 소릴.》

오르간이 드물게 농담을 던진 줄 안 마왕은 크게 웃으면서 풀을 향해 걸어갔다. 그 순간 통신과는 다른 종류의 사념 같은 것이 머릿속으로 쏟아졌다.

《으헉! 뭔가 시커먼 아저씨가 왔어!》

《좋아, 죽자!》

《머, 먹지 마세요~. (웃음)》

《풀이 시들시들.》

《시무룩초.》

《나도 죽어야지.》

홍수 같은 사념이 흘러들어온 뒤, 풀이 순식간에 재가 되어 사라졌다. 그 모습에 마왕은 할 말을 잃었다가 정신을 차리자마자 오르간에게 따졌다.

《뭐, 뭐냐. 이 비상식적인 식물은……! 저 녀석들 살아있는 건가?!》

《모른다. 다만 맛있초를 입수하려면 재우거나 환각을 보여줄 필요가 있어. 서식지도 입수 방법도 지극히 까다롭기 때문에 고가에 팔리는 거다.》

《저런 건 먹기 싫어!》

무심코 본래 성격대로 소리친 마왕이었지만, 정신을 다잡은 다음에는 다시 주위를 탐색했다.

숲속엔 개울도 흐르고 산도 있고 멀리엔 마을 같은 것까지 보였다. 귀를 기울이자 나뭇가지가 바스락거리는 소리도 들렸다.

'수인국이라고 하니 야행성 짐승도 있겠지………….'

여태까지 수인이라는 것에 관심을 가진 적이 없는 마왕이었지만, 조금 전에 본 그 기묘한 풀에는 다른 시점에서 의문이 솟아났다.

《아까 그 묘한 풀은 비싸게 팔린다고 했지만, 이 나라는 인간과 적대하는 것 아닌가?》

《……? 그래, 맞아.》

《왜 거래가 이뤄지는 거지?》

《글쎄. 밀매상이라도 있는 건지, 뒤로 이어진 상인이라도 있는 건지. 나는 모른다.》

오르간의 설명을 들으며 마왕은 머리를 굴렸다. 그게 일부의 소행인지, 나라 전체에서 이뤄지는 일인지에 따라 이 나라를 보는 견해도 크게 달라진다.

'현대에서도 적대하는 국가가 장사라는 측면에서는 손을 잡는 케이스도 의외로 많아.'

마왕은 이 숲만이 아니라 이 땅에 사는 수인이라는 존재에 대해서도 조사해야겠다고 생각을 바꿨다. 그게 새로운 권한 해방으로 이어질 가능성도 부정하지 못한다.

《그나저나 저 산에는 눈이 내린 건가……? 전체적으로 하얗다만.》

밤이 되어도 숲은 크게 춥지 않았다.

저 산의 주위만 온도가 다른 것 같았다.

《저 산에 접근하는 건 위험하다. 잠깐 시야를 확대하도록 하지.》

《응?》

오르간의 작은 몸이 허공으로 둥실둥실 떠올랐다.

마찬가지로 마인인 트론도 이 《풍비(플라이)》의 힘을 보유하고 있는데, 원래는 풍속성의 제2마법이다. 하지만 그 둘은 기력 소모 없이 이 힘을 구사할 수 있다.

《코트가 방해군. 잠시 비켜줘.》

《그, 그래………….》

오르간은 마왕의 허리에 두 팔을 감나 싶더니 그대로 하늘을 향해 끌어올렸다.

마치 보이지 않는 엘리베이터에 타서 위로 올라가는 듯한 기분이었다.

《이거 떨어지거나 하진 않겠지…………?》

《내가 그런 실수를 저지를 것 같나?》

《손 놓지 마. 장난도 치지 마. 약속이다?》

《무슨 소리냐?》

이윽고 두 사람의 몸은 울창한 숲에서 벗어나 상공에 도달했다.

하늘에서 내려다보는 수인국, 그 광활한 대삼림에 마왕은 숨을 삼켰다. 그리고 멀리 보인 산도 산꼭대기만이 아니라 전체가 하얀 눈으로 덮여있다는 걸 알아챘다.

마왕은 발밑에 펼쳐진 압도적인 광경을 즐기듯 입에 문 담배에 불을 붙였다.

'처음 떨어진 숲도 대단했지만, 여기도 근사한데………….'

하늘에서 대삼림을 내려다보며 마왕은 그런 생각을 했다. 사람은 어른이 될수록 자연을 느낄 기회가 줄어든다. 이 남자 또한 바쁜 생활에 쫓기다 보니 숲이나 산에 들어갈 기회를 잃어버렸다.

마왕이 그런 감상에 잠겨있는 한편, 오르간도 눈썹을 찡그리며 묘한 표정을 지었다.

'이게 마왕의…… 루시퍼의 몸인가…………'

잡고만 있어도 그 어마어마한 힘이 생생히 전해졌다. 강철의 육체라는 속칭이 진부하게 느껴질 정도였다.

평소엔 새카만 롱코트를 걸치고 있기도 해서 그런지 별로 의식한 적이 없었으나, 실제로 만져보니 머리가 어질어질해졌다.

'이토록 강인한 육체를 만진 건 처음인지도 모르겠군………'

그녀는 여태까지 남자의 접근을 허락하지 않는 인생을 보냈으니 더욱 그랬다.

마왕은 오르간의 몸이 약간 흔들리기 시작하자 공포를 느꼈지만, 그녀를 자극하지 않도록 표면상으로는 지극히 침착한 목소리로 말했다.

《진정해라, 오르간. 봐라. 멋진 풍경이지 않으냐.》

《그, 그래……. 미안하다…………》

《하늘에서 피우는 담배라…………. 제법 호사스럽군.》

주위에 감도는 담배 향기에 오르간의 마음이 점점 평정을 되찾았다.

과거에 아버지가 피우던 궐련 연기에는 혐오감만을 느꼈는데, 어째서인지 마왕이 피우는 하얀 연기를 맡으면 몹시 침착해진다.

그도 그럴 것이 이 남자가 피우는 담배는 인체에 아무런 해가 없다.

심지어 기력을 회복해주는 효과가 있어서 마왕은 시간을 벌 때나 머리가 패닉 상태일 때면 이걸 피워서 헤쳐나가는 일이 많아졌다.

《오르간, 저 빛은 뭐지?》

《빛의 마석…… 경비하는 무리겠지………….》

어둑한 숲을 비추듯 수많은 빛이 움직이고 있었다. 마왕은 휴대용 재떨이에 꽁초를 집어넣으며 수인이라는 걸 그 눈으로 직접 확인해보기로 결의했다.

《수인이라는 걸 한번 보고 싶군.》

《위험하다. 도저히 찬성할 수 없어.》

《후학을 위해서다. 위험을 점할 가치는 있어.》

반론을 허하지 않는 말투에 오르간은 마지못해 땅으로 내려갔다. 숲에 내려서서 조심조심 빛을 향해 다가가자 원인(猿人)이라 불리는 종족이 휴식을 취하고 있었다.

그 모습은 영화 '혹성 탈출'의 캐릭터와 비슷하며 독특한 모피를 입은 많았다. 그중에서도 가장 눈에 띄는, 새빨간 옷을 입은 남자가 무리의 수장인 듯했다.

수장은 옆에 있는 캇파 같이 생긴 남자에게 귓속말을 들으며 계속 턱을 주억거렸다.

《곤란하군. 저건 원인의 수장이다. 참모도 있고………….》

《원인? 수장?》

《저자는 수인장(獸人將) 중 한 명인 몽키 매직이다. 설마 이렇게 빨리 움직일 줄이야.》

《옆에 캇파 같이 생긴 녀석은 뭐지?》

《저건 샤오쇼 하게마루. 수장의 참모라 불리는 남자다.》

지적하고 싶은 구석이 한두 개가 아니었지만, 마왕은 일단 계속 관칠했다. 수장의 엄명이 말단에게까지 잘 전달된 건지 움직임이 참으로 철저했다.

일본에는 원숭이 산의 보스라는 말이 있는데(일본원숭이 집단에는 강력한 통솔력을 지닌 보스(리더)가 있다는 설이 있다), 그 말처럼 매우 통솔이 잘 된 집단 같았다.

"너희들, 잘 들어라……. '강아지'들에겐 지면 안 돼."

"""알겠습니다, 보스!"""

"아무래도 강아지들의 잘난 코로 잡아낼 수 없는 상대인 모양이야. 절호의 기회다."

"""우오오!"""

소리를 높이는 집단을 앞에 두고 마왕은 강아지라는 단어에 고개를 갸웃거렸다.

이윽고 머리에 한가지 가설이 떠올랐지만 황당하다며 그걸 치워버렸다. 그러나 오르간의 한마디에 전부 수포로 돌아갔다.

《원인과 견인(犬人)은 늘 경쟁한다더군.》

'맞는 거였냐!'

자신의 실없는 상상이 맞았다는 사실에 마왕은 머리를 부여잡고 싶었다.

견원지간이라는 말대로 정말 사이가 나쁜 모양이다.

"보스, 이 근방의 영역이…… 앗!"

부하가 설명하기 위해 펼친 종이가 바람에 날려가 높은 나뭇가지에 걸리고 말았다.

원인들이 서둘러 나무에 올라가려 했는데, 캇파의 귓속말을 들은 수장은 점잖게 고개를 끄덕인 뒤 웃었다.

"정말이지, 너희들은……. 이걸 써라, 이걸."

수장은 머리를 손가락질하며 바닥에 떨어져 있던 나뭇가지를 주워 살짝 점프한 뒤 걸려있던 종이를 떨어뜨렸다.

그 순간 부하들은 눈이 뜨였다는 듯 환호했다.

"노, 높은 곳에 있는 물건을 나뭇가지로 떨어뜨리다니……. 이런 발상은 천재밖에 못 한다고……!"

"역시 보스의 '두뇌'……!"

"혀, 혁명이다……. 또 보스가 혁명을 이룩했다!"

부하들의 목소리에 수장은 우쭐하는 표정을 지었다가 또 경악스러운 행동을 했다. 적당한 바위에 앉아 사과를 깨물어 먹은 것이다.

"보, 보스……. 어, 어째서 그런 자세로……."

"너희들은 정말 뭘 모르는구나. 너무 몰라———."

수장은 시니컬하게 웃으며 또다시 충격적인 발언을 했다.

그건 몰래 듣고 있던 마왕에게도 다양한 의미에서 충격을 주는 말이었다.

"식사는 앉아서 먹는 게 편하다고———."

"뭐, 뭣이라!"
"저, 정말 앉아서 먹으니까 편해! 너희도 해 봐!"
"이렇게 똑똑하게 먹는 법이 있다니……! 천재만 할 수 있는 생각이야!"
"보스의 두뇌에 일동 경악. 눈물이 멈추지 않아…………."
감탄하는 목소리는 머지않아 환호성으로 바뀌었다.
듣고 있는 마왕의 머리는 하얗게 표백되었지만 오르간 역시 말이 없었다. 관찰자들의 반응을 아는지 모르는지, 원인들은 점점 더 흥분했다.
너무 흥분한 부하들을 달래듯 캇파가 졸렬한 미소를 지으며 말했다.
"크히히. 여러분, 진정해야지── 이럴 때는 심호흡을 하면 좋다."
"시, 심호흡?"
"크히히. 숨을 깊이 들이마신 다음 천천히 내쉬어보라고──."
"오, 오오……. 몸에 힘이 차올라!"
"대, 대단해! 이것이 심호흡인가!"
"역시 보스의 참모! 역시 하게마루 님!"
""""역시 하게(일본어로 대머리라는 뜻이다)!""""
"누, 누가 대머리냐! 나는 샤오쇼라고────!"
캇파가 당황하는 모습을 보면서 마왕은 말문이 막혔다. 장난치는 건지 진지한 건지 도통 알 수 없었다.
《저건 콩트인가? 아니면 이쪽의 눈을 속이기 위해서 하는 짓

인가?》

《으, 으음. 원인은 다소 까불거리는 구석이 있다고 듣긴 했지만………….》

《아니, 아무리 생각해봐도 멍청이 세계 챔피언을 노리는 것처럼 보인다만.》

《전투할 때는 강한…… 상대이긴 한데………….》

오르간은 설명하려고 할수록 부끄러워지는 걸 느꼈다.

지금 대화를 듣는 한 변호해줄 여지가 없다.

"좋아, 휴식은 끝이다. 강아지보다 먼저 침입자를 잡아야지. 나를 따르라!"

"""오오!"""

수장의 지시를 받아 하나로 단결된 무리가 달려갔다. 직후 선두에서 달리던 수장과 캇파의 발에 무언가가 걸린 건지 성대하게 넘어졌다.

숲 여기저기에 설치된 함정에 걸린 모양이다.

"보, 보스!"

"나는 신경 쓰지 마라……, 멈추지 마……!"

"하게마루 님, 괜찮으십니까?!"

"대, 대머리가 아니고…… 이건 접시란 말이다…… 크흑……."

수장은 땅바닥에 엎드린 상태로도 진군을 명했고, 캇파도 숲을 가리켰다. 쓰러졌음에도 용맹하고 용감한 두 사람의 모습에 부하들은 감동한 얼굴로 외쳤다.

"애들아, 보스의 희생을 물거품으로 만들지 말자!"

"하게마루 님이 가리키는 방향으로…… 내일을 향해 달려라!"
""""역시 하게!""""
"그러니까 내 이름은 샤오쇼라고 했잖아!"
놀리는 건지 진심으로 칭송하는 건지, 부하들은 구호처럼 외친 다음 일제히 달려갔다.
조용해진 숲속에 보스가 비틀비틀 일어나 캇파의 몸을 일으켜 주었다.
"정말이지 손이 많이 가는 부하들이군…………."
"나리, 부하 교육 좀 제대로 해 줘. 몇 번을 말해도 못 알아듣는다고."
"너는 이름도 대머리란 뜻이고, 머리에도 털이 없으니 당연하지."
"나리도 진짜……. 그쪽 이름은 잊어달라고 했잖아."
몸에 묻은 풀을 털어내는 둘 앞에 은밀자세를 해제한 마왕이 조용히 모습을 드러냈다. 갑작스러운 행동에 오르간은 놀랐지만, 끼어드는 대신 조용히 지켜보기로 했다.
"뭐, 뭐냐, 너는…………!"
"너희들에 대해 좀 알고 싶어져서 말이지. 소란을 피운 걸 사과할 겸."
"크히히……, 인간. 네가 그 침입자냐?"
"음, 그렇지. 미리 말해두지만 이쪽에 적의는 없다."
마왕의 침착한 모습에 캇파는 경계하면서도 우선 상황을 지켜보려는 자세를 취했으나 수장은 장난치지 말라는 듯 얼굴을 시빨갛게 물들였다.

전투태세에 들어간 건지 꼬리를 바짝 세우더니 몸을 가볍게 들어 올렸다.

"인간 주제에 거들먹거리다니…… 한 번 더 교육해주마!"

"크히히. 나리, 우선 상대의 주장도 들어보자고."

"열등한 인간에게 그런 배려는 필요 없다."

수장은 등에 메고 있던 곤봉을 꺼내 곡예처럼 회전시켰다.

마왕은 몰랐지만 그것은 '여의봉'이라 불리는 무기로, 신축자재에 특수공격까지 가능한 곤봉이었다.

"우리 원인의 보물을 맛보도록…………. 길어져라, 여의봉!"

수장이 팔을 휘두르자 여의봉이 창처럼 쭉 길어지더니 마왕의 오른쪽 어깨를 찔렀다.

롱코트가——— 살짝 흔들렸다.

마왕은 자신의 어깨에 닿은 곤봉으로 시선을 주고 냉정하게 관찰했다. 그 안광은 지옥을 연상하게 만드는 것으로 변해갔다.

'왜 어설트 배리어가 발동하지 않았지? 이것도 마법의 일종인가…………?'

마왕이 느낀 데미지는 미약하다. 체감상 5 데미지로 인식했는데, 그건 무시무시하게 정확한 수치였다.

수장이 지닌 여의봉에는 통상 위력 말고 '5 데미지를 준다'는 관통 공격, 이 세계에서는 **중격**(重擊)이라 불리는 힘이 부여되어 있다.

어떤 갑옷을 입은 자라고 해도, 마법으로 몸을 보호해도 반드시 데미지를 준다. 그건 이 대륙에서는 큰 효과를 지닌 유니크 무기였다.

조용히 지켜보던 오르간도 전투에 들어간 걸 보고 말을 걸었다.

《상대는 유명한 수인장이다. 도움이 필요한가?》

《확인하고 싶은 게 있다. 다른 한 명이 움직이려 하면 붙잡아 다오.》

《……그래, 알았어.》

어떤 예기치 못한 사태가 일어나도 오르간이 뒤에 있으면 문제없다고 판단한 모양이다. 한편 오르간도 마왕의 반응이 의외였는지 평정심을 잃은 모습이었다.

영락없이 '필요 없다.'라며 일축해버릴 줄 알았기 때문이다.

통신으로 대화하는 마왕을 보고 침묵했다고 착각한 수장이 한층 공격을 가했다.

"흥, 겁을 먹고 말도 나오지 않는 거냐? 인간은 늘 입만 살았지!"

수장은 여의봉을 종횡무진 휘두르며 마왕의 몸에 한 번, 두 번, 세 번 공격을 가했다. 일방적인 전개에 흐릿한 미소를 짓던 수장의 머리에 점점 의문이 솟아났다.

이 정도의 타격과 중격을 받았는데 연약한 인간의 몸으로 어떻게 서 있을 수 있는 걸까.

이윽고 남자가 숙이고 있던 고개를 들었다.

그 안광에 깃든 '지옥'을 엿본 순간 수장의 전신에 소름이 돋았다.

반사적으로 귀를 틀어막고 싶어지는 듯한 '원숭이 비명'을 질렀다. 이건 부하에게 집합하라는 신호를 보내는 행위였지만 과연 제때 올 수 있을지.

"나, 나리……. 이 녀석 좀, 이상해……. 우선 부하를 모…… 크흑!"

움직이려는 캇파의 발치에 붉은 광선이 꽂혔다. 그쪽을 보자 모습을 드러낸 오르간의 몸을 감싸듯 마법진이 떠 있었다.

"크헉?! 너, 너는 벨페——."

"————염옥절벽(플레임 월)."

캇파의 발치에서 불꽃의 벽이 나타나더니 수장과 완전히 격리되고 말았다.

"크히이익! 이러면 접시가, 머리의 접시가…… 말라붙을 거야아아!"

어마어마한 열기에 머리 위의 접시가 마르는 걸 두려웠던 캇파는 쏜살같이 도망쳤다. 남은 건 수인장 한 명뿐. 그는 오르간의 출현도 보이지 않는 건지 신음하듯 말했다.

"뭐, 뭐, 뭐냐…… 너는………. 어째서 여의봉을 마, 맞고도."

이가 제대로 맞물리지 않는다. 몸이 생각대로 움직여지지 않는다.

생물로서 근본적인 무언가가 수장에게 생명의 위기를 알려주었다.

"재미있는 장난감이지만 그런 **막대기**를 천 년 휘둘러봤자 나는 쓰러뜨릴 수 없다———.”

대제국의 마왕, 쿠나이 하쿠토의 체력은 4만이라는 저세상 수치다. 그건 최종 보스로서 주어진 역할을 완수하기에는 충분한 체력이었다.

마왕이 한 걸음 내딛자 수장은 꼬리를 용수철처럼 신축시켜 단숨에 하늘을 향해 뛰었다.

일격에 처치하지 못하면 여기서 죽는다———!

“나의…… 진짜 힘을 보여주마! 우끼끼이이이이이이이!”

——‘2배 공격’ 발동!

‘체력을 소모하는 대가로 다음 공격의 파괴력을 올린다.’

——‘원숭이 흉내’ 발동!

‘연격을 한 번 더 가한다.’

즉석에서 발동시킬 수 있는 스킬을 구사한 수장이 하늘에서 필살의 일격을 휘둘렀다!

하지만 그 필살기는 무정한 전자음과 함께 나타난 어설트 배리어에 막혀 참으로 쉽게 튕겨 나갔다. 수장은 무슨 일이 일어난 건지 알 수 없어서 눈을 부릅떴다. 마왕도 턱에 손을 대고 무언가 탐색하는 듯한 눈빛이 되었다.

“흐음……. 아무래도 그 곤봉은 그냥 휘두르는 ‘통상공격’이 아닌 한 그 관통 데미지를 주지 못하는 건가. 묘한 스킬이나 연격을 더한 게 실수였군.”

“어째, 서…………, 우끼이이이이이이익!”

“파괴나 빼앗길 가능성을 고려하면 무기에 의존하는 구성은 좋지 않아."

수장은 머리를 쥐어뜯으며 우렁차게 포효했다. 눈앞에는 마왕의 모습이 있다. 이미 도망칠 수 없는 거리였다.

"제법 흥미로운 체험을 했지만, 자신이 다루는 무기의 특성 정도는 숙지해야지. 음, 대머리라고 했던가?"

"아니다! 내 이름은 몽키 매직이다!"

"조금 전의 캇파 사오정도 그렇고 마치 서유기로군…………. 하나 실험해볼까."

마왕은 칠흑의 공간에 손을 집어넣더니 방어구를 하나 꺼냈다.

하급 아이템 중 하나인 긴고아다.

머리를 보호하는 방어구지만 효과는 화이트에게 준 천사의 고리와 마찬가지로 고작 2. 저명한 서유기에 나오는 아이템을 모방한 것으로, 손오공이 머리에 차고 등장하는 고리다.

'회장에선 전혀 인기가 없었던 방어구지만…………'

서유기에 등장하는 삼장법사는 때때로 이것을 이용해 말썽이 심한 손오공의 머리를 조여서 그를 적절히 제어했다.

"잠시 여기를 시끄럽게 만들 테지만 우리에게 적의는 없다. 네가 몽키 매직이라면 간다라에 가서 알려줘."

마왕은 적당한 소릴 지껄이며 긴고아를 수장의 머리에 장착했다. 조용히 '줄어들어라'라고 중얼거린 순간 고리가 작아진 건지 수장의 몸이 펄쩍 뛰어올랐다.

"으윽…………, 우끼끼이이이이이이!"

수장의 입에서 비명이 터져 나오고 얼굴이 새빨갛게 물들었다.

이 방어구의 설정에 대충 '나쁜 짓을 한 원숭이의 머리를 조인다'고 적어놨는데 그대로 적용된 모양이었다.

잠시 땅바닥을 구르는 수장을 지켜보던 마왕이 이윽고 작게 중얼거렸다.

"——멈춰라."

"우끼……, 우끼끼?"

"좋아, 다시 조여라."

"우끼끼이이이이이이이! 멈춰라, 열등한 인간 주제에 숲의 현자인 원인에게————."

"멈추지 말고 계속…………."

"자, 잠깐! 이제 그만해! 인간 따위가 이런 짓을——."

"흠……. 너는 두개골 내구 챌린지라도 원하는 건가?"

현대의 동물보호 정신에 정면으로 싸움을 거는 행위였지만, 마왕의 폭거는 여기서 멈추지 않았다.

떨어진 여의봉을 주워들고는 말없이 아이템 파일에 집어넣은 것이다.

나중에 해석해볼 생각인 모양이었다.

"도, 도둑놈…… 돌려줘……! 그건 내 거다……!"

"썩 듣기 좋은 말은 아니군. 훔친 게 아니다. 내가 평생 빌리는 것뿐이지."

"그걸 훔친다고…… 우끼끼이이이익!"

"——멈춰라. 역시 조여라. 멈춰, 조여, 멈조. 단짠."

"우끼이이이익! 그만해애애애!"

마왕은 상대방이 말을 마치는 걸 기다리지도 않고 긴고아를 이용한 성대한 실험을 반복했다.

그 사악한 모습을 보면 확실히 영락없는 마왕이었다. 옆에서 보면 완전히 콩트이긴 하지만, 수장 입장에선 견딜 수 없는 지옥일 것이다.

"걱정하지 마라. 내가 시키는 대로 하면 나중에 돌려주지."

"지, 진짜냐……?"

그 말에 수장은 무심코 울상이 되어 되물었다.

그게 더 큰 수렁으로 떨어지는 입구인 줄도 모르고.

"물론이다. 다만, **알고 있을 테지――――?**"

마왕의 사악한 질문에 수장의 얼굴이 창백해졌다.

대체 무슨 요구를 할 생각인 걸까.

"나중에 지시를 내리마. 그때까지는 우리를 건드리지 말도록. 그리고 그쪽, 대머리였던가?"

"큭, 검은 나리. 나는 샤오쇼야. 게다가 이건 접시이지 결코 대머리가 아니……."

"그래, 네 주장은 후대의 역사가에게 맡기기로 하고."

"그런 애매모호한 것에 어떻게 맡기라고! 나는 대머리가 아니야!"

"그래, 네 주장은 재판 방청석에서 듣도록 하지."

"무슨 재판인데!"

"아무튼 너도 괜한 짓은 하지 말고 조용히 지켜보도록. 우리는 때가 오면 사라질 거다."

"잠깐, 나리는 무슨 목적으로…… 크헉?! 사라졌다……."

할 말을 마친 마왕은 은밀자세로 돌아가 말 그대로 연기처럼 사라졌다. 오르간도 마법으로 다시 모습을 지웠다. 지금 소동을 돌아보니 마치 어른과 아이의 싸움이었다.

당사자인 마왕도 스포츠 경기를 마친 것 같은 표정으로 오르간을 향해 웃었다.

《그럼 밤 산책은 여기까지. 기지로 돌아가면 조금 물어보고 싶은 게 있다.》

《내가 대답할 수 있는 내용이라면 얼마든지………….》

세간에서 두려움의 존재인 수인장을 마치 어린아이처럼 굴리는 모습을 보자 냉정한 오르간이라고 해도 머릿속이 혼란스러워졌다.

한편 마왕도 뜻밖의 전개에 회심의 미소를 지었다.

오르간만이 아니라 적 쪽에서도 정보를 얻을 수 있다는 건 바람직하다.

한쪽의 정보만 받아들이면 위험하다는 걸 잘 알기 때문이다.

정보는 가능한 다각도에서 수집한 뒤 정리해야 하는 법이다.

《그럼 기지로 돌아가자.》

《그래, 조금 멀리 오긴 했지만………… 음? 뭘 하는 거냐!》

마왕은 오르간의 몸을 대충 끌어당긴 뒤 《전이동》을 사용했다.

풍경이 순식간에 비밀기지 안으로 바뀌자 오르간은 얼떨떨한 표정을 지었다.

절묘하게도 파트너인 밍크도 거의 동시에 비슷한 경험을 했다.

"뭐, 뭐야, 이건…………. 너는 정말 힘이 봉인된 건가?!"

마왕이 차례차례 보여주는 신기한 힘에 머리가 복잡해진 모양이었다.

오르간은 웬일로 당황하며 소리쳤다.

"나는 한 번 본 장소에 순간이동이 가능하다. 그보다 식사하면서 마저 이야기하지."

"앞으로 영문을 알 수 없는 힘을 쓸 때는…… 미리 말해줘."

"선처하지."

사실은 '갑자기 몸을 잡지 마라, 끌어당기지 마라.'라고 하고 싶었으나, 그걸 말하는 건 사춘기 청소년 같아서 불만이었다.

오르간은 부루퉁한 태도로 허공에 둥실둥실 떠오르더니 해먹에 자리를 잡았다.

사실 이런 건 처음 보는 것이라 궁금했었다.

"그리운 비밀기지에 귀환했군. 여기에 돌아오면 안심이 돼."

"……음, 그렇지."

마왕의 말을 반추하듯 오르간도 어깨에서 힘을 뺐다. 실제로 이 건물 안에 있으면 이상하게 긴장이 풀렸다.

그것은 압도적인 안심감.

절대 들키지 않는다———적지에 있으면서 그런 확신마저 끓어올랐다.

이 밧줄로 짠 기묘한 침대의 흔들림마저 묘하게 기분 좋았다.

"어디 보자, 이 버섯은 어떤 맛이 날지…………."

마왕도 코트와 윗옷을 벽에 건 다음 어쩐지 즐거워하는 얼굴로 채집해온 버섯을 꺼냈다. 정성스럽게 대나무 꼬챙이에 끼우면서 모닥불 옆에 꽂았다.

오르간도 '편리맨'이라는 이름을 붙인 가방에서 기묘한 흰 반죽을 꺼냈다.

겉보기엔 인도 요리인 **난**처럼 보였지만 실제로 어떤지는 모른다.

"그럼 바로 질문인데. 이 땅에 사는 주민들에 대해 들려줘."

"이 땅에 사는 주민?"

기묘한 질문에 오르간은 잠시 생각에 잠겼다.

어딘가 마음에 걸렸던 위화감이 하나의 결론 비슷한 것에 착지하려 하고 있었다.

'이 녀석은 능력만이 아니라 기억의 일부도 봉인된 건가……?'

그렇게 생각하면 여태까지 떠오른 의문에도 대답이 나왔다.

전승 속 타천사 루시퍼라면 수인국은 자신의 정원이나 마찬가지다.

그곳에 사는 주민들을 모를 리가 없다.

'아니면 기억과 대조해보려고 하는 건가…………?'

이것 또한 오르간이 그렇게 생각하는 것도 이상하지 않았다.

루시퍼가 현현했던 시대는 지금으로부터 몇천 년 전인지도 상상할 수 없을 만큼 먼 옛날이다. 주민만이 아니라 어쩌면 지형조차 바뀌었을 가능성도 있다.

그렇게 가정하면 그토록 열심히 숲을 조사했던 것도 이해가 갔다.

오르간은 그런 것들을 고려하며 신중하게 입을 열었다.

"어떤 의도로 하는 질문인지는 모르겠지만, 이 땅은 용인을 정점으로 삼은 나라다. 그를 11명의 수인장이라 불리는 존재가 받쳐주고 있지."

"수인장?"

"이 땅에 전해 내려오는 '간지'라는 것과 연관이 있는 존재라고 한다. 조금 전에 만난 건 원숭이고."

간지라는 그리운 단어에 마왕은 내심 놀랐다.

뭔가 일본어 필터 같은 거라도 끼고 들리는 건지, 원래도 그런 용어인 건지. 마왕은 맛있게 구워진 버섯을 입으로 가져가며 계속 질문을 던졌다.

상층부만이 아니라 주민에 대해서도 알아둘 필요가 있다고 생각한 모양이다.

"그럼 수인장이라는 녀석들 말고는 어떤 자들이 사는 거지?"

마왕의 질문에 오르간은 해먹을 흔들며 대답했다.

"이 나라를 대표하는 종족은 드워프나 엘프, 거인족이 있겠군. 소인 우족이나 늑대인 낭족 등 짐승과 관련이 있는 존재도 많지만, 인간은 이들을 뭉뚱그려서 아인이라 부른다."

"엘프, 드워프, 그리고 아인………….”

완전히 판타지인 단어의 나열에 마왕의 몸에서 힘이 쭉 빠졌다. 당연히 그런 종족과 접촉한 적도 없고 그들에 대한 지식도 없다.

이 남자에게는 완전히 외계인이나 미지의 생명체 같은 감각이었다.

'바니도 아인이라고 했었지. 그 녀석들은 인간들 속에서 살았지만…………'

좋게도 나쁘게도 이 남자가 아는 바니들은 성광국에서 생활하고 있었다.

엘프나 드워프처럼 인간 앞에 모습조차 보이지 않는 종족이 보기에는 인간과 훨씬 가까운 존재라 할 수 있으리라.

"듣자 하니 참 다양한 종족이 있는 모양인데, 사이는 어떻지?"

성광국만 봐도 수많은 세력으로 갈라져 싸우는 형국이다.

인간이라는 단일종족만으로도 이 모양이다. 그걸 생각하면 다양한 종족이 뒤섞여 사는 이 나라에선 어떤지 궁금해졌다.

"이 땅은 마족령과 인접해있다. 내부분열을 일으킬 여유는 없겠지."

"그렇군. 공공의 적이라…………"

눈앞에 대놓고 적이 있다면 나라 전체가 하나로 뭉치기 쉽다. 역사상으로도 이건 명백하다. 때로는 위정자가 가상의 적을 일부러 만들어내기도 한다.

'그나저나 간지라면 12간지인데………. 한 명 부족하지 않아?'

마왕은 생각난 의문을 그대로 물어보았는데, 오르간은 조용히 고개를 저었다.

"미안하지만 그런 사정은 모른다. 다만——."

"다만?"
"수인장들은 마족령의 악마들과도 싸울 수 있을 만큼 강하다."
"흐음………."
설명은 끝났다는 듯 오르간이 난으로 추정되는 것을 먹기 시작했다. 하얀 난을 두 손으로 잡고 우물우물 먹는 모습은 묘하게 귀여웠다.
"그거 간은 되어있나?"
마왕이 무심코 물었다.
갈릭 소스나 치즈가 뿌려진 거라면 모를까, 오르간이 먹는 것에서는 아무런 향기도 나지 않았다.
"미각은 잃은 지 오래되었다."
"……뭐?"
"어릴 때 먹은 것에 문제가 있었던 건지, 독이 섞인 식사가 가져온 부작용인 건지 원인은 모른다만."
오르간은 담담하게 대답했다. 거기에 비장감은 없었다.
운이 나빴다는 듯한 표정이지만 듣는 마왕에게는 도저히 웃을 수 없는 이야기였다.
"아니, 미각이 없다니……. 그럼 곤란하잖아."
"딱히 곤란하지 않다. 몸을 움직일 수 있는 영양분을 공급하기만 한다면 충분해."
살짝 고개를 숙인 채로 작은 몸으로 난을 먹는 모습을 보고 있자 마왕은 그만 씁쓸한 기분이 들었다. 어릴 때부터 상상할 수 없을 만큼 끔찍한 학대를 받고 미각까지 잃어버렸다니 너무한

이야기다.

'이 녀석도 아쿠나 트론을 닮았을지도…………'

마왕의 머리에 두 사람의 모습이 떠올랐다. 하지만 그 둘은 이미 고개를 숙이고 있지 않다.

다행인지 불행인지 아쿠와 트론은――――**강렬한 운명**과 만났다. 그건 인생을 송두리째 바꿔버릴 만큼 압도적인 폭풍이었다고 할 수 있다.

뭔가 생각에 잠긴 마왕을 본 오르간이 가볍게 웃었다.

역시 기억의 일부를 잃어버린 모양이다.

전승 속 타천사 루시퍼는 밤의 지배자라고까지 불릴 정도의 존재였다. 동시에 변덕으로라도 타인을 걱정할 법한 성격이 아니었다.

"그런 표정 짓지 마라. 너는 마왕이라고 하면서도 퍽 자상하군."

오르간의 놀리는 말투에 마왕은 발끈한 듯 얼굴을 찌푸렸다. 뻔뻔해지기로 한 건지, 비아냥거릴 생각인 건지 버섯을 입에 쏙쏙 집어넣고는 들으란 듯 말했다.

"뭐가 자상하다는 거냐…………. 크으, 이 버섯 참 맛있는데!"

그런 마왕의 헛짓거리를 본 오르간은 쓴웃음을 지으며 생각했다.

과거의 기억은 그대로 잊는 게 낫다.

거만한 태도 뒷면에서 어딘가 자상함이 느껴지는 지금의 모습이 훨씬 낫다――――거기까지 생각한 오르간은 황급히 고개를 저었다.

'아니야……. 나는 이 녀석의 '힘'을 이용할 뿐.'

서로 이익을 얻는 거래. 그게 이번 여행의 목적이다.

거기에 상대방의 인격은 아무런 관련이 없다.

'많은 일이 있었으니 나도 피곤해진 건지도 모르겠군………'

오르간은 그런 생각을 하며 해먹에 몸을 뉘었다.

기분 좋은 흔들림이 잠을 불러왔다. 오르간은 그대로 눈을 감을 뻔했다가 귀를 찌르는 듯한 목소리에 급히 몸을 일으켰다.

"끼이이이이이이이익!"

"으억! 뭐야, 갑자기 버섯에서 이상한 목소리가!"

굽고 있던 버섯 중 하나가 절규를 지르는 바람에 마왕도 비명을 질렀다. 맛있는 식량으로 알려진 《그림자 버섯》이지만, 가끔 절규하는 버섯으로도 유명하다.

오르간은 그걸 보고 힘이 빠진 듯 몸을 쓰러뜨렸다.

"말을 안 했군. 가끔 절규하는 버섯이 섞여 있다. 미식가들 사이에선 그게 특히 맛이 좋다고 하더군."

"이런 건 먹기 싫어!"

"끼이이이이이이이익!"

"시끄러워!"

마왕이 꼬챙이를 찌르자 버섯은 드디어 잠잠해졌다.

우습지만 동시에 왠지 평화로운 장면을 보고 오르간은 무심코 웃어버릴 뻔했다.

생각해보면 이렇게 평온한 시간을 보낸 게 얼마 만일까.

'어쩐지 오늘은 푹 잘 수…… 있을 것…… 같군…….'

오르간이 살아온 환경은 참으로 가혹했다. 마족령에서 도망친 뒤에도 그녀를 끌고 돌아가려는 추격자나 때로는 암살자가 찾아오는 일도 많이 있었다.

잠을 잘 때도 늘 신경을 곤두세웠기 때문에 여태까지 오르간은 숙면이라는 것과는 거리가 먼 생활을 했다.

'하지만 여기 있으면 날 찾지 못해…………'

그 생각은 이미 확신에 가까웠다. 게다가 안심할 수 있는 이유가 하나 더.

못마땅한 얼굴로 남은 버섯을 마저 먹는 남자.

수인장조차 한 손으로 가볍게 상대해버리는 비상식적인 존재다. 이 남자 옆에 있으면 어떤 악마가 쫓아오든 안전함이 무너지지 않을 것이다.

'안심이라……. 세상의 아버지는 이런 존재를 목표로 하는 건가…………?'

오르간은 일렁이는 모닥불을 바라보며 졸음에 몸을 맡길 수 있다는 행복을 곱씹었다.

해먹도 부드럽게 흔들리며 그녀의 전신을 감싸주었다.

절묘하게도 '오오노 아키라'가 여기에 부여한 설정은———— 어머니의 태반이었다.

돌아가야 할 장소

———제노비아 신왕국, 왕의 방———

코우메이는 높이 쌓인 보고서를 훑어보며 절절한 한숨을 쉬었다.

신왕국은 활기로 넘치지만 급속한 영토확장 때문에 내부에 문제가 많다.

병합한 마을과 도시에는 각각 독특한 풍습이나 습관이 있으며 풍토도 다르면 음식도 다르다.

당연히 거기서 일하는 사람들의 성향도 다르기 때문에 그걸 조절하느라 매번 머리를 부여잡게 된다.

"저쪽에 맞춰주면 이쪽이 무너지니까…………."

왕궁 내부에서의 반목, 지방의 청원, 군부의 권력다툼, 땅과 이권을 둘러싼 재판. 크고 작은 다양한 문제가 매일같이 코우메이에게 날아든다.

그 근본에 있는 것은── 정복된 쪽의 반발이다. 아무리 미사여구를 늘어놓아봤자 힘으로 굴복당한 쪽에서는 원한을 잊을 수 없는 법이다.

전선으로 식량을 운반하는 인부들의 태업, 과거 적대하던 마을 간의 견제, 출신지에 따른 차별과 박해, 꼽자면 끝이 없다.

"선배는 악마니까 인간의 아픔을 모르는 거야."

아는 건지 모르는 건지 베아트리스가 쿠키를 먹으며 말했다.

호화로운 침대에 누워 얼굴만 빼꼼 내민 평소 스타일이다. 모습만 보면 참으로 달팽이 같은 것이 묘하게 귀여웠다.

"이 세상은 약육강식이야. 약하면 먹힐 뿐이지."

"상대방이 강해도 먹어 치우잖아. 선배는 블루길이라고."

베아트리스가 뭐든 먹어 치우는 악식으로 유명한 물고기의 이름을 꼽으며 웃었다.

게다가 블루길은 맛이 없어서 식용으로도 쓰지 못한다. 에둘러 코우메이를 어떻게 구워삶을 방법이 없는 까다로운 상대라고 말하는 것이다.

"뭐든 먹어 치운다라…………."

"선배?"

"베아트리스. 왜 우리가 영토를 확장하고 있는지 알아?"

"우리라니…… 날 끼워 넣지 마. 전부 블루길 선배가 한 거잖아."

"누가 블루길이냐!"

"으악! 폭력반대!"

허둥지둥 이불 속에 틀어박히는 베아트리스를 본 코우메이는 녹초가 된 듯 어깨를 떨궜다.

코우메이라고 딱히 주위 국가에 원한이 있는 건 아니다. 사건의 발단은 무능한 선왕의 추방으로 거슬러 올라간다. 쿠데타라고도 할 수 있는 소란이 지난 뒤, 코우메이는 국내의 혼란을 잠재우기 위해 눈에 딱 보이는 '외부'에 적을 만들었을 뿐이다. 영토를 확장하고 국민을 풍요롭게 해주면 불만이나 혼란도 가라앉을 것이라고.

그런 코우메이의 노림수는 멋지게 적중했다. 제노비아는 주위의 마을을 설득하고, 타이르고, 때로는 무력에 호소하며 차례차례 자국으로 편입시켰다.

그리고 제노비아는 병합과 정복에 의한 각종 문제가 일어날 때마다 불만과 분노를 외부로 돌리며 급속도로 비대해졌다.

굳이 한물간 표현을 쓰자면 '간! 다! 와다다다다다!' 라고 할 수 있는 상태일 것이다.

어느새 베아트리스는 북방의 작은 패왕이라 불리게 되었고, 코우메이도 얼음의 재상이라 불리게 되었다.

'한 번 굴러가기 시작한 눈덩이는 갑자기 멈출 수 없지…….'

코우메이의 머리에 그런 말이 스쳤다.

겉에서 보는 제노비아는 말 그대로 부국강병이라 할 수 있는 강국이었지만, 내부에선 '급조'라고 할 수 있는 약점을 늘 내포하고 있다.

겉으로 보면 멋있어도 내부는 날림공사나 부실 공사처럼 구멍이 숭숭 뚫렸다. 합병한 백성과 장수에게 대대로 이어지는 충성심을 바랄 수도 없다.

만들어낸 환상 속 패왕―― 베아트리스의 카리스마 덕분에 가까스로 구심력을 유지하고 있을 뿐이다.

'외부에 적이 있는 동안에는 그래도 괜찮았는데………….'

전쟁은 잃는 것도 크지만 다양한 수요를 자극해 경기회복을 짊어지는 측면도 있다. 무엇보다 국내의 온갖 문제를 전부 날려준다.

사느냐 죽느냐는 상황에서 으르렁거리고 있을 수는 없는 노릇이니까.

역사를 돌아봐도 제노비아 같은 국가는 수없이 많았다.

그 나라는 대부분 내부의 부패로 인해 느릿하게 쇠퇴하거나, 한 번의 큰 패배가 계기가 되어 모든 게 환상이었던 것처럼 무너지는 케이스가 많다.

"하지만 요즘 선배는 어른스러워. 드디어 살인에 질린 거야?"

"적어도 너는 지금 당장 죽이고 싶어."

"으악! 살인 반대!"

코우메이는 베아트리스의 시건방진 입을 닥치게 하면서 한층 생각에 잠겼다.

여태까지는 '다음 적'을 찾으며 피라냐처럼 돌아다니면 충분했으나, 영원히 전쟁을 벌일 수는 없다.

선왕 시절에서부터 악연이 있던 마르무크 공국을 정복하고 이어서 군사 대국으로 유명한 파르마 왕국을 합병했을 때 국가적 체력과 피로는 피크에 달했다.

"…………'그 녀석'만 없었다면……, 더…………."

코우메이의 머리에 한 남자가 떠올랐다.

파르마 왕국을 군사 대국으로 만들고, 열세로 기우는 전선을 오직 혼자서 버텨왔던 영웅.

"그 녀석이라니, 레온 장군 말이야?"

"내 앞에서 그 이름 꺼내지 마. 듣기만 해도 짜증 나………."

코우메이의 특징인 뾰족한 눈매가 한층 날카로워졌다.

그 남자——— 레온이 전장에 나타날 때마다 제노비아는 수도 없이 패배의 잔을 마셔야 했고, 한때는 전선이 모조리 무너진 적도 있었다.

코우메이에게 그 이름은 악몽에 가깝다.

"하지만 선배의 모략으로 레온 장군도 지금은 동료가 되었잖아. 레온 장군은 누구 씨와는 다르게 고결하고 착하고 존경할 만한 사람이야. 레온 장군 갓레온."

"레온, 레온, 시끄러워!"

"…………레몬."

"닥쳐! 비슷한 단어도 쓰지 마!"

"레몬에게 무슨 죄가 있다고! 선배는 폭군이야! 읍컥!"

코우메이는 베아트리스에게 서류를 집어 던지며 지금도 머리를 아프게 만드는 남자에 대해 생각했다.

그를 전장에서 배제하기 위해 코우메이는 온갖 악랄한 소문을 퍼트려 파르마 왕국의 왕을 의심병에 빠지게 조장했고, 결국 이간질에 성공했다. 여담이지만 코우메이는 이 수법으로 홀리 브레이브인 오타메가도 전장에서 떼어놓는 데 성공한 바가 있다.

애당초 이쪽은 소문이 아니라 '진실'을 떠들고 다녔을 뿐이지만———.

"그때 선배가 저쪽 왕녀를 납치해서 유폐했었지? 아아, 레온 장군 진짜 불쌍해. 왕녀를 인질로 잡혀서 억지로 충성을 맹세하다니. 인간으로서 부끄럽지도 않아? 아니, 틀림없이 인류의 수치야. 왜 뻔뻔하게 살 수 있는 거지?"

베아트리스의 말에 코우메이는 반사적으로 목을 조르고 싶어지는 걸 가까스로 참았다.

이 빌어먹게 건방진 후배, 아니, 왕을 죽이면 자신도 파멸이다.

"베아트리스. 그건 레온을 억제하기 위한 방편이지 사실이 아니라고 가르쳐줬을 텐데."

"까먹었음."

"네 머리는 닭대가리보다 못하냐! 가슴에만 영양소를 집중하지 말라고!"

"키도 컸거든요. 으허어억!"

코우메이가 집어 던진 서류가 베아트리스의 얼굴에 차례차례 직격했다. 베아트리스의 발언은 썩 거짓말도 아니었다. 세간에서는 그 소문이 진실이라며 널리 퍼져있었다.

얼음의 재상이 왕녀를 유괴하도록 지시해서 남몰래 감옥에 유폐했다고.

"말도 안 되는 누명이야……. 그건 분명 악마의 짓이라고."

"악마는 선배잖아. 죄를 인정하는 거구나. 사형."

"사형은 너다아아아아아아!"

인내심이 한계에 달한 건지 이불을 걷어찬 코우메이가 위에 올라탔다.

무력한 베아트리스는 순식간에 코우메이 밑에 깔리고 말았다.

"싫어어어어! 악마에게 유괴당한다아아아아아!"

"깜찍한 소리를 못 하도록 입에 얼음을 잔뜩 쑤셔 넣어줄게. 후후, 몇 개까지 들어갈까?"

"하, 하지 마……. 그렇게 큰 건 안 들어가!"
"괜찮아. 살살, 조금씩 넣어줄 테니까……….."
"잠깐, 선배. 눈이 무서워!"
두 사람은 얼핏 들으면 수상한 대화를 나누면서 침대 위에서 발버둥 쳤다.
참고로 '얼음의 재상'이라는 이명대로 코우메이는 '수속성'의 상위 속성인 '빙속성' 마법이 특기로, 그 분야에서도 탁월한 재능을 지니고 있다.
"미리 말해두지만, 그 일은 정말로 내가 한 게 아니야. 무고죄라고."
"분명 거짓말이야! 세끼 밥보다 살인을 좋아하는 선배니까 유괴 정도는 숨 쉬듯이 저지를…… 으어어억!"
"하나 더 넣는 게 좋겠네……….."
"벼, 변태! 선배는 얼음 변태야!"
사실 이 소문만큼은 누명이 맞았다.
그러나 '그 얼음의 재상이라면 저지를 만도 하지'라는 인상이 세간에 퍼져있기 때문에 다들 설득력이 있다고 받아들인 게 더 중대했던 건지도 모른다.
코우메이는 그 오해를 이용해서 '큰 공을 세우면 왕녀를 해방하겠다'라는 듯한 분위기를 은근슬쩍 조성하며 충성심 깊은 레온을 신하로 포섭하는 데 성공했다.
"대충 성 함락 때 죽었거나, 불에 타버렸거나, 자결이라도 했겠지."

성 함락 때는 보통은 상상도 할 수 없을 만큼 흉악한 사건이 많이 일어난다. 약탈, 폭행, 방화, 강간, 살인 등의 총출연이라 눈 뜨고 볼 수 없는 꼴이 될 때가 많다.

파르마 왕국도 예외가 아니었다. 성이 함락될 때 성 내부만이 아니라 성 밖의 마을까지 무시무시한 화염에 휩싸여서 인근이 잿더미가 되었다.

셀 수 없이 많은 소사체 속에 그 왕녀가 섞여 있었다고 해도 이상하지 않다.

“아니, 그 왕녀는 선배가 죽인 거나 마찬가지야. 지금부터라도 늦지 않았으니까 자수해. 내가 극형을 내릴게. 변태는 사형!”

“흐음. 다른 구멍에도 넣어달라고 조르는구나…………?”

“싫어어어어어!”

두 사람의 씨름이 이어지는 그때———.

멀리 떨어진 국경에서는 방금 화제에 올랐던 영웅이 전장에서 있었다.

제노비아 신왕국의 서부는 무수한 국가와 인접해있기 때문에 전화가 끊이지 않는다.

그 나라들은 때로는 동맹을 맺었다가 다음 날이면 파기하기도 하고, 수많은 용병단이 섞이기도 하는 등 혼돈의 도가니 같은 모습이었다.

코우메이는 영웅을 위험시하면서도 등용할 수밖에 없는 상황이었다.

"저 마을은 전장 예정지와 가깝군……. 피난하도록 전해라."

높은 전망대에서 주위를 내려다본 레온이 그런 지시를 내렸다. 그 육체는 큰 키도 어우러져 길쭉했고, 영웅이라 불리기에 걸맞은 무장을 장착하고 있다.

손에는 영웅을 영웅으로 만들어주는 '천창 글라디우스'가 들려 있고, 전장을 노려보는 모습은 부하에게 무한한 용기를 부여했다.

그가 전장에 서 있다는 것만으로도 전선의 분위기가 바뀔 정도이다.

많은 고생을 겪었기 때문인지 머리카락은 백발이 되었지만, 그게 그의 외모에 한층 신비로운 빛을 더해주고 있었다.

그런 레온을 앞에 두고도 불만이라는 눈빛을 보내는 자가 있다.

"레온 장군님, 저런 작은 마을은 태워버리거나 징발해서 진지로 삼읍시다."

"이건 우리의 싸움이다. 무고한 백성을 말려들게 해선 안 되지."

"허……, 뭐, 지시라고 하시니 따라야죠."

부관인 졸름이 불만을 흘리는 모습에 레온은 두통이 오는 걸 느꼈다.

제노비아 쪽에서 억지로 붙여준 이 부관은 참으로 흉포하고 비협조적인 남자였다. 명령 위반은 밥 먹듯이 저지르고, 관련이 없는 마을에 불을 지르는 등 세넛대보다.

늘 이 남자를 감시하지 않으면 무슨 짓을 저지를지 알 수 없어서 레온은 뜻대로 움직이지 못했다. 물론 이건 코우메이의 책략이었다.

레온이라는 영웅에게 붙인 '족쇄'라고 할 수 있다.

'국경을 지켜라. 단 마음대로 움직이게 두진 않겠다, 는 거겠지…………'

레온은 코우메이의 그런 의도를 감지했지만 어떻게 할 방도가 없었다.

충성을 바친 왕은 레온을 멀리했고, 결국 나라가 멸망했다. 그에게 남은 유일한 희망은 망국의 왕녀가 된 소녀뿐.

그 왕녀조차 얼음의 재상에게 유폐되어 행방불명이다.

'어떻게든 유폐 장소를 찾아내야 해…………'

꽃처럼 가련했던 왕녀의 모습을 떠올리며 레온은 창을 세게 움켜쥐었다. 누구에게나 사랑받는 그 천사 같은 왕녀를 구출해야 한다.

나라가 멸망한 지금 그럴 수 있는 사람은 레온 한 명뿐이었다.

'제노비아 놈들……. 반드시 왕녀님을 구출하고 네놈들의 악행을 벌해주마…………'

망국의 왕녀를 그리는 영웅의 가슴에 검은 불꽃이 깃들었다.

부관인 졸름은 영웅의 옆얼굴에서 무언가를 느낀 건지 얄밉게 입을 열었다.

"장군님, 괜한 생각은 하지 않는 게 장군님을 위한 거라고 보는데요."

"괜한 생각이라니?"

"제가 말씀드리는 것도 그렇지만, 전장에서 오래 사는 비결이라는 걸 아시는지?"

"…………꼭 한번 들어보고 싶군."

"크하하! 앞보단 '뒤'를 조심하라는 겁니다."

졸름의 말에 영웅의 얼굴이 살짝 일그러졌다.

눈앞에 있는 적보다 배후의 권력자를 조심할 것. 졸름치고는 드물게 정곡을 찌르는 말이었다. 옛날에도 전선에서 공을 세운 영웅이 위험한 존재로 찍혀서 후에 처벌 대상이 되거나 악질적인 헛소문이 퍼져서 비극적인 결말을 맞는 사례는 많다.

"장군님. 당신은 그걸 한 번 맛보지 않았수? 우리는 뒤를 조심하면서 전장에서 적당히 꿀을 빨면 되는 겁니다. 신나게 죽이고, 신나게 빼앗고, 신나게 겁탈하고. 오늘도 전장은 천국이라니까!"

졸름은 그 말만 남긴 뒤 크게 웃으면서 떠나갔다.

자리에 남은 영웅은 홀로 쓴 표정을 지으며 흐린 하늘을 올려다보았다.

시야 가득 펼쳐진 흐린 하늘에는 빛이 없었다. 마치 레온의 마음을 반영하는 것 같았다.

———마족령, 노예 시장———

이곳에도 레온과 마찬가지로 돌아가야 할 장소를 잃어버린 남자가 있다.

무슨 짐을 나르는 건지도 제대로 모른 채 배에 탄 해머다.

그는 지금 감옥 속에 있었다. 해머만이 아니라 많은 선원이 각각 감옥에 갇혀서 마족령의 명물인 '노예 시장'으로 넘겨졌다.

'어째서 이렇게 된 거지…………'

해머는 해진 모포를 걸치고 굶주림에 못 견디겠다는 듯 몸을 비틀었다.

여기에 갇힌 뒤로 식사와 물은 며칠에 한 번, 그것도 돼지 잔반이라고 불러주고 싶을 만큼 조잡한 것들뿐이었다.

밤이 되면 얼어붙을 정도로 추워지지만 주어진 것이라곤 모포 한 겹이 전부다. 처음에는 아우성치던 선원들도 점점 얌전해졌고, 조용해진 자는 다음 날 아침에는 숨을 거둔 뒤였다.

'뭘 해도 안 되는 인생이었어…………'

뭘 해도 느림보, 무능이라는 낙인이 찍혀 이런저런 직업을 전전했던 해머다. 큰마음 먹고 모험가가 되었지만 부상 때문에 은퇴.

운반책인 포터가 되었지만 도움이 되지 않아서 다음에는 선원이 되었다가 결국 굴러간 곳은 노예 시장이다.

암흑이다.

정말 암흑 그 자체다.

신이라는 게 존재한다면, 그는 신이 등을 돌려버린 존재라고 할 수 있으리라.

"끼긱, 이번에는 먹을 게 많은데."

"야, 야, 양이 많아……. 나, 나는 발가락부터!"

주위에는 처음 보는 마족이 활보하고 다녔다. 살아있기만 해도 수명이 깎여나가는 듯한 기분이었다. 차라리 빨리 죽는 게 편하다는 생각이 드는 상황이었다.

'아아, 이젠 손끝에 힘이…………….'

추위에 시야가 흐려져 가는 가운데 해머는 여태까지 겪어온 변화를 돌아보았다.

그게 기억의 혼탁인 건지, 주마등인 건지도 이미 판별할 수 없었다.

'바다는 웅장하고 즐거웠는데, 말이야…………….'

해적의 공격을 받기도 하고, 폭풍을 겪기도 하고, 배 위에서 수도 없이 자빠지고, 아프고 괴로운 일도 많았지만 해머에게는 인생에서 가장 즐겁고 눈부신 시간이었다.

처음에는 차가운 태도였던 갑판장 멀린도 열심히 일하는 해머를 보고 조금씩 태도가 누그러진 건지 마지막에는 배 위에서 '낚시'라는 걸 가르쳐주기까지 했다.

'멀린 씨……, 선장님…………….'

두 사람의 모습을 떠올린 해머의 눈에서 굵은 눈물이 흘렀다.

그 두 사람은 이미 여기엔 없다.

'육지가 보였을 때는 그렇게나 기뻤는데…………….'

그게 마족령이라는 걸 안 것은 상륙한 뒤 짐을 나르기 시작했을 때였다.

아무것도 몰랐던 자들은 벌벌 떨었고, 몇 번 온 적이 있는 자는 필사적으로 몸을 움직여 한시라도 빨리 이 땅에서 떠나자며 주위를 격려했다.

해머도 통통한 몸을 움직여 열심히 짐을 내렸지만, 그 짐 속에 인간이 포함되어 있었다는 걸 이때 깨달았다.

"어……?"

사다리를 타고 배에서 내리는 사람들.

그들의 손바닥에는 구멍이 뚫려있고, 거기에 밧줄을 꿰어 한 줄로 엮여 있었다. 인간이라기보다는 가축 운반으로 보이는 광경이었다.

"저, 건………."

"일해, 아저씨."

"하, 하지만, 멀린 씨………."

멀린은 아무 대답도 하지 않고 날카로운 눈빛을 보냈다.

분위기 파악을 하라는 뜻일 것이다.

폭풍 등으로 바다가 거칠어졌을 때는 목소리가 들리지 않는 경우도 흔하다. 따라서 그들은 손짓과 발짓, 표정, 눈빛 등으로 의사소통을 꾀하는 일도 많았다.

말 그대로 **눈은 마음의 창구**인 셈이다.

"네, 넵………."

해머는 찜찜한 기분을 털어내지 못하면서도 무거운 나무상자를 배에서 내렸다.

주위에 있는 선원들도 최대한 생각하고 싶지 않은 건지 줄줄이 엮인 사람 무리에서 시선을 피하듯 배와 항구를 왕복했다.

머리를 텅 비우고 몸을 움직이고 있자 여기가 마족령이라는 것도 잊어버릴 정도였다.

'여기가 정말…… 마족령…………?'

하늘은 맑았고, 항구는 잘 정비되어 있으며 수많은 창고도 있는 본격적인 시설이었다.

멀리 보이는 거리 풍경도 조금 차이는 있지만 해머의 눈에는 인간의 도시와 썩 다르지 않게 보였다.

일반인에게 마족령이라고 하면 하늘엔 먹구름이 껴 있고, 땅은 쩍쩍 갈라져서 그 밑에 붉은 마그마가 끓어오르는 광경을 상상하곤 하지만 실제로는 아니다.

성직자들이 오랜 세월에 걸쳐 그렇게 설파한 결과이자, 일종의 세뇌에 불과하다.

소위 지옥을 연상시키는 장소도 없는 건 아니다. 하지만 대부분 인간이 사는 대륙과 다른 게 없으며, 우수한 대악마가 다스리는 땅은 수확도 풍부하고 가도도 잘 정비되어 있다.

"상상했던 것과는 다르지?"

"……네, 넵."

해머의 생각 정도는 훤히 들여다보는 건지 옆에 있던 멀린이 말했다.

그도 처음 왔을 때는 비슷한 느낌을 받았으리라.

"마족령이라는 걸 듣지 못했다면 인간 나라라고 생각했을지도 모르지……. 하지만 저 창고 위를 봐."

시키는 대로 시선을 올리자 창고 위에서 정체를 알 수 없는 마물이 이쪽을 내려다보고 있었다. 보라색의 작은 몸에 거대한 눈알이 달린 괴물이었다.

모험가들이 질색하는 마물, 워치 아이이다. 많은 인간을 관찰해서 그들의 장비, 약점, 전력 등을 조사하는 습성을 지닌 마물이다.

이 녀석이 성장하면 특이종이라 불리는 '빅 아이'로 돌연변이 한다는 말이 있다.

빅 아이는 '역침공'의 방아쇠를 당기는 마물이다. 그렇다 보니 워치 아이를 발견한 인간은 길드에 보고해야 하는 의무가 있다.

"머, 멀린 씨, 저건…………."

"아저씨, 괜한 생각 하지 마. 저 녀석은 육지의 인간이 대처하는 법이야."

"하, 하지만…………."

"우리는 바다의 인간이라고. 육지의 사정은 뒷전이지."

이런 상황에 저런 녀석에게 정신 팔리고 있을 때냐── 멀린은 그렇게 말했다.

하지만 이쪽을 감시하는 마물의 시선은 참으로 으스스해서 해머의 몸은 계속 떨렸다. 그는 얼마 전 루키 시에서 역침공을 경험한 직후였기 때문이다.

'저, 저게 또 언젠가 역침공을…………'

그런 생각을 하자 소심한 해머는 나무상자를 드는 손까지 떨었다.

애초에 이런 장소에 와서 살아 돌아갈 수 있을지 의문이다.

배의 짐을 다 내리고 나자 하급악마들이 몇몇 나타나게 되었다.

그 집요한 시선에 해머의 몸이 한층 둔해졌다.

"아저씨, 바닥 쳐다봐. 녀석들을 자극하지 말고."

"네, 넵…………."

해머는 개미 기어가는 목소리로 대답했고, 정작 멀린도 얼굴이 창백했다.

그 입에서는 작게 '이건 거래다, 거래……'라는 염불 같은 목소리가 흘러나왔다. 마치 스스로를 타이르는 듯했다.

'사람이 있어………….'

광견이나 해골병에 섞여 인간의 모습도 보인다는 사실에 해머는 또 충격을 받았다.

목에는 목걸이가 채워져 있고, 꺼림칙한 무늬가 그려져 있다. 마법에는 아무런 지식도 없는 해머지만 그게 예속을 뜻한다는 걸 생생하게 느낄 수 있었다.

"여기는 마족끼리 전쟁이 끊이질 않거든. 인간을 얼마나 데리고 있는지도 권위를 드러내는 요소 중 하나라더군."

멀린이 담담하게 말하는 내용에 해머는 으스스한 오한을 느꼈다.

엄하긴 했지만 잘 돌봐주던 모습은 어디론가 날아가 버린 것 같았다.

"아저씨, 우리는 돈을 받으면 뭐든 날라야 해. 그게 식량이든, 술이든, 위험한 약이든, 인간이든. 바다에서 살 생각이라면 기억해둬."

"하, 하지만…………."

"그렇게 하지 않으면 살 수 없으니까……. 이런 썩어빠진 세계에선."

그 말을 남긴 멀린은 나무상자를 어깨에 짊어지고 걷기 시작했다. 지시된 창고에 짐을 나르며 몇 번 왕복하자 남은 짐은 '인간' 뿐이었다.

"다들 모여라."

쉴 새도 없이 선장의 지시가 날아와 전원이 한 곳에 뭉쳐 줄을 섰다.

모여있는 선원들은 다들 얼굴이 딱딱했다.

"수고했다. 남은 짐을 인도하기 위해 이 땅을 다스리는 왕에게 인사하러 간다. 당연한 말이지만 실례를 저지르지 말도록. 말하는 것도 금지한다."

다들 딱딱한 표정으로 고개를 끄덕이는 가운데, 대신관은 '이빌 메이지'와 무어라 대화를 나누고 있었다. 커다란 지팡이를 들고 전신을 전부 덮는 너덜너덜한 로브를 두른 인간이다.

로브 속의 모습이 젊은이인지 노인인지도 모른다. 겉보기에는 인간에 가깝지만, 마에 매료되어 마물의 일종으로 꼽히는 존재였다.

이런 것에 주눅 들지 않고 대치할 수 있다는 것만으로도 이 대신관은 대단한 양반이다. 선원 중에는 그런 모습에 든든함을 느끼며 보는 사람도 있었지만, 해머는 불길함을 느꼈다.

빛을 숭상하는 성직자와 타락한 마법사 사이에 무슨 이야기가 오가는 걸까.

"……알현 시간이다."

"흠, 그럼 가도록 하지."

이야기가 끝난 건지 이빌 메이지가 거대한 거울을 꺼냈다.

대신관이 주저 없이 그 안으로 들어가자 마치 거울에 삼켜지듯 모습이 사라졌다.

"머, 멀린 씨……!"

"말하지 마, 아저씨. 혀 뽑혀."

대신관에 이어 선장도 거울 속으로 들어갔다.

그 모습을 보고 전원이 쭈뼛쭈뼛 거울 안으로 들어갔다. 해머도 위대한 빛과 천사에게 필사적으로 기도하며 거울 앞에 섰다.

'위대한 빛이시여, 천사님이시여…… 부, 부디, 저희를…….'

"인간, 빨리 가라———."

"히익!"

재촉하는 목소리에 해머는 반사적으로 거울 안에 뛰어들었다.

조심조심 눈을 뜨자 그곳엔 장엄한 공간이 펼쳐져 있었다.

'여기, 는………….'

그것은 진홍과 황금으로 가득한 알현실.

호화롭기만 한 게 아니라 강렬한 위압감을 주는 공간이었다. 그 광채와, 피가 연상되는 진홍빛 벽과 천장에 전원이 숨을 삼켰다.

옥좌에는 황금의 갑옷을 입은 대악마——— 벨페고르가 앉아있었다.

장엄함으로 넘치는 황금의 전신 갑옷을 입었는데 그 등에는 새카만 날개가 달려 있었다. 투구의 눈에 해당하는 부분에는 얼기설기 꿰맨 듯한 자국이 있다.

보기만 해도 영혼이 비명을 지를 법한 존재였다.

대신관이 공손히 무릎을 꿇은 걸 보고 뒤에 있던 전원이 허둥지둥 넙죽 엎드렸다.

무시무시해서 고개를 숙였다기보다도, 조금이라도 시야에서 벗어나고 싶다고, 가능하다면 보고 싶지 않다는 마음이 더 컸다.

"일곱 정점의 왕이시여, 계약에 따라 찾아왔습니다."

해머는 뭐가 뭔지 알 수 없었지만, 라이트 황국과 이 땅의 왕이 어떠한 밀약을 맺었다는 것만은 이해했다.

"향이 아주 좋은 짐이군. 하지만 과하게 더럽구나———."

황금의 갑옷에서 냉혹한 목소리가 흘러나왔다.

듣기만 해도 뼛속 깊이 얼어붙을 것 같은 음색이었다. 해머만이 아니라 전원이 같은 느낌을 받은 듯했다.

이가 맞물리지 않아 딱딱거리는 불협화음이 알현실에 울려 퍼졌다.

"부디 용서하시길. 우리나라도 어리석은 타국에 위엄을 보여주어야 할 필요가 있었으니…………."

전쟁 노예들이 예상했던 것보다 더 채찍질을 맞아 상처투성이가 된 모습이 마음에 들지 않는 모양이었다. 마치 채소의 모양이 안 좋은 걸 책망하는 듯한 말투였다.

벨페고르는 잠시 으스스한 침묵을 유지했다가 이윽고 손가락을 튕겼다.

알현실의 문이 열리고 하급악마인 '허니트랩'이 차례차례 짐을 날랐다. 그건 마족령에서만 입수할 수 있는 귀한 광석과 마물의 신체 부위 등이었다.

대신관은 그걸 하나하나 확인하다가, 마지막에 셋 늘어선 커다란 보물상자를 열었다.

안에는 작은 가죽 주머니가 빼곡하게 담겨 있었다. 대신관의 호흡이 무의식중에 거칠어졌다.

이 대륙에서 위험한 약물은 '트랜스'라고 불리는 것으로 고가이긴 하지만 비교적 입수하긴 쉽다. 대외적으로는 통증을 없애주는 의약품으로 뒷세계에 돌아다니기 때문이다.

전장에 서는 공포심을 없애기 위해, 고통을 지우기 위해, 쾌락을 위해. 용병 등도 다양한 용도로 사용하지만 벨페고르가 내놓은 약물은 좀 달랐다.

의존성이 매우 높고 인간의 마음을 파괴하는, 위험하기 그지없는 약물이었다.

"……사용해봐도 되겠습니까?"

벨페고르가 관대하게 고개를 끄덕이자 대신관은 미량의 가루를 코로 흡입했다.

그 순간 대신관의 얼굴이 흐물흐물 녹더니 도원향에 있는 듯한 표정이 되었다.

"오, 오오. 이건 몹시 질이 좋은 '크랙'이군요…… 대단합니다. 이것만 있다면 고국에 더 큰 영화가…………."

대신관의 입에서 비상식적인 말이 흘러나왔다.

일부를 개인적으로 슬쩍할 생각인 듯했다. 고가에 팔아 치우려는 건지, 아니면 상부를 약에 빠뜨려서 중독시키려는 건지, 어쨌거나 용도는 얼마든지 있을 법했다.

"일곱 정점의 왕이시여, 계약은."

"**매**는 어디 있지———?"

대신관의 말을 가로막듯 벨페고르가 끼어들었다.

거칠게 꿰맨 눈에서 불길한 안광이 흘러나왔다.

"왕이시여, 짐이 부족한 건 상호 마찬가지 아닙니까………?"

대신관이 일어나 당당히 벨페고르의 안광을 받아냈다. 본래 크랙 상자는 10개가 있어야 하지만 여기 놓인 상자는 3개뿐이었다.

"저도 조금 배운 게 있어서 말이죠……. 계약은 신중하게 진행해야 한다는 것을."

그 말에 주위에 있던 허니트랩이 술렁거렸지만 벨페고르가 손을 들어 올리자마자 전원이 돌처럼 조용해졌다.

"약삭빠른 인간이여. 짐과 대등하다고 생각하는 건가?"

"악마와의 계약에는 독이 있다고 하죠. 저는 다름 아닌 폐하에게 배웠습니다."

대신관의 대답에 벨페고르의 투구가 위아래로 움직였다.

비웃는 듯했다.

"…………타락한 인간은 때로 짐을 기쁘게 하지."

벨페고르가 손가락을 튕기자 가고일과 돌인형이 알현실로 잇달아 밀려들어 오더니 전쟁 노예들을 거대한 거울 속에 밀어 넣었다.

그 행위의 대상자는 노예들만이 아니라 선원들도 마찬가지였다.

"와, 왕이시여. 이게 대체 무슨…………?!"

"이번만큼은 무례를 용서하마. 그들은 공물로서 두고 가도록."

그 말을 듣고 대신관은 빠르게 손해 득실을 계산했다.

여기서 선원을 잃어도 남은 크랙만 입수할 수 있다면 이득이 된다.

"돌아가는 길은 걱정하지 않아도 좋다. 네 배는 크라켄을 시켜 근처 바다까지 옮겨놓으라고 해두지."

"더할 나위 없는 기쁨입니다…………!"

빛을 숭상하는 황국의 배가 하필이면 끔찍한 바다의 마물을 타고 이동한다.

더없는 아이러니였지만 대신관이 아닌 선장이 반발했다.

"대신관님, 약속이 다르지 않소! 우리의 안전은 보장하겠다고 했으면서!"

"글쎄, 그랬던가? 그쪽도 여태까지 충분히 이득을 보았을 테니…… 명맥이 다했다고 생각하고 포기하게나."

"그, 그게 황국의, 위대한 빛을 모시는 자가 할 말인가!"

"크하하! 위대한 빛이라. 그런 자에게 바칠 신앙심은 오래전에 고갈되었다네."

두 인간 사이의 분쟁에 벨페고르는 희열이라도 느끼는 건지 만족스럽게 비웃다가 조용히 손가락을 하나 치켜세웠다. 다음 순간――― 선장의 몸이 다섯 갈래로 터져나갔다.

"아…………."

그건 누구의 목소리였을까.

한때 선장이라 불리던 자의 혈액과 살점이 주위에 흩날리고, 어안이 벙벙해진 선원들을 조소하듯 그 몸이 끌려갔다.

"히이이익!"

"사, 살려줘어어어어!"

"집에, 집에 아이가 기다리고 있다고……. 싫어…… 이런 건 싫어어어어어어!"

알현실이 광기에 휩싸이며 희생양들이 끌려갔다.

분노와 절망으로 눈이 새빨갛게 충혈된 멀린은 품에 숨기고 있던 나이프를 움켜쥐고 대신관을 향해 단숨에 달려들었다.

"이 자식이이이이이이!"

"크흐흐, 하등한 것이――――《광인(라이트 슬래시)》."

대신관이 지팡이를 휘두른 순간 빛의 칼날이 멀린의 손과 허벅지를 베었다.

거친 선원들을 통솔하던 멀린이라고 해도 대신관 앞에서는 너무나도 무력했다.

"머, 멀린 씨!"

"젠장……, 실패다……. 도망, 쳐. 아저……………… 씨……."

해머가 허둥지둥 달려갔지만 돌인형이 두 사람의 몸을 붙잡고 거칠게 감쌌다.

비명과 절규가 울려 퍼지는 가운데 옥좌에 앉은 왕은 만족스럽게 눈을 휘었다.

"인간의 비명은 언제 들어도 기분 좋군. 아직 더 연구할 여지가 있어———."

동의를 구하는 듯한 목소리에 대신관의 얼굴이 일그러졌다.

그 무자비한 폭력이 다른 쪽을 향할 때는 괜찮지만, 이쪽으로 날아오면 참으로 곤란하다.

"부디 이교도들에게만 향하길 바라는 연구심이군요………."

그렇게 말한 대신관은 허황된 소릴 했다고 깨달았다. 악마가 봤을 땐 빛을 숭배하는 라이트 황국이야말로 가장 끔찍한 이교도일 테니까.

하지만 벨페고르의 관심은 이미 다른 곳을 향한 모양이었다.

"다음에는 반드시 응인을 데려오도록…………. 그건 절멸한 희귀종이다. 짐의 곁에 두고 귀여워해 줘야지."

벨페고르의 전신에서 마력이 뿜어져 나왔다. 대신관은 그 폭풍에 짓눌리듯 고개를 끄덕였다.

이번에는 어떻게든 넘어갔지만, 다음에 잔재주를 부렸다간 목숨을 부지하지 못할 것이다.

"그럼 왕이시여. 다음 거래도 서로에게 이익을 주기를 기원합니다."

"짐도 그렇게 되길 바란다."

서로 속이 뻔한 대화를 나누고 첫 번째 거래가 끝났다.

다음 거래야말로 서로에게 메인이 될 것이다.

'역겨운 악마 놈들……. 언젠가 남김없이 토벌해주마………!'

이렇게 대신관은 짐을 가득 실은 배를 타고 스 네오로 돌아가게 되었다. 불쌍한 선원들은 전부 감옥에 갇혀 거대한 거울을 통해 노예 시장으로 운반되었다.

감미로운 인간의 비명이 점차 사라지자 알현실은 정적을 되찾았다.

벨페고르는 잠시 턱에 손을 올리고 무언가 생각에 잠긴 듯했다. 이윽고 그 입에서 으스스한 말이 흘러나왔다.

"……부족하군."

그 중얼거림에 대답하듯 창가에 앉아있던 해골이 딱딱 소리를 냈다.

그는 노예 시장을 관리하는 악명 높은 악마 중 한 명이었다.

"수많은 산제물을 손에 넣었으면서도 왕께서는 영 불만이신 모양인데………."

해골의 주위에 검은 독기가 흐르더니 이윽고 어떤 형태를 이루었다.

그건 일개 해골병이 기나긴 세월이 지나 진화해온 특이 개체 ── 꼬챙이공이라 불리는, 흉악하기 그지없는 상급악마였다.

재킷과 셔츠, 가죽 바지는 전부 검은색이고, 머리에는 기묘한 은제 액세서리가 달린 실크 해트를 쓰고 있다.

얼핏 보면 귀족 같은 차림새지만 얼굴은 해골에 가죽 한 장을 뒤집어씌운 듯한 모습으로, 입술이 없어 이가 훤히 드러났다.

"여기에 사랑스러운 딸이 없다는 게 불만이다."

"아가씨께서는 왕을 닮아 참으로 자유분방하시니까요. 하지만 긴 여행을 거쳐 숙성된 향긋한 와인이 될 가능성도 있죠."

"나쁜 공기에 노출되어 맛이 상할 수도 있지."

"본심으로는 보이지 않습니다만……, 왕께서 진심으로 원하신다면 제가 가도록 하죠."

꼬챙이공은 가볍게 웃으며 말했지만 벨페고르는 지루하다는 듯 코웃음을 칠 뿐이었다. 그는 딸에게 소규모 습격을 감행하거나, 기억에서 흐릿해질 무렵에 기습적으로 부하를 파견해 정신적으로 천천히 몰아세우며 즐기고 있다.

네게 안식의 땅은 어디에도 없다────라면서.

"인간의 속담 중에 '귀여운 자식은 여행을 보내라'라는 말이 있었지."

왕의 말에 꼬챙이공이 딱딱 웃었다.

그 여행을 분노와 공포, 절망으로 포장해놓고 무슨 양심으로 그런 말을 하는 건지.

"다음에 만나 뵐 날이 참으로 기대되는군요."

꼬챙이공의 말에 벨페고르도 가볍게 고개를 끄덕였다.

분노와 절망을 양분 삼아 한층 강하게 성장한 딸과의 재회──세상에 이보다 더 감미로운 일이 있을까. 벨페고르는 투구 속에서 탁한 비웃음을 흘렸다.

한편 납치된 선원들은────.

'피가 멈추지 않아……!'

해머는 같은 감옥에 갇힌 멀린을 구하려고 열심히 발버둥 쳤으나 수중에는 약도 천 쪼가리도 아무것도 없었다. 출혈이 멈추지 않자 멀린의 안색이 점점 하얗게 질려갔다.
"저, 정신 차리세요……!"
"언젠가……."
멀린이 거칠게 숨을 몰아쉬며 무언가 중얼거렸다. 돌인형이 감옥을 거칠게 나르고 있기 때문에 감옥 안에서 넘어지고 위아래로 흔들리느라 제대로 알아듣기 어려운 상황이었다.
"이런 날이 올 것, 같았지…………."
"멀린 씨……?"
"천벌을 받은 걸까……. 나도 선장님도 나쁜 짓을 산더미처럼 저질렀으니까."
하늘은 검붉고, 풍경도 바위가 눈에 띄는 살풍경한 모습으로 바뀌어갔다.
해머의 눈에는 글자 그대로 지옥으로 가는 길인 것처럼 보였다.
"이번에는 내 차례인 거야…………. 육지에 신물이 나서 도망친 곳에서도 이 꼴이라니."
"자, 잠깐만요. 지금 피를……."
해머가 윗옷을 벗어 허벅지에 댔다.
싸구려 옷감이 바로 새빨갛게 물들었다. 마치 상의가 생명을 빨아들이는 것 같았다. 멀린도 무언가를 깨달은 건지 품에서 한 권의 책을 꺼냈다.
"아저씨, 아저씨는 당당하게 살아."
해머는 뭐라 대답할 말이 없었다.

당당이고 뭐고, 이 앞에 미래나 내일은 한 톨도 보이지 않았기 때문이다.

"댁은 바다에서 살 소질이 있어……. 알았지? 시시한 육지 같은 게 아니라, 바다에……."

"멀린…… 씨?"

가늘게 바들바들 떨던 멀린은 해머에세 책을 건네더니 이윽고 조용해졌다. 그 눈은 크게 부릅뜨고 있고, 하늘을 노려보는 것처럼 보였다.

해머가 열심히 불러봤지만, 대답은 돌아오지 않았다. 여기저기에서 흐느끼는 소리며 신음이 들리는 가운데 일행은 간신히 노예 시장으로 보이는 장소에 도착했다.

그곳은 이 세상의 지옥을 체현하는 듯한 장소였다.

많은 인간이 쇠사슬에 묶여 감옥에 갇혔다.

더는 울부짖을 기력도 없는 건지 다들 유령 같은 표정이었다.

주위에는 악취가 떠돌았고, 피비린내에 코가 비뚤어질 것 같았다.

돌인형은 감옥을 내리더니 안에서 멀린을 끌어낸 다음 쓰레기라도 버리듯 큰 연못에 던져넣었다.

'아, 아아…………'

연못에 고여있는 액체는 물이 아닌 피였다.

잘 보자 연못 안에는 많은 시체가 둥둥 떠 있었다. 행복한 표정을 지으며 연못에 몸을 담근 악마도 있다. 그 옆에는 내구 테스트라도 하는 건지 곤봉으로 팔이 부러지거나 바늘이 박힌 여자도 있었다.

"아…… 우욱……."

해머의 입에서 짐승 같은 신음이 흘렀다.

시장 중앙에는 몇천 명이나 되는 전라의 인간이 한 덩어리로 공중에 매달려 잔뜩 유린당하고 있었다. 몸 여기저기에 검이나 창이 꽂혀서 살아있는지 죽은 건지도 모른다.

그중에서도 가장 끔찍한 건 커다란 관이었다. 관 내부에는 크고 작은 가시가 박혀있는데, 거기에 비쩍 마른 인간을 집어넣으며 비명을 지르게 했다.

그 관도 악마의 일종인 건지 위쪽에 있는 입 비슷한 것에서 피를 토해냈다. 그 피는 연못에서 목욕하는 악마의 머리 위에 새빨간 샤워를 뿌렸다. 그걸 본 선원들은 비명을 질렀지만, 옆에 있는 감옥에선 즐거운 목소리가 울렸다.

"천벌이야……. 천벌이 내린 거라고…………. 인간이 인간을 팔아치우니까 그래."

너덜너덜한 천 아래에서 들린 목소리는 노인 같았다.

몸을 들썩거리며 웃는 건지 천이 위아래로 흔들렸다.

"천사님은 다 보고 계셔……. 너희 같은 쓰레기가 벌을 받을 차례가 온 거다."

너덜너덜한 천 아래에서 보이는 짐승 같은 눈과 마주친 해머는 격렬하게 도리질했다.

"나, 나는 그럴 생각으로, 배에 탄 게 아니야……!"

"죽어라, 납치범들. 다음은 너희들…… 흐억……? 아, 안 돼…………!"

옆 감옥이 열리자 두 마리의 고블린이 코를 킁킁거렸다.

"이거 이제 틀렸어."

"쓸모없어. 데려가."

"나, 나는 살아있다고! 다른 자를 데려가! 나는 여기서 몇 년이나 버텼단 말이다……!"

어디에 그런 기력이 남아있었던 건지 옆 감옥에서 절규가 울려 퍼졌다. 고블린들은 시끄럽다는 양 곤봉을 휘둘러 가차 없이 머리를 내려쳤다.

"끄억!"

"얌전해졌다."

너덜너덜한 천과 함께 끌려간 노인이 어디론가 운반되었다.

시체 냄새라도 분간할 수 있는 건지 고블린들의 그 작업은 참으로 막힘이 없었다.

'전부 다…… 끝났어………….'

해머의 가슴에 말로 할 수 없는 절망이 밀려들었다.

도저히 이런 장소에서 도망칠 수 있을 것 같지 않다.

'하하……. 나는 끝까지 이렇게 비참…… 하구나………….'

체면이고 뭐고 사라진 해머는 새빨갛게 물든 상의에 얼굴을 묻고 엉엉 울었다. 무능하다고 욕을 먹으면서도 필사적으로 살아왔다. 그런데 마지막에 도달한 곳이 이런 결말이라니.

'미치 씨……. 전 이제 돌아가지 못할 것 같아요…………,'

유일하게 남은 미련이라면, 루키 시에서 이러니저러니 해도 그를 돌봐준 여성이다. 그녀가 외상으로 남은 밥을 주지 않았다면 해머는 진작에 굶어 죽었을 것이다.

'한 번이라도 좋으니 은혜를 갚고 싶었는데…………'

가죽 지갑에 은화를 가득 담아 위풍당당하게 개선한다.

그런 아련한 꿈을 몇십 년 넘게 꾸며 살아왔지만, 끝내 이뤄지지 않았다.

'적어도 마지막 정도는……, 후련하게…………'

그 후로 얼마나 시간이 지났을까——— 해머가 얼굴을 들자 그곳에는 한 소녀가 서 있었다.

"아, 아저씨…… 이거."

"어?"

소녀가 내민 것은 딱딱해진 빵과 물이었다. 해머는 그걸 조심조심 받았지만, 도저히 식사할 수 있을 법한 기분은 들지 않았다.

"드, 드세요……. 조, 조금이라도……."

"이런 곳에서 식사라니……. 나는 이미…………."

해머는 절실히 생각했다.

이런 장소에서 오래 살아봤자 고통이 커지기만 하는 게 아닐까. 고블린 한 마리 정도라면 모를까, 여기저기 악마가 득시글대기 때문에 도망칠 수도 싸울 수도 없다.

"됐습니다, 저는……. 이건 아가씨가 먹어요…………."

"으…… 그, 마음은 이해하지만요……. 이런 곳에서도…… 먹어야, 해요……."

전부 다 포기한 해머의 모습에 소녀는 어깨를 떨다가 이윽고 고개를 들었다.

그 눈에는 눈물이 맺혀 있었다.

"저, 저기, 포기하지 마세요……. 저도 열심히 노력할 테니까요…………."

"아, 저기…………."

"으으으……. 죄, 죄송합니다! 건방진 소릴 해서……."

"아, 아뇨…………."

소녀는 거듭 고개를 숙였고 해머도 마찬가지로 고개를 숙였다.

서로 꾸벅꾸벅 절하고 있다는 걸 깨닫자 두 사람은 민망한 듯 웃었다.

"저, 저기…… 저는 케이크라고 해요. 아, 아저씨의 이름도 물어봐도 돼요?"

"아, 저는 해머입니다."

소녀는 몇 번 그 이름을 중얼거린 뒤 가슴에 손을 올렸다.

동작 하나하나가 가련해서 해머는 왠지 직시할 수 없는 기분이 들었다. 감옥에 갇힌 상황이긴 해도 자신의 꾀죄죄한 모습이 비참했다.

"앞으로 잘 부탁드립니다. 해머 아저씨."

"네, 네에…………."

해머가 꾸벅 숙이자 소녀는 생긋 웃고는 다른 감옥으로 향했다.

아무래도 다른 감옥에도 빵과 물을 나르는 모양이었다. 보아하니 소녀는 가는 곳마다 말을 걸고 감옥 안의 인간에게 기운을 불어넣는 것 같았다.

'저렇게 어린아이도 열심히 살고 있는데………….'

그걸 생각하면 해머는 쥐구멍에라도 들어가고 싶을 만큼 부끄러워졌다. 하지만 동시에 위화감도 느꼈다. 소녀의 몸에는 상처 하나 없었고, 입은 옷도 이 자리와는 어울리지 않는 드레스 차림이기 때문이다.

그대로 왕궁 무도회에 참가해도 전혀 문제없는 모습이었다. 해머의 그런 의혹에 근거를 더하듯 순찰하던 고블린 두 마리가 냉혹한 눈빛을 보냈다.

"저 꼬마…… 건방져. 팔을 뜯어서 먹고 싶어. 부드러울 거야."

"하지 마. 저건 케일 님이 마음에 들어 하는 녀석이야."

"흥, 케일 님은 이제 여기 안 와. 질린 거야."

"어느 나라의 왕녀라고 했어. 위에선 빨리 죽이고 싶어 하는 것 같았지만…………."

해머는 고블린의 시야에 들어가지 않도록 몸을 웅크리며 그 대화를 듣다가 마지막에 나온 단어에 경악했다.

'와, 왕녀……?!'

이런 마족령에, 심지어 노예 시장에 왕녀가 있다니 말도 안 된다.

본래대로라면 그렇다.

하지만 전란이 계속되는 북방국가군에선 왕조가 무너지고 또

생겨나는 것도 일상다반사다.

멸망한 나라의 왕족은 비참한 말로를 맞는 일이 많다.

'화풀이로 노예로 팔렸다…… 거나……?'

해머의 머리에 불쌍하다는 말이 스쳤지만 어떻게 해줄 수가 없었다. 무엇보다 그 자신도 무사히 내일을 맞을 수 있을지 불분명하다.

'위대한 빛이시여, 천사님이시여, 운명의 여신님이시여……. 부디 저 아이만이라도 구해주세요…….'

해머는 신성하다고 불리는 존재들에게 닥치는 대로 기도를 바쳤다.

그 기도가 **누군가**에게 닿을지는 시간과의 싸움이었다.

하늘도 어두워질 무렵———.

소녀는 자신이 받은 조잡한 텐트로 돌아갔다.

이 노예 시장에는 많은 인간이 있지만, 그 숫자는 매일 줄어들고 있다. 많은 희생에 가슴이 아픈 건지 소녀의 얼굴은 퍽 어두웠다.

탁자 위에 놓인 종이에 몇 번 체크 표시를 하고는 지쳤다는 듯 목을 돌렸다.

"씨발, 보충이 부족해…………. 픽픽 죽어 나가고 말이야."

그 입에서 갑자기 더러운 말이 튀어나왔다.

여태까지 보였던 가련한 모습은 거짓이었던 것처럼 얼굴을 크게 씽그렸다.

탁자 위 종이에는 인간의 이름이 빼곡하게 적혀 있고, 그 옆에 ◎, ○, △ 등의 마크가 그려져 있다.

이름에 크게 X자가 들어간 건 죽은 인간을 가리키는 모양이었다.

“죄다 말라비틀어졌다니까……. 이러면 금방 내 차례가 올 텐데……, 그 망할 악마 새끼…….”

소녀는 붓으로 체크하다가 어떤 이름에서 손을 멈췄다.

거기에는 ‘해머’라고 적혀 있었다.

“이 녀석은 쓸데없이 통통하던데, 좀 버티려나? 적당히 눈물이라도 보여주면——.”

“헬로헬로~! 여전히 속이 아주 시커멓네~~♪”

“히익!”

갑자기 텐트 안에 커다란 호박이 나타나더니 그 위에서 상급 악마 케일이 얼굴을 내밀었다. 환하게 웃는 그 표정은 친구 집에 놀러 온 사람처럼 보였다.

“오늘도 헌신적인 모습이던데~♪ 너는 정말 자기 자신을 아끼니까~ 깔깔깔!”

악마가 망가진 장난감처럼 웃는 모습에 소녀는 시선을 아래로 내렸다. 대답해봤자 좋은 일이 없다는 건 숙지하고 있다.

“앞으로 몇 명이더라~? 정해진 숫자만큼 죽으면 다음엔 네가 고문당할 차례니까~ 더 열심히 헌신해야지~. 사람들에게 용기를 주고 격려하고 희망의 빛이 되어야지!”

소녀는 아무런 대답도 하지 않았지만, 몸은 솔직해서 바들바들 떨렸다.

이 끝내주게 성격 나쁜 악마가 뭘 하러 온 건지 너무 잘 알기 때문이다.

"푸흐흡! 좋은데, 그 표정! 근데~ 넌 왕녀님이니까 더 가련하게 웃어야지~. 그런 얼굴로는 백성들도 실망할걸~? 아, 이미 나라 망했던가?"

그렇게 말하며 케일이 고블린의 머리를 두 개 던졌다.

피가 뚝뚝 떨어지는 **그것**은 눈도 코도 귀도 입술도 이도 없는, 흉측한 덩어리였다.

"그 녀석들이~ 내 악담을 했던 모양이야~. 너무하지 않아? 나도 정말 눈물을 머금으며 교육했다니까. 너희는 푹 썩은 귤이라고!"

일방적으로 떠들어대는 대화에 소녀의 눈에서 눈물이 흘렀다.

이번에는 진짜 눈물인 듯했다.

"네가 노력하면 노력할수록 다들 살아갈 기력을 얻지! 그리고 시간과 함께 절망하고, 또 희망을 찾아냈다가 다시 절망하는 거야! 최고의 루틴이라고 생각하지 않아? 생각하지? 키히히히히히히히하하하하하하하하하하하하하하하!"

케일의 홍소가 울려 퍼지더니 소녀의 손등에 나이프가 꽂혔다.

"아아아아악………!"

종이에 피가 배어들어 그곳에 적힌 이름이 새빨갛게 물들었다.

마치 이 앞에 기다리는 무언가를 암시하듯이.

"많이많이 노력해야 한다~? 나는 늘 널 응원하니까! 알았지?"

케일은 들고 있는 나이프를 거듭 손등에 꽂았다.

소녀의 입에서 소리 없는 비명이 새어 나왔지만 케일에게는 즐거운 음악일 뿐이었다.

"그럼 나는 현관 부수고 올 테니까 잠깐 기다려~♪ 아, 이건 약이야. 남으면 다른 가축…… 아니, 인간에게 써도 돼♪"

그 말을 남긴 케일은 어디론가 둥실둥실 날아갔다.

남은 건 새빨갛게 물든 종이와 케일이 두고 간 약뿐. 소녀는 떨리는 손으로 조개껍데기에 담긴 녹색 연고를 바르며 통증에 절규했다.

이 약은 몹시 효과가 좋지만 타버릴 듯한 아픔을 동반한다.

아무리 강인한 기사라고 해도 몸을 뒤틀며 체면도 잊고 울부짖을 정도다.

"누가…… 구해…… 줘…………."

소녀의 입에서 연약한 중얼거림이 새어 나왔다. 그러나 텐트 안에는 소녀 외엔 아무도 없고, 밖에도 불쌍한 산제물이 가득할 뿐이었다.

Maousama Retry!
마왕님, 리트라이!

그건 '누구' 이야기?

―――수인국 북부, 비밀기지―――

주위에 수상한 기운이 감돌거나 말거나 마왕과 오르간은 여유로운 시간을 보냈다.

숲 탐색을 시작한 지 조금 지났지만, 딱히 문제도 없었고 두 사람 사이에는 느긋한 분위기가 흘렀다. 지금도 두 사람은 비밀기지의 다락방에 올라가 망원경을 들여다보고 있었다.

"이 마도구는 먼 곳을 보기 위한 물건인가?"

"이건 천체망원경이라고 한다. 뭐, 하늘에 뜬 별을 보기 위한 도구지."

"별……."

오르간은 그 용도를 영 파악할 수 없었다.

별을 크게 보는 것에 무슨 의미가 있는 걸까.

"그러고 보면 너는 '밤의 지배자'라고 불렸지. 저 하늘의 별들도 지배하기 위해 이런 마도구를 만든 건가?"

"바보 같은 소릴. 이건 감상용 도구에 불과하다. 자, 저 별을 봐. 저게 데네브, 알테어, 베가, 여름의 대삼각형이다."

"으음, 확실히…… 이어보면 삼각형이 되는………… 건가?"

"그 외에 북두칠성도 있을 텐데, 어디였더라…………."

마왕은 망원경을 들여다보며 이 세계의 신비로움을 느꼈다.

하늘에 떠 있는 별도 지구와 똑같았기 때문이다.

'이 세계는 누군가가 만든 거야……. 그게 그 위대한 빛이라는 녀석인가?'

여태까지 몇 번이나 떠오른 의문이 다시 고개를 쳐들었다. 아무리 생각해도 결정적인 해답은 아직 잡지 못했다. 생각에 잠긴 마왕 옆에서 오르간은 심드렁하게 망원경을 들여다보다가 별빛에 시선을 빼앗긴 건지 점점 빠져들었다.

"그 외에도 별에 모양이 있나? 저 빨간 별의 이름은 뭐지?"

"어디 보자, 저건 안타레스로군. 전갈자리의——."

마왕은 뒤에서 망원경을 보며 어물어물한 별자리 지식을 피로했다. 모습만 보면 여름에 캠핑온 부녀 같았다.

오르간도 비슷한 생각을 한 건지, 아닌 건지.

표정은 변하지 않았지만 동작은 침착하지 못했고, 난처해하는 듯했다. 오르간에게 '아버지'란 너무나도 특별한 존재이기 때문이다.

두려움과 공포, 살의와 증오가 뒤섞여 한 마디로는 형용할 수 없는 생물이다.

1초라도 빨리 없애고 싶다고 바라는 존재이지만, 반면 애정을 받지 못했기 때문에 어딘가 마음의 균형을 잃어버린 부분도 있다.

"마왕, 너에게는…… 딸은 없었나?"

"딸? 나는 파릇파릇한 독신이다. 있을 리가 없잖아."

"그래……."

마왕의 말에 오르간은 왠지 안도했다.

딸이 있다고 해도 뭐가 어떻다는 것도 아니지만, 막연하게 딸이 있다면 싫을 것 같았다.

"그러고 보면 타천사에게 아내가 있다는 이야기는 들어본 적이 없군."

"그런 실없는 이야기보다 각지의 일화나 미궁 이야기라도 들려다오."

"또 그거냐……. 거의 다 이야기했다만."

마왕은 틈만 나면 질문하면서 각지에 있는 일화와 미궁 이야기를 들으려 했다. 아무튼 오르간은 최고봉의 모험가이자, 질문하기에는 최적의 상대이기도 했다.

"소문 정도여도 괜찮다면 얼마든지 있다만……. 금기를 건드려 모든 마을 사람이 소금이 되었다는 폐촌이나, 믿는 사람만 볼 수 있다는 부유섬도 있지. 먼 북쪽 바다엔 바다 밑에 가라앉은 신전이 있다는 이야기도 들은 적 있고."

'천공의 섬 라○타냐…………'

추억의 애니메이션을 떠올린 마왕의 내심 태클을 걸었다.

해저 신전에 하늘을 나는 섬. 그건 소년의 모험심을 자극하는 내용이긴 했지만, 이 남자는 그런 부류에 전혀 관심이 없었다.

어디에서 권한을 되찾을 수 있는가, 어떻게 해야 권한이 해방되는가. 그것 말고는 머리에 없다.

'지금 이대로는 팔이나 다리가 없는 셈이야…………'

이 남자에게 관리자 권한의 봉인은 손발을 움직일 수 없는 거나 마찬가지다.

15년이라는 세월을 쏟아 만들어낸 걸 일방적으로 빼앗기다니, 몸이 갈가리 찢겨나간 듯한 상황이다. 그걸 되찾으려 하는 건 생물적 본능에 가까웠다.

"그러고 보면 제노비아의 요청이 있었다. 육옥의 폭포를 조사하고 싶다고."

'세노비아? 어디서 들은 것 같은데…………'

기억을 더듬자 타하라와 대화할 때 종종 튀어나온 이름이었다.

타하라는 제노비아에게 뭔가 꿍꿍이가 있다는 듯 말했지만, 이 남자는 타국의 동향에는 전혀 흥미가 없었다.

늘 자기 생각만 하는 모습은 차라리 시원스러울 정도였다.

"그 나라도 네가 있는 성광국도 겉보기에는 번드르르하지만, 내부에선 추한 싸움만 반복하고 있지."

"나라의 규모가 커지면 다양한 세력과 파벌이 만들어지기 마련. 그건 필연적인 흐름이다."

마왕은 그럴싸한 이야기를 하면서 과거 대제국의 설정을 떠올렸다.

그 제국도 전 세계의 6할이나 되는 땅을 지배했으나 내부의 권력다툼 때문에 옴짝달싹 못 하는 상황이었다.

그 모습은 마치 육지에 끌려 올라온 고래라고 할 수 있다. 본래 그렇게 육지에 올라온 고래는 저항하지 못하고 잡아먹히는 엔딩을 맞지만, 대제국은 달랐다.

꿈틀거리는 꼬리가 수많은 사람을 죽이고, 무작위로 GAME

회장에 밀어 넣었다.

영원히 이어질 것 같던 지배체계도 플레이어의 손에 불야성이 함락되자 종말을 맞게 되었다. 대제국의 상징인 불야성의 함락을 보고 세계 각지에서 용기를 얻은 레지스탕스가 일어섰기 때문이다.

그 후의 경위는 말할 것도 없다.

엔딩에선 스태프 롤과 함께 대제국이 붕괴하는 모습이 흘러나갔고, 각국이 해방되어 독립하는 모습을 그렸다.

고전 영화처럼 흘러가는 흑백 영상은 현실에 존재했던 역사 같기도 했다. 동시에 GAME의 종료를 알리는, 조금 씁쓸함이 느껴지는 엔딩이기도 했다.

'이 세상엔 영원히 계속되는 건 존재하지 않는다, 는 건가…….'

대제국과 붕괴—— 그것은 어디까지나 설정상의 이야기다.

그런 나라는 현실에 존재하지 않았고, 그야말로 게임 속 이야기에 불과하다. 하지만 얼마 전에 본 으스스한 영상과 연동되듯 머릿속에 어른거리는 것이 있었다.

도망치는 군중.

붕괴한 시부야.

땅 아래로 추락하는, 인간의 형태를 지닌 무언가.

그건 단순한 우연이었을까.

무언가를 암시하는 걸까.

'관두자. 그런 건 이 괴상한 반지가 보여준 환상 같은 거겠지………….'

이쪽을 물끄러미 바라보는 시선을 눈치챈 건지 마왕이 수습하듯 입을 열었다.

실제로 물어보고 싶었던 것이기도 했다.

"너는 아버지를 죽인 뒤에 어떻게 할 생각이지?"

"뒷일은 생각한 적도 없다."

자조하듯 오르간이 쓰게 웃었다.

애초에 죽일 수 있는 상대도 아니었기 때문이다.

"무계획이라니, 놀랍군…………."

"죽여봤자 무언가가 바뀌는 것도 아니다. 같은 세계가, 같은 풍경이 계속될 뿐."

무상하다고 할 수 있을 말이었다. 마왕은 그 말을 형언할 수 없는 기분으로 받아들였다.

어떤 말을 한다고 한들 위로조차 되지 않는다.

다만 붕괴한 두 개의 영상에 반발심이라도 끓어오른 건지, 이 남자치고는 드물게 건전한 말을 했다.

"오늘보다 내일이 더 낫다———적어도 나는 그렇게 생각하며 살아왔지."

"뭐야. 도저히 타천사의 입에서 나온 것 같지 않은 말인데."

"뭐, 그렇게 생각하지 않으면 견딜 수 없었다는 게 본심이다만."

이 남자의 반생도 퍽 특이했다. 한 명의 창작자로서 많은 칭찬과 영광을 손에 넣었지만, 늘 그걸 잃으며 살아왔다.

꼴사납게 발버둥 쳤던 나날도 있고, 뒤에서는 속상해서 눈물을 흘린 적도 있다.

신도 부처도 일절 믿지 않는 이 남자에게 '오늘보다 내일이 더 낫다'는 생각은 소박하긴 해도 충분히 믿을 만한 사상이었으리라.

오르간도 그 말이 어떠한 심금을 울린 건지 고개를 살짝 숙였다.

"오늘보다 내일이 더 낫다……. 주절주절 설교하는 성직자들에게 들려주고 싶은 말이군."

"흥……."

놀리는 거라고 받아들인 건지 마왕은 씁쓸한 표정으로 담배에 불을 붙였다.

웬일로 진지하게 대답했더니 이런 반응이라며 토라진 듯 담배를 피우는 모습이 오르간의 눈에는 묘하게 귀여워 보이는 바람에 급히 헛기침을 했다.

"그, 그런데…… 너는 왜 마족령이 아닌 성광국에 있는 거지?"

"딱히 깊은 뜻은 없다."

차마 '눈을 뜨자 거기 있었습니다'라고 대답할 수는 없었던 마왕은 적당히 대꾸했다.

"잘 모르겠군. 힘이 봉인된 상태로 가기에는 위험하다고 판단한 건가? 아니면 그 나라에 다른 자들이 모르는 무언가가 있나? 그렇게 뒤숭숭한 나라에 뭐가 있는 거지?"

'마족령이라니, 그런 위험할 것 같은 곳에 어떻게 살라고…….'

마왕은 그렇게 말하고 싶었지만, 주위에서 마왕이나 타천사로 보고 있다는 걸 감안하면 도저히 솔직하게 밝힐 수 없었다. 애초에 이 남자는 그 성광국에 대해서도 잘 이해하고 있다고 하기 어렵다.

여태까지 마주친 악마를 떠올린 건지 마왕이 절절히 중얼거렸다.

"뭐, 적어도…… 악마입네 마족입네 하며 영문을 알 수 없는 녀석들보다는 인간을 더 이해할 수 있고, 친근감도 느낀다."

마족령에서 살아라————라는 말을 듣지 않도록 당부하듯 말했다.

하지만 듣고 있던 오르간에게는 놀라운 대답이었다.

위대한 빛에 반기를 든 반역자가 완전히 반대되는 말을 꺼냈기 때문이다.

"너는 설마………… **다음엔** 인간 편에 서겠다는 건가?!"

'그러니까 다음이라는 둥, 다시라는 둥, 무슨 소릴 하는 거야!'

용사에게도 비슷한 말을 들은 지 얼마 지나지 않았기 때문에 마왕의 뺨이 경련했다. 뭐라고 대답해야 정답이 되는 건지 전혀 알 수 없었다.

마왕이 뭐라 대답할지 고민하는 사이에 뜻밖의 방향에서 구원이 나타났다.

"……아무래도 손님이 온 모양이군. 문답은 여기까지다."

"자, 잠깐. 여기는 찾아낼 수 없는 것 아니었나?"

"안심해라. 그 녀석은 특별하다. 『후각』에 『매의 눈』, 덤으로 『비밀 첩보원』 등 **닌자** 같은 녀석이니까."

오르간은 마왕이 무슨 말을 하는 건지 이해하지 못했으나, 모처럼 안전한 거처가 망가진 기분이 들어 순식간에 언짢아졌다.
이윽고 요란한 발소리와 함께 아카네가 모습을 드러냈다.
"킁킁, 범인은 여기에 흔적을 남겼어. 할아버지의 진실은 언제나 둘!"
"오자마자 무슨 헛소릴 하는 거냐, 너는…………."
마왕은 기가 막힌다는 듯 투덜거리면서 오르간과 함께 1층으로 내려왔다.
오르간도 못마땅한 얼굴이었지만 그걸 본 아카네 또한 못마땅한 표정을 지었다.
"뭐야, 뭐야, 뭐야! 나한텐 말도 없이 비밀기지를 설치하다니. 게다가 둘이서 놀고 있었다니! 치사하지 않아?"
"참나. 여기라면 찾아내지 못할 줄 알았는데, 너에게는 소용없었나."
"하쿠토의 냄새를 쫓아왔더니 여기에 도착했어."
"마치 탐지견이로군…………."
"명견 아카네라고 불러주시오."
멍멍 짖으면서 아카네가 손을 깨물었다.
마왕은 귀찮다는 듯 손을 뿌리치려고 했지만, 그 전에 오르간이 불쾌해하며 말을 걸었다.
"다시 묻고 싶다. 너는 타천사의 권속이라고 인식하면 되는 건가?"
그런 오르간의 질문에 아카네의 눈이 동그래졌다.

"타천사? 타락 천사? 하쿠토 말이야? 지금의 하쿠토는 굳이 따지라면 타락 사기꾼이라고 봐."

"귀찮아지니까 너는 말하지 마라!"

"우우웁!"

마왕은 아카네의 입을 틀어막으며 슬슬 다음 행동으로 넘어가기로 했다.

북쪽만이 아니라 남쪽도 확인해둬야 한다.

"나는 한 번 남쪽으로 가려 한다. 오르간, 너는 마을로 돌아──."

"아니, 가능하다면 여기 있고 싶다."

"그래? 그럼 나중에 그 중2병도 여기에 불러두지. 아카네, 안내 부탁한다."

"뭐야! 아이돌의 입을 억지로 틀어막다니, 완전히 뉴스감이잖아! 하쿠토가 변태 프로듀서였다니, 나는 슬퍼서 밥을 세 그릇밖에 못 먹을 거야!"

"과식이다. 아무튼 빨리 가."

"에잇…… 한 그릇 더!"

아카네는 마왕의 손을 콱콱 깨물며 마왕과 함께 전이동을 써서 사라졌다.

폭풍이 떠난 뒤처럼 두 사람이 가자마자 비밀기지는 적막을 되찾았다.

"뭐냐, 저 시끄러운 여자는…………."

타천사의 권속이라기보다는 마치 아버지에게 장난을 치는 딸 같았다.

그 천진난만한 모습이 오르간의 마음을 묘하게 긁어댔다.

"분명 역침공 때는 다른 여자를 데리고 있었지……. 그녀도 권속 중 한 명인가?"

생각해봤자 소용없는 일이지만 오르간은 머릿속으로 곰곰이 뜯어봤다.

이 비밀기지에서 짧지 않은 시간을 함께 보냈기 때문인지, 마왕을 전력이라는 관점으로 보고 있었던 때와 달리 다른 부분도 신경 쓰이게 된 모양이다.

게다가 밤을 지배했다고 일컬어지는 타천사의 '모습'은 힘을 숭배하는 오르간의 이상 중 하나이기도 했다.

관심을 갖지 말라는 게 가혹한 일이다.

"애초에 독신이라는 건 사실인가……? 역침공 때 있던 여자는 묘하게 친해 보였다만."

점점 생각이 아버지의 바람을 의심하는 딸의 그것으로 바뀌어 갔다.

마왕 입장에서는 터무니없는 누명이다.

"자, 중이 요정. 도착했어!"

"그러니까 내 이름은 밍크라고 했잖아! 잠깐, 여기 어디야?!"

"느긋하게 있다 가!!!"

아카네가 만두 모가지 같은 얼굴로 말하고는 다시 사라졌다.

당황스러워하는 밍크에게 오르간도 고개를 절레절레 저으며 말을 걸었다.

"일단 적당한 곳에 앉아."

"오르간? 여기 뭐야……? 수인들의 집?"

"비밀기지라고 하는 모양이다. 제법 쾌적하더군."

"비밀기지……. 왠지 등이 오싹오싹 떨리는 단어인데………."

밍크는 작게 중얼거리며 흥미진진한 눈초리로 비밀기지 안을 둘러보았다. 이 거점은 오르간의 마음도 저격했지만, 다른 각도에서 밍크의 마음도 저격하게 될 모양이었다.

오르간이 비밀기지에 대해 설명하기 시작했을 무렵———.

비밀기지에서 떠난 두 사람은 당당한 발걸음으로 남쪽 숲을 활보했다.

《나무가 살짝 다른데……. 온도도 조금 낮아진 것 같군.》

《숲속은 참 시원해. 삼림지대 에어리어가 생각나.》

《뭐, 여름엔 이 정도가 쾌적해서 좋지.》

여태까지와는 달리 소란을 일으킬 필요도 없으니 두 사람의 대화는 통신이다.

만약을 위해 몸에 제취 스프레이도 뿌려두었다.

《저기, 하쿠토. 이 세계의 지금 계절은 여름인 거지?》

《음, 그런 것 같더군.》

《그럼 여름답게 이런저런 이벤트를 기획하자! 모처럼 여름이잖아. 하쿠토가 말했던 마을에서 축제도 열고 그러는 거야.》

무슨 축제냐고 핀잔을 주려던 마왕은 불현듯 생각을 바꿨다.

옛날부터 위정자는 다양한 축제를 열어 불만과 스트레스를 풀어주었다. 그건 현대에도 통하는 법이다.

또 각종 이벤트나 축제는 경제 활성화로도 이어진다.

아카네의 의도는 둘째 쳐도, 말하는 내용은 참으로 지당했다.

《흠, 내용에 따라서는 생각해볼 수도 있고…………..》

《그렇게 태평한 소릴 하면 여름이 순식간에 끝나버릴걸! 수박 깨기, 불꽃놀이 대회에서 급진전, 수영복을 입고 두근두근, 이 세계 환생, 타임 트립 등등. 여름은 큰 이벤트로 CG를 회수해야 한다고.》

《후반은 지리멸렬해졌다만.》

무슨 미연시도 아니고. 마왕은 웃음이 나올 뻔했다.

명랑한 오타쿠라고 설정한 바람에 아카네의 말과 행동은 참으로 자유분방했다.

《겨울에도 크리스마스 파티를 열어서 트리도 꾸미자!》

《말하지 않았던가? 올해도 크리스마스는 중지다.》

《올해도라니! 크리스마스가 없는 겨울은 그냥 춥기만 하잖아!》

《인생이란 종종 춥기 마련이다.》

마왕은 느물느물 적당한 소릴 지껄이면서 여기저기를 둘러보았다.

남쪽 숲에도 삼림이 풍부하고 개울도 많았다.

《이 정도면 많은 생명을 부양하기엔 충분하겠지……. 성광국 동부와는 아주 다르군.》

《하쿠토~ 하자~ 크리스마스. 다른 사람들은 하쿠토를 무서워해서 상대해주지 않을 테니까, 내가 상대해줄 수도 있어. 아

이돌과 함께하는 크리스마스라고.》

《전생에 무슨 죄를 저지르면 너와 성야를 보낸다는 벌을 받게 되는 거냐.》

《너무해……. 그래, 하쿠토는 그냥 외톨이로 보내던지! 나중에 울어도 몰라!》

《그러니까 말했잖나. 크리스마스는 중지다.》

《아아아아, 안 들려요!》

아카네가 귀를 틀어막고 아우성치는 모습을 본 마왕은 고개를 절레절레 내저으며 쓴웃음을 지었다.

과거에 자신이 설정한 그대로, 아니, 그보다 더 떼쟁이였다. 자유분방하고 천진난만한, 태양 같은 빛을 지닌 소녀――――.

'참나, 시끄러운 녀석이지만 심심하진 않………… 응?'

문득 마왕의 머리에 의문이 떠올랐다.

자신은 과거에 '누군가'와 이런 잡담을 주고받았던 것 같은데――――.

그 누군가를 떠올리려고 해도 머릿속에 하얀 안개가 낀 것처럼 생각이 잘 정리되지 않았다.

《있지, 하쿠토. 물어보는 거 깜빡했는데, 내 봉급은 어떻게 할 거야?》

계속 대화가 날아오는 바람에 마왕은 생각을 멈췄다.

《……네 봉급은 페리카로 줄 생각이다.》

《난 지하노역장에서 일하는 노동자가 아니야!》

《그럼 짐바브웨 달러로.》

《어디 화폐인 건데!》

오랜만에 주고받은 가벼운 대화를 즐기며 숲을 계속 산책했다. 이러니저러니 해도 아카네도 즐기는 건지 발걸음이 가벼웠다.

《있잖아, 하쿠토. 이쪽 숲에도 비밀기지 만들어줘.》

《두 개씩 필요하진 않잖아.》

《이쪽은 나랑 하쿠토의 기지! 저쪽이랑은 달라!》

《SP 낭비다. 그보다 앞을 보고 걸어.》

《낭비라니 뭐야, 낭비라니! 하쿠토, 그런 점이 말이지! 억, 아야!》

——생존 스킬 '메달 왕' 발동!

뒤를 보며 걷던 아카네가 나무에 부딪혀 뒤통수를 강타했다.

마왕은 '그러게 내가 뭐랬냐.' 하고 웃었다가 그 얼굴이 딱딱해졌다.

《흐어? 뭐가 위에서 떨어졌는데………… 아, 이거 메.》

"아카네……, 그거 보여줘————!"

"잠깐, 으어억!"

통신으로 대화하던 것도 잊은 마왕이 큰 소리를 내며 위에서 떨어진 것을 빼앗았다.

그 손에는 마왕이 바라마지않던 메달이 하나 들려 있었다. 빛을 받는 각도에 따라서 무지개처럼 색이 바뀌는 '대제국 메달'이다.

∞ 마크가 그려진 **그것**은 과거 회장에서 몹시 희소가치가 높은 아이템이었다.

"후, 하하, 하, 설, 마, 이런 곳, 에서…………!"

흥분한 나머지 말이 제대로 나오지 않던 마왕의 머리에 경쾌한 메시지가 도착했다.

그건 오랫동안 기다려왔던 것.

———CONGRATULATIONS———

《메달 교환》이 해방되었습니다.

"오, 오, 오…………. 해냈다……, 해냈다고! 드디어 내 힘이! 권한이! 잃어버렸던 힘이 돌아왔다! 으하하! 시시한 잔재주를 부려놓은 얼간이 자식, 보고 있냐!"

주위를 살피지 않고 크게 외친 목소리에 놀란 새와 작은 동물들이 도망쳤다.

기이하리만치 기뻐하는 마왕의 모습에 그 아카네조차 굳어버렸다.

《잠깐, 하쿠토……. 지금은 적지에서 행동하고 있다는 걸 잊지── 흐억?!》

아카네의 몸을 마왕이 힘차게 끌어안았다.

그건 이성간이나 부녀간이라는 느낌은 아니고, 굳이 따지자면 세계신기록을 갱신한 선수를 칭송하는 모습이었다.

"잘했다……, 잘했다, 아카네!"

"어…… 으, 응…………."

처음에는 굳어있던 아카네도 점점 몸이 떨렸다. 자신을 만들어낸 '창조주'의 기쁨이 직접적으로 전해졌기 때문일 것이다.

눈을 크게 뜨고, 얼굴은 새빨갛게 물들어있다.

"이건 네 《메달 왕》이 발동한 게 분명해! 그건 각 에어리어의 이벤트에서 나오는 메달 입수율이 올라가니까. 시체에서도 빼앗을 수 있지만, 이 세계에서 메달 보유자는――."

아카네는 흥분이 식을 줄 모르는 마왕의 허리에 살며시 손을 뻗었다.

두 손으로 마주 껴안은 다음 연인의 귓가에서 속삭이는 듯한 목소리로 말했다.

《하쿠토, 지금은 통신으로 대화해야지…………, 응?》

《어, 아, 그래……. 그랬지.》

갑자기 어른스러워진 아카네를 본 마왕이 당황하며 몸을 떼어 놓았다.

아카네는 순간 그걸 아쉬워하는 눈으로 봤지만, 눈꺼풀을 굳게 감았다가 다시 떴다. 눈을 떴을 때는 이미 여느 때의 천진난만한 미소로 돌아왔다.

《하쿠토가 그렇게 기뻐하다니, 나중에 다른 사람들에게 자랑해야지.》

《하, 하하………….》

새삼 나잇값도 못 하고 방방 뛰었던 자신이 부끄러워진 모양이었다.

마왕은 얼버무리듯 건조한 웃음을 흘렸다.

'그나저나 왜 이 숲에 메달이……. 아니, 메달 왕의 효과는 불

야성을 제외한 모든 에어리어에서 발휘돼……. 이 세계도 이벤트처럼 찾을 수 있다는 건가?'

기쁨이 진정되자 다음엔 의문이 솟았다.

동시에 검증해보고 싶다는 욕구도 들었다.

'이 세계에서도 아카네는 이동이나 탐색의 결과로 메달을 입수할 가능성이 있어.'

이 남자에게 그것은 큰 희망이었다.

여태까지 메달 입수 방법을 전혀 알아내지 못했기 때문이다.

——커맨드 메달 교환——

관리화면에서 메달 교환을 선택하자 그곳에는 그리운 아이템 이름이 나열되어 있었다.

녹슨 칼《베기》, 유리 파편《찌르기》, 철봉《곤봉》, 펀치 글러브《때리기》 등 근접전 무기들. 이 녀석들의 공격력은 최저수치인 1로 살상력이 낮다.

사용하던 무기가 망가지거나 무기를 빼앗긴 플레이어가 각각 속성 스킬을 발동시키기 위해서 사용하는 도구다.

이어서 함정 도구, 독약, 중화제 등 아이템이 화면에 떠 있다.

'그립긴 하지만 메달 하나로는 쓸만한 것과 교환하지 못하겠군…………'

기쁨과 답답함이 동시에 솟구쳐 오른 건지, 마왕은 난처해하며 머리카락을 쓸어올렸다.

아카네는 그런 마왕의 모습을 물끄러미 쳐다보다가 아무렇지도 않게 폭탄을 디트렸다.

《맞아. 어제 유우 언니에게서 통신 왔어.》

《…………유우가 무슨 말을 했나?》

내심 심장이 조금 떨리는 걸 느끼며 마왕이 물었다.

두 사람의 대화에 왠지 모를 공포를 느꼈기 때문이다.

《장관님께 절대 폐를 끼치지 말라던데! 머리 좀 좋다고 으스대고 말이야. 그 잘난 얼굴을 떠올리기만 해도 흥이다, 흥!》

《그렇게 화내지 마라. 유우도 여기 온 뒤로 많이 둥글둥글해졌으니까.》

《…………전혀 안 둥글해졌어.》

아카네의 얼굴에서 갑자기 표정이 사라졌다.

그건 야성의 감인 건지, 닌자의 감인 건지.

《성격이 안 맞는 건 알지만 조금은 원만하게 지내라.》

《지금의 유우 언니는 분명 하쿠토를 위해서라면 뭐든 할 거야———.》

아카네의 눈에서 빛이 사라졌다.

감정에 따라 표정을 휙휙 바꾸는 아카네이기 때문에 더욱 이상한 분위기였다.

《잠깐, 무슨 이야기지?》

《지금의 유우 언니는 옛날보다 훨씬 무서워졌어. 난 그렇게 생각해.》

그 말을 듣고 마왕도 침을 꼴깍 삼켰다.

뭔가 터무니없는 사실이 눈앞에 들이닥친 기분이 들었다.

《하지만 유우 언니의 마음도 대충 알 것 같아. 하쿠토 많이 변

했어. 게다가 왠지 옆에 있기만 해도 즐거워. 반응해준다는 것만으로도 기쁘고.》

《묘한 소릴 하는군. 이상한 거라도 먹었나……?》

《나는 바보지만, 몇 번 생각한 적이 있어. **그 세계**는 **누군가**가 만들어낸 거고, 나는 그곳에 갇힌 거라고. 나는 늘 그 누군가에게 이런 지독한 세계에서 꺼내 달라고 빌었지.》

《그러니까 무슨 소릴 하는 건지…….》

《하지만 그 누군가가 대답해준 적은 없었어———.》

아카네의 곧은 시선을 견디지 못한 마왕은 살며시 눈을 감았다.

동작만큼은 침착했으나, 내심 식은땀을 줄줄 흘리고 있다.

《지금은 그 누군가에게 전해진 것 같아. 대답도 해주는 것 같다는 느낌이 들고.》

《그, 그런가. 그럼 잘 됐군………….》

《나는 처음에 그 누군가를 좋아하지 않았어. 아니, 아주 싫었어. 왜 나를 이런 세계에 가둬둔 걸까. 하지만 시간이 흐를수록 그 누군가를 조금씩 이해할 수 있게 됐어. 괴상한 방식이지만 날 사랑해주는 거야.》

그 얼굴은 더없이 무표정해서 마왕은 다음 말을 듣는 게 무서웠다. 아카네의 표정을 보고 있으면 '그러니까 널 죽이고 나도 죽을게'라는 말이 이어질 법한 분위기였다.

'큰일이야, 큰일……. 뭔지 모르겠지만 위험한 것 같은데……?!'

자신이 쿠나이 히구도가 아니라는 걸 측근들에게 들키는 것.

안의 사람인 '오오노 아키라'에게 그것은 순수한 공포였다. 유우나 타하라는 어떻게 움직일지 상상도 가지 않고, 눈앞에 있는 아카네도 어떤 행동을 할지 전혀 파악할 수 없었다.

400만을 넘어서는 시체의 산 위에 선 '대제국의 마왕' 쿠나이 하쿠토가 아니라면 측근들을 도저히 제어할 수 없다는 것이 아키라의 생각이다.

《조금 진정해라, 아카네. 여기는 적지니까………… 어?》

어떻게 얼버무릴지 시선을 굴리다 터무니없는 것이 보였다.

그건 일본인인 아키라에게는 참으로 친숙한, 신사의 '토리이'였다.

Maousama
Retry!
마왕님, 리트라이!

신역(神域)

“왜 이런 곳에 토리이가 있냐…………?”

마왕의 입에서 무심코 본래의 말투가 튀어나왔다.

이런 판타지 이세계에서 볼 수 있을 법한 시설이 아니기 때문이다. 심지어 아무런 전조도 없이 갑자기 나타났다.

《으응? 신기하네?》

아카네는 허리를 숙여 마왕의 얼굴을 들여다보듯 말했다.

갑자기 나타난 토리이보다 마왕의 반응을 살피는 듯했다. 지금의 아카네에겐 다른 모든 것은 중요하지 않은 배경인 건지도 모른다.

《아카네, 나는 저 장소를 살피고 오겠다. 먼저 기지로 돌아가도록.》

《안 돼, 하쿠토에게 무슨 일이 생기면——.》

《아카네, 이건 **명령**이다.》

《…………응, 하지만.》

아카네의 추궁을 피하고 싶다는 마음도 있었지만, 마왕은 이 장소에 강렬한 기시감을 느꼈다. 깊은 숲속에 있는 기묘한 공간——.

좌천사가 있던 ‘소원의 사당’과 비슷한 느낌이다.

‘역시 이 숲에 뭔가 단서가…………’

그야말로 좌천사에 얽힌 무언가라면 아카네에게 보여줄 수 없다. 자칫 진실을 알아차리게 된다면 파멸을 불러오게 될 것 같았다.

《있지, 하쿠토……. 나는 이 숲을 탐색했을 때 마음에 걸리는 걸 들었어.》

《…………어떤 말이지?》

아카네의 '비밀 첩보원'이라는 특수능력을 누구보다 잘 아는 마왕은 그 말에 공포를 느꼈다. 아카네는 본인이 바라든 바라지 않든 자연스럽게 정보가 모여들게 된다.

그 외에도 발견율이 높아지거나 은밀 능력이 향상되는 등 닌자라 부르기에 적합한 능력이다.

그게 좋은 방향으로 굴러간다면 모를까, 여기에서는 명백한 역효과였다.

'큰일이야……. 빨리 아카네를 여기서 멀리 보내야 해!'

마왕은 필사적으로 말을 찾았지만 적당한 변명이 나오지 않았다.

하지만 초조해하는 마왕을 도와준 이는 다름 아닌 아카네였다.

《여기서 동쪽으로 한참 더 가면 있는 곳에서, 나쁜 녀석들이 사람을 팔거나 괴롭힌다고 들었거든.》

《호오…… 그건, 그래. 나쁜 일이군.》

마왕이 대답하자 아카네는 조금 놀란 듯 웃었다.

《그, 그렇지?! 나 가만히 기다리는 건 싫어하니까…… 만약 하쿠토가 허락해준다면 그쪽을 조사하고 오려고 하는데.》

《으, 으음. 나서서 일하고 판단하는 건 사회인으로서 성장의 첫걸음이지.》

마왕은 궁색한 나머지 영문을 알 수 없는 소릴 말하며 한시라도 빨리 아카네를 보내려 했다.

그런 줄도 모르는 아카네는 기뻐하며 엄지를 세웠다.

《응, 알았어! 그럼 중이 요정도 데리고 다녀올게!》

《그래, 좋은 소식 기다리마.》

그 말을 남긴 뒤 마왕은 도망치듯 도약해 순식간에 사라졌다.

아카네는 멀어져 가는 커다란 등을 빤히 쳐다보다가 입을 살짝 움직였다. 멀리 가버린 마왕은 아카네가 뭐라고 중얼거린 건지 알 수 없었다.

아니, 분명 모르는 게 더 나을 것이다.

그 입은———'찾, 았, 다'라고 움직인 듯했다.

'간신히 도망쳤군…………'

마왕은 식은땀을 흘리며 토리이로 추정되는 장소로 향했다.

그대로 아카네의 으스스한 추궁이 계속되었다면 어떻게 되었을지 생각만 해도 소름이 돋았다.

'역시 측근들 앞에서는 방심하지 못하겠어. 하아, 이럴 때 아쿠가 있었다면…………'

마왕의 머릿속에 늘 순하게 웃으며 자신을 맞아주는 한 소녀의 모습이 떠올랐다.

본래의 자신을 드러낼 수 있는 유일한 존재다.

'나중에 아쿠에게 통신이라도 보낼까? 한 번 마을에 돌아가는 것도 나쁘지 않고…………'

아쿠와 느긋한 시간을 보내는 상상을 하자 바로 해이함이 치밀었다. 사실 그건 꼭 게으름을 피우고 싶다는 것만은 아니고, 그 아이의 존재가 묘하게 신경 쓰이기 때문이었다.

애초에 이 남자가 북으로 떠난 건 자신의 안전만이 아니라 '지켜야 할 것이 늘어났다'는 생각이 강해졌기 때문이다.

'나는 왜 이렇게까지 그 아이를…………'

마왕은 새삼스레 아쿠라는 소녀에 대해 생각했다.

이 이세계에 와서 처음 만난 소녀.

상냥하고 순진한 여자아이.

바보 같이 어벙한 짓을 해도 의외로 잘 맞춰준다.

아버지나 보호자로 생각하는 건지 이런 자신을 많이 따랐다.

'그렇게 착한 아이니까 지켜주고 싶어지는 것도 이상하진 않지만…………. 나는 그 아이의 아버지도 뭣도 아니잖아.'

그 관계를 냉철하게 보자면 생판 타인이다. 거기에 혈연관계는 존재하지 않는다.

무엇보다 이 남자는 자신에게 부성본능이라는 게 없다는 걸 자각하고 있다. 이 남자는 어디까지나 자신이 만들어낸 세계를 추구하는 독선적인 창작자이자, 본질적으로 타인을 필요로하지 않는다.

그런데도 그 소녀만은 특별하다는 듯 시야 안으로 들어온다.

마치 그 아이를 지키는 게 자신의 **사명**이자 **소원**이라는 양.

'묘하군. 나도 나이를 먹고 부성 비슷한 게 싹트기라도 한 건가…….'

마왕은 고개를 절레절레 내저으며 토리이로 추정되는 걸 올려다보았다가, 한 걸음 내디딘 순간 몸이 굳어버렸다.

이어서 얼굴이 창백해졌다.

"어, 째서……. 은밀자세가 풀리다니…………?!"

숨겨둔 모습이 어느새 드러나 있었다.

무슨 일이 일어난 건지 알 수 없어 굳어버린 마왕의 귀에 불가사의한 목소리가 들렸다.

"자네인가? 나의 신역에서 소란을 피운 자는———."

귀에 여운이 남는 신비로운 목소리.

마왕은 반사적으로 주위를 둘러보았지만, 목소리의 주인은 보이지 않았다.

토리이 너머에는 익히 본 신사풍의 건물이 있을 뿐이었다.

"실례. 낯익은 것이 시야에 들어와서 말이지…………."

마왕은 기척을 살피며 목소리의 주인을 찾았다.

아무래도 신사로 보이는 건물에서 들리는 것 같았다.

"낯익다니 묘한 말을 하는구나……. 그리고 나의 신역에선 모습을 숨기는 잔재주는 통하지 않는다. 그렇지 않은가? 초대하지 않은 손님이여."

'이거 성가신 상대인 것 같은데………….'

모습을 숨기는 기술이 풀리는 바람에 마왕은 혀를 차고 싶은 기분이 들었다.

마치 자신의 세계가 침식당하기라도 한 것 같아 속이 안 좋았다.

"이 근방을 시끄럽게 하는 침입자일 거라고 생각은 했다만, 설마 인간일 줄이야."

신사에서 들리는 목소리는 기가 막힌 것 같기도 했고, 우스워하는 것 같기도 했다. 마왕은 상대방이 무슨 생각을 하는 건지 영 파악할 수 없었다.

"한 가지 묻고 싶다. 이건 토리이고 안에 있는 건 신사가 맞는 건가?"

"호오……. 흥미로운 인간이구나. 그런 옛 지식을 어디에서…… 음? 그래. 그렇군."

"뭐가 그렇군, 이라는 거지?"

"자네의 몸에서 감도는 무시무시한 망자의 원념. 본래 자네처럼 사악한 존재는 나의 신역에 들어오지 못하게 되어있지만, 이해가 가는구나."

멋대로 떠들고 멋대로 이해하는 상대의 태도에 마왕은 점점 짜증이 났다.

조금 전부터 묘하게 대화가 맞물리지 않는다. 마왕은 질문을 멈추고 먼저 상대방이 말하게 했다.

"잘 모르겠지만, 먼저 그쪽의 고견을 듣도록 하지."

"그 반지다. 끔찍한 좌천사의 힘이 느껴지는구나. 그렇게 타락했음에도 힘의 근원은 천사라는 건가……."

"너, 그 녀석을 아는 거냐……?!"

좌천사라는 단어에 '역시!' 하고 마왕의 안색이 바뀌었다.

목소리의 주인은 그 존재에 대해 구체적으로 무언가를 아는 듯한 말투였다.

"아아, 젠장. 물어보고 싶은 게 너무 많아. 미안한데 모습을 보여주지 않겠나? 이쪽은 적의도 해를 끼칠 생각도 없다."

마왕은 가볍게 두 손을 들어 올려 무해한 존재임을 어필했다. 하지만 신사 안쪽에서 돌아온 목소리는 참으로 신랄했다.

"사악함의 화신 같은 얼굴로 무슨 소릴 하는 게냐. 거울을 보거라, 자네 앞에서는 1초도 방심할 수 없다. 악마도 맨발로 도망칠 것 같은 얼굴이란 바로 이런 얼굴이지 않겠느냐."

"사람을 얼굴로 판단하지 마!"

웬일로 마왕이 지당한 소릴 했지만, 그 얼굴로 말해봤자 설득력은 제로였다. 이채를 발하는 롱코트도 그렇고, 누가 어떻게 보나 암흑가를 지배하는 마피아로 보였다.

"미안하지만 나는 피곤하다. 자네가 그 악마의 앞잡이가 아니라는 걸 안 것만으로도 충분하다. 어서 여기서 떠나도록 하거라. 아니, 나가라. 얼굴이 무섭구나."

"얼굴 얘기만 하지 말라고!"

마왕이 화를 내며 신사로 접근하자 안에서 두 개의 그림자가 뛰쳐나왔다. 하나는 파란 옷을 입은 남자아이고, 또 하나는 빨간 옷을 입은 여자아이였다.

단, 머리에는 큰 귀가 달렸고 엉덩이에는 꼬리가 돋아나 있었다.

'여우…… 인간, 아이?'

그 모습에 허를 찔린 마왕이었으나, 바니와 비슷한 종족인 거라고 이해했다. 얼마 전에 원인과 캇파도 본 덕분인지 수인에 대해 빨리 이해할 수 있게 된 모양이었다.

"사악한 얼굴의 인간아! 어머니에게 접근하지 마!"

"오, 오라버니 말이 맞아! 너처럼 악당 같은 얼굴은 처음 봐!"

"너희들, 그렇게 연신…………."

슬슬 인내심이 끊어지려고 하는 마왕이었지만, 이렇게 무시무시한 얼굴로 설정한 사람은 다름 아닌 본인이다. 완전히 자업자득이었다.

"……나는 쿠나이 하쿠토. 그렇게 경계하지 말고 우선 자기소개부터 시작해보지 않겠나?"

분노를 억누른 마왕은 가까스로 어른의 체면을 유지하며 말했다.

이런 여우 인간, 심지어 어린이 상대로 화내봤자 해결되는 일은 없다고 생각한 모양이다. 두 아이는 신사를 돌아보고 뭔가 확인하는 듯했지만, 이윽고 마왕을 쳐다봤다.

파란 옷을 입은 여우 아이는 한쪽 다리를 들고 묘한 포즈를 취하며 당당하게 이름을 댔다.

"잘 들어라, 인간! 내가 바로………… 아득한 충격의 냉수, 블루 폭스!"

"너는 무슨 자이언트 로보의 십걸집이냐."

빨간 옷을 입은 아이는 포즈 잡는 게 익숙하지 않은 건지 한쪽

발을 부들부들 떨면서 말했다.

이게 자기소개가 아니라 전투였다면 이미 죽었을 게 분명하다.

“드, 듣고 놀라거라! 나, 나는 지당한 집중포화, 파이어 폭스!”

“이쪽은 또 인터넷 브라우저 같은 이름이군.”

“너, 너어…… 내 이름에 트집을 잡는 거야?!”

“혼자 흥분하지 마.”

실컷 얼굴로 불평을 들었기 때문인지, 마왕은 보복이라는 듯 어른스럽지 못하게 따지고 들었다.

신뢰 관계의 구축이고 나발이고 존재하지 않는 자기소개였다.

“어머니! 역시 이 녀석은 사악하게 생긴 사악한 인간이에요!”

“오라버니 말이 맞아요! 이 녀석, 제 이름에 트집을 잡았어요!”

유치원 하원 시간 같은 모습에 마왕도 진절머리가 난 듯 고개를 숙였다. 도저히 좌천사나 신사에 대해 찬찬히 물어볼 수 있는 분위기가 아니다.

“하아, 장난은 여기까지 하고. 질문 좀 해도 괜찮을까? 좌천사에 대해 알고 있는 걸 가르쳐다오. 왜 이 땅에 신사나 토리이가 있는지도.”

“어머니는 피곤하셔! 그렇지 않아도 그 악마 때문에 고생——.”

파란 여우가 대들었지만, 그 말은 중간에 멈췄다.

하늘에서 이상한 진동이 퍼지더니 유리가 깨지는 듯한 소리가 울렸기 때문이다. 위를 올려다보자 하늘의 일부가 갈라지고 새카만 공간에서 묘한 생물이 얼굴을 내밀었다.

"헬로헬로, 원시 동물 패밀리. 놀러 왔어~♪ 너희 집은 문이 너무 철벽이라니까!"

'웃차!' 하며 하늘에서 내려선 그 존재는 상급악마 케일이었다.

키는 어린아이처럼 작지만 손에는 사신 같은 불길한 낫을 들고 있으며, 한눈에 봐도 평범한 존재가 아니라는 걸 알 수 있는 모습이었다.

'뭐지? 이 녀석은……. 여우 인간의 동지인가?'

마왕이 관찰하듯 시선을 준 그때 신사 안쪽에서 비명 같은 소리가 터져 나왔다.

여태까지와는 달리 아주 급박한 목소리였다.

"어서! 둘 다 내 옆으로……!"

"안됐네♪ 파란 아이 데려간다!"

"어머………… 끄악!"

순간 파란 여우의 등이 쪼개졌다.

거대한 낫으로 베어버린 건지 등에서 어마어마한 양의 피가 뿜어져 나왔다. 빨간 여우는 그 모습을 멍하니 쳐다보다가, 시야를 물들이는 '빨간색'에 울음을 터트렸다.

"오라, 버니……? 오라버니, 정신 차려!"

"빨, 리…… 도망…………."

갑자기 시작된 전투에 마왕은 영문을 알 수 없어 입을 떡 벌렸다. 케일의 외모가 어린아이였기 때문에 방심한 것도 있었다.

빨간 여우는 파란 여우를 열심히 신사로 데려가려 했지만, 케일의 움직임이 더 빨랐다.

"다우트! 빨간 아이는 목을 싹둑~♪"

거대한 낫이 휘둘러지자 신사 안쪽에서 비명이 들렸다.

하지만 케일의 낫은 아무것도 없는 허공을 갈랐다. 마왕이 케일의 목덜미를 고양이처럼 붙잡아 뒤로 당겼기 때문이다.

"어린이의 장난치고는 흉흉하군."

"으아앗! 잠깐, 너 말이야. 인간이니까 나중에 놀아주려고 했는데, 방해하……."

거기까지 말한 케일의 눈매가 바뀌었다.

사악한 미소에서――――'악마의 눈'으로.

"너, 그 빌어먹을 천사의 냄새가 나는데……? 머, 머리가, 이상, 해질 것 같아……."

마왕은 그 말엔 대답하는 대신 농구공처럼 케일을 거칠게 집어 던졌다. 그 어마어마한 힘에 거역하지 못하고 상급악마인 케일의 몸이 꼴사납게 경내를 굴러갔다.

"아무래도 그 녀석은 유명한 것 같군. 네게도 천천히 이야기를 들어봐야겠어."

신사 경내인데도 불구하고 마왕은 당당히 담배를 피우기 시작했다.

말 그대로, 신도 부처도 두려워하지 않는 모습이었다.

"좌천사의 냄새가 나는 인간……? 아니, 이 녀석은 그 외에도…… 그래, 이 냄새. 냄새! 냄새냄새냄새냄새냄새! 으…… 으하하하하!"

케일은 나사가 풀린 장난감처럼 웃으면서 땅을 거듭 두드렸다.

뭐가 기쁜 건지 알 수 없지만, 아무튼 뭔가 대단한 환희를 느끼는 듯했다.

"세상에! 와, 놀라워! 너 같은 존재가 있다니! 죽여버리고 싶어……. 귀를 뜯고 코를 뜯고, 눈알을 와작와작 깨물고 싶어. 아니, 그런 아까운 짓을 하면 안 되지! 내 집에서 고이 길러야지! 금방 망가뜨리는 게 내 나쁜 버릇이라니까! 하하!"

광란 상태인 케일을 바라보며 마왕은 연기를 뿜어냈다.

눈앞에서 악마가 끔찍한 소릴 하고 있는데도 불구하고 아무런 느낌도 없는 듯했다.

"아, 맞아. 나도 참, 자기소개를 잊고 있었네. 나는~ 상급악마인 케일이라고 해~. 잘 부탁해! 취미는 살육이랑~ 고문이야~. 친하게 지내자!"

"너 위험한 잎사귀라도 쓴 거냐?"

마왕은 기가 막힌 듯 중얼거렸지만, 케일은 환하게 웃으며 폴짝 뛰었다.

"아하하! 아하하~! 위험해, 위험해, 너무너무 위험해 죽겠어!"

조소를 머금고 번개처럼 낫을 휘둘렀다.

하지만 그 낫이 마왕의 몸에 닿는 일은 없었다. 무정한 전자음과 함께 나타난 어설트 배리어가 깨끗하게 무효화시켰다.

"……어? 이게 뭐…… 어어어으아아아아아아아아아아아악!"

순간 마왕의 발차기——— 아니, 야쿠자 킥이 케일의 복부에 명중했다. 케일은 축구공처럼 날아가며 입에서는 대량의 피를 토했다.

"크허억……, 아, 헉, 숨, 이…… 아파, 아파아파아파아파아프다고오오오오!"

"애송이가……. 까불면 짓밟는다."

마왕이 모 예능 가십 영상 섬네일처럼 쏘아붙인 뒤 휴대용 재떨이에 담배를 수납했다.

케일은 배를 누르며 어찌어찌 일어났지만, 데미지가 남은 건지 갓 태어난 새끼 사슴처럼 다리를 바들바들 떨고 있었다.

"너는, 대체, 무………… 흐억!"

성큼성큼 걸어간 마왕은 말없이 어마어마한 싸대기를 날렸다.

불쌍하게도 케일은 애벌레처럼 바닥을 구르며 아픔을 못 견디겠다는 양 웅크렸다.

"이번에는 망할 꼬마에게 교육하는 정도로 끝내지만, 다음은 없다. 나는 원래 소년법 따윈 엿 먹으라는 주의거든."

실컷 하고 싶은 말을 한 마왕이 신사 앞으로 돌아갔다.

빨간 여우가 필사적으로 불러봐도 파란 여우의 숨은 이미 가늘고, 눈도 거의 감겨 있었다.

"미안하구나……, 내가 움직이지 못하는 바람에…………!"

"오라버니! 오라버니, 제발! 눈을 떠!"

"비켜."

"……어? 꺅!"

마왕은 빨간 여우를 거칠게 밀치고 칠흑의 공간에서 물이 찰랑거리는 페트병을 꺼냈다. 조용히 뚜껑을 딴 다음 파란 여우의 등에 물을 콸콸 부었다.

그러자 파란 여우의 안색에 생기가 돌아왔으나, 등에서 흐르는 피는 전혀 멈추지 않았다.

그걸 본 신사 안에서 가느다란 목소리가 울렸다.

"미안하구나, 손님이여……. 저자의 낫에 베인 자는 저주를 받는다. 어떤 약초든, 성속성 마법이든 출혈을 멈출 수 없지. 지금은 조용히 곁을 지켜줄 수밖에──."

마왕이 등을 살피자 상처 주위에 검은 독기 같은 게 흐르는 게 보였다. 정말 평범한 출혈은 아닌 모양이었다.

아무리 회복하려고 해도 출혈이 멈추지 않으면 의미가 없다.

글자 그대로────케일은 '사신의 낫'을 휘두른다.

"저주라니…… 귀찮군. 그 꼬맹이, 한 대 더 때려둘 걸 그랬나."

마왕은 얼굴을 찌푸리면서 다시 칠흑의 공간에 손을 쑤셔 넣었다.

"하급 아이템 작성──《오오누사》."

그것은 신전에서 볼 수 있는, 큰 자루에 종이 가닥이 다닥다닥 달린 제사 도구다.

더러움을 씻어준다고 하며, GAME 회장에서도 가벼운 저주를 풀어주는 아이템으로 설정되어 있었다.

"으음, 신의 뜻대로~~, ……그다음이 뭐더라? 뭐, 아무튼."

마왕이 엉성하기 그지없는 주문을 외며 오오누사를 흔들었다.

신사에서 일하는 사람이 봤다간 도움닫기 후 날아차기를 갈길 법한 행위였지만, 어쨌거나 파란 여우의 등에서 흐르던 독기가 순식간에 흐려져 갔다.

그걸 보고 신사 안쪽에서 경악하는 목소리가 나오다가 바로 실망으로 바뀌었다.

"불가사의한 힘이긴 하지만, 역시 안 되는가…………."

일단 흐려지던 독기가 상처를 후벼파듯 다시 힘을 되찾았다.

굴욕에 떨던 케일도 웃으면서 크게 조롱했다.

"아하핫! 내 낫의 힘을 그런 괴상한 물건으로 어떻게 할 수 있을 리 없잖아! 그 녀석은 죽어! 내가 노린 녀석의 결말은 죽음밖에 없어! 그건 확정된 미래야!"

케일의 말에 빨간 여우는 눈물을 머금으며 그를 노려보았으나 마왕은 즐겁게 웃었다.

뜻밖의 불이 붙었기 때문이다.

"괴상한 물건, 이라…………. 재미있군. 그럼 네 저급한 낫과 '나의 세계'로 대결해보마."

마왕은 칠흑의 공간으로 손을 집어넣어 다음 아이템을 꺼냈다.

그건 상급 아이템 중 하나인 《해주의 제단》이었다. 이쪽은 경도의 저주만이 아니라 중증 저주도 해제하는 아이템이다.

마왕이 제단을 들어 올린 순간 눈부신 섬광이 흘러넘쳤다. 파란 여우의 등에 달라붙어 있던 독기는 비명을 지르듯 몸부림을 치더니 결국 소멸했다.

말도 안 되는 광경에 신사 안쪽에서 신음이 흐르고 빨간 여우는 기뻐하며 폴짝폴짝 뛰었다.

"오, 오오……. 이, 이럴 수가…………!"

"오라버니! 오라버니! 괜찮으세요?"

"으, 응……. 왠지, 편해, 졌어…………."

파란 여우의 얼굴에서 고통스러워하는 표정이 사라졌다. 파란 여우는 안심한 듯 동생을 향해 웃었다. 신사 앞에선 그런 남매의 따사로운 광경이 펼쳐지고 있었으나, 마왕은 혼자 변함이 없었다.

"으하하! 야, 거기 재수 털리는 꼬마! 확정된 미래가 어쩌고 지껄였지? 지금은 어떤 기분이냐? 특별히 들어주마. 마음껏 말해보도록."

"이, 자식………… 용서, 못 해…… 절대…… 용서 못 해!"

"푸하하하! 패배자의 변명답게 최고로 꼴사나운데! 그 찌질함은 어디서 배워야 하는 거지? 아니면 찌질찌질 열매라도 먹었나?"

마왕은 어른스럽지 못한 태도로 폭소하며 신나게 도발했다.

본래 케일의 낫은 고도의 마도구나 《저주 무효》 등의 능력이 없으면 대처하기 어렵다. 하지만 이 남자 앞에서는 전혀 통하지 않는 모양이었다.

"이봐, 거기 빨간 여우. 파란 녀석에게 이거 먹여."

"우, 우리를 색으로 부르지 마!"

마왕은 물이 든 페트병을 하나 더 꺼낸 다음 빨간 여우에게 던졌다.

기분이 좋아진 덕분에 씀씀이가 후해진 듯했다.

"그럼 애송아. 너에게도 몇 가지 묻고 싶은 게…… 응?"

케일을 심문하려던 마왕은 거기서 이변을 깨달았다. 케일의 발밑에서 거대한 호박이 나타나더니 그의 전신을 삼키려 하고 있었다.

그건 할로윈 때 자주 볼 수 있는 생김새였다. 하지만 이벤트 때라면 모를까, 이런 상황에서 보니 으스스한 얼굴이었다.

"뭐야, 그건…………."

"널 절대 잊지 않겠다…… 반드시, 반드시 복수하겠어………. 반드시."

————마도구 '탕아의 귀환'————

이윽고 케일의 모습은 호박에 삼켜지듯 경내에서 사라졌다. 그 자리에 있던 자들은 다들 그 광경에 어안이 벙벙해졌지만, 이내 신사 안에서 드디어 안도의 한숨을 쉬는 소리가 들렸다.

"가까스로 살았구나……. 초대하지 않은 손님이여, 고맙다. 자, 너희들도 인사하거라."

"흐, 흥……. 인간치고는 뭐, 새끼손톱만큼은 인정해줄 수도 있어."

"저는 이 심술궂은 인간에게 인사하기 건 싫어요!"

"너 애들 교육 실패했지?"

마왕은 기가 막혀서 중얼거리며 다시금 신사 안쪽으로 시선을 주었다. 목소리의 주인은 여성인 것 같았는데, 아직도 그 모습을 보이지 않았다.

"아무튼 방해꾼도 사라졌겠다. 슬슬 이야기를 들려줄 수 있을까?"

"미안하구나. 이미 결계 유지로 한, 계가……. 그자가 뚫어놓은 구멍을, 막아야 한다."

"……결계?"

"다시 만난다면, 그때 또, 보답하도록 하지…………."

"이, 이봐……!"

그 말을 끝으로 시야가 흐물흐물 일그러지더니 심한 현기증이 밀려왔다. 잠시 후 정신을 차리자 신사는 흔적도 없이 사라진 뒤였다.

"젠장! 대체 뭐야, 지금 그건…………."

완전히 헛고생으로 끝나버렸다.

알아낸 것이라곤 이곳의 주인이 좌천사에 대해 알고 있다는 점 정도다.

'그나저나 묘한 장소였어…………'

은밀자세가 풀리질 않나, 갑자기 나타났다가 사라지질 않나. 과거 회장에도 비슷한 에어리어는 존재했지만, 마왕은 그게 '신사'라는 것에 다시금 충격을 받았다.

'신사는 예전 회장에도 있었지만, 무엇보다 타하라의 설정과 큰 관련이 있었지.'

파란 여우와 빨간 여우 남매를 봐서 그런지 마왕의 머리에 오래된 설정이 되살아났다. 타하라는 어린 시절 여동생을 데리고 집에서 뛰쳐나왔는데, 생계가 곤란해진 끝에 어떤 신사에 신세

지게 되었다.

짧은 기간이었지만 불야성에 들어가기 전에는 그곳에서 동생과 오붓하고 평화로운 시간을 보냈다는 과거가 있다.

'그냥 우연인가? 아니, 그전에 왜 이런 서양 판타지풍 세계에 신사가 있는 거야…….'

생각하면 생각할수록 수렁에 빠지는 듯했다.

그리고 신사의 주인으로 추정되는 자가 말한 '결계'라는 단어도 마음에 걸렸다. 신도 중심에 있는 성궁을 연상하게 하는 단어였기 때문이다.

'그것도 루나가, 성녀가 한 명 없으면 결계가 어떻고…… 라는 말을 했었지?'

루나는 '그만큼 나는 잘났어!'라는 의도로 한 말이었을 테지만, 마왕 안에서는 이미 흐릿한 기억이 되어버렸다.

'뭐, 됐다. 한 번 타하라를 데리고 루나의 상황을 보러 가 볼까.'

고민하는 것보단 만나는 게 빠르다는 듯 마왕은 통신을 날렸다.

마치 '되는 대로 산다'는 말을 그림으로 그린 듯한 행동이었으나, 이로 인해 예기치 못한 싸움이 일어나게 된다는 사실을 이때의 마왕은 알지 못했다.

파멸과 태양

꿈을 꾼다.

과거의, 황금빛 나날을.

가난했지만 충실했던 시간을.

해 질 녘까지 맨발로 빈민가를 달렸던 나날을.

그때 내 옆에는 지지 않는 태양이 있었다.

"너는 해보기도 전에 미리 포기만 하니까 패배자가 되는 거야!"

그 태양의 호된 말에 이글은 눈을 떴다.

그곳은 신도가 아니라 쌀쌀한 밀실이다. 돌로 된 방에 틈새 바람이 들어와 이글의 체온을 가차 없이 빼앗아갔지만, 여기에는 이불 한 장 없다.

과거의 태양, 루나의 말이 계속 머릿속에 메아리쳤다.

"너는 여전히, 꿈속에서도 인정사정 봐주지 않는구나………."

루나와 헤어진 뒤로 이글의 인생은 비참하기 그지없었다.

본래 살처분을 받아야 하지만, 할멈이라 불린 인물에 의해 국외추방 처분으로 바뀌었다.

그건 할멈이 보여준 작은 온정이었을지도 모르지만, 그 후로 이글은 고난의 나날을 보내게 되었다.

얼마 없는 노잣돈을 받아 각지를 방랑하고, 때로는 훔치고,

도난당하고, 빈민 무리에 섞이고, 함께 추운 하늘 아래에서 보냈다. 어린아이의 몸에는 지나치게 가혹한 여행길이었다.

제대로 먹지도 못하는 나날이 이어졌다. 이글은 구걸하다시피 하면서 각지를 돌아다녔다.

이따금 듣는 '황금의 성녀'의 소문을 살아갈 원동력으로 삼으며.

'비참한 인생 속에서도 너만은 빛났어…………'

캄캄한 절망의 나날에 은은히 빛나는 등불. 그런 빛의 잔해를 품고 이글은 빈민들 속에서도 다부지게 살아갔지만, 파멸은 갑작스레 찾아왔다.

응인으로 각성한 것이다———.

등에 도저히 숨길 수 없는 날개가 돋아났다. 주위의 빈민들은 무서워하면서, 어제까지 아군이었던 자들이 다들 적이 되어 이글에게 돌을 던지게 되었다.

각지의 병사들에게 쫓겨 마을에도 들어갈 수 없었다. 결국 이글은 강도처럼 황야를 배회하고, 동굴에서 사는 짐승 같은 생활을 보내게 되었다.

소문으로 듣는 수인들의 나라는 너무나 멀어서 어린아이의 몸으로는 도저히 찾아갈 수 없었다.

이글은 사람들의 눈을 피해 이슬을 모아 마시는 생활을 했지만, 거기에도 파멸이 찾아왔다.

위대한 빛을 믿으며 악마와 이교도, 그리고 아인의 말살을 국시로 삼는 라이트 황국의 기사단이 추격자로 나타난 것이다.

'아직 덜 자란 아인 토벌. 그들에게는 짭짤한 일이었겠지…….'

이글의 가슴에 씁쓸한 게 치솟았다.

실제로 점수 벌이에 딱 맞는다며 아름답게 치장한 기사단이 찾아왔다.

장비를 빨간색으로 통일한, 불꽃 같은 집단.

그 기사단은 도망치는 이글을 쫓아오면서 주위 마을을 탐색이라고 칭하며 약탈행위를 저지르고, 저항하는 마을에는 불을 질렀다.

'죄송해요…… 죄송, 해요………….'

그 사죄는 어딜 향하는 것이었을까.

피해를 받은 마을 사람들이었을까.

아니면 자신이 태어난 것에 대한 사과였을까.

붉은 집단이 붉은 불을 지르면서 무고한 마을을 태웠다. 그런 지옥 같은 광경을 보면서 이글은 이 대륙에 안주할 수 있는 땅은 없다고 깨달았다.

'그래도 나름, 포기하지 않고 노력한 거였는데 말이야………'

이글은 머릿속에 떠오른 작은 태양을 향해 변명해봤다.

태양은 아무런 대답도 하지 않았으나, 말버릇처럼 달고 살던 '넌 노력이 부족해.'라는 말이 머릿속에 되살아났다.

'하지만 바다를 넘어와서도………….'

누구에게 변명하는 건지, 이글의 회상은 계속해서 이어졌다.

굳게 결심하고 대륙을 떠나 죽기 살기로 바다를 건넜다. 그곳에는 수많은 섬으로 이루어진 '제도연합'이라 불리는 국가가 있었다.

그곳도 아인을 받아들여 주지는 않았으나, 무인도가 많았던 덕분에 이글은 가까스로 정착할 수 있었다.

가난한 섬사람들도 아인을 쫓아낼 여유가 없었고, 긁어 부스럼을 만드는 걸 두려워한 건지 이글의 존재 자체를 묵살했다.

'그때는 즐거웠지…………'

섬 여기저기를 돌아다니며 먹을 것과 물이 있는 곳을 찾고, 비바람을 피할 수 있는 동굴을 발견하고, 때로는 어부들을 흉내 내 물고기도 잡았다.

먹을 것이 충분했기 때문에 응인으로서의 성장은 가속해갔다――등의 날개를 펼치면 그 모습이 퍽 용맹했고, 각력도 인간은 도저히 따라잡지 못할 수준이었다.

하늘에서 급강하하여 발차기를 꽂으면 바위조차 부술 정도였다. 가끔 나타나는 육식동물도 하늘에 있는 이글을 공격할 수 없었다.

그녀는 말 그대로―――'하늘의 지배자'가 되었다.

자신의 존재, 아이덴티티의 확립.

이글은 이때 처음으로 자신의 존재를 인정하고 용납할 수 있었다.

누구에게 말할 일도 없지만, 지금의 자신이라면 가슴을 펴고 '성녀의 종자'라 말할 수 있을 것 같았다.

'그러고 보면 그때 폭풍이 왔던가……?'

섬사람과는 서로 간섭하지 않는 나날이 이어졌지만, 폭풍우가 오는 밤에 뒤집힌 어선에서 어부를 구출한 것이 계기가 되어 이글과 섬사람들 사이에 작은 교류가 시작되었다.

상대가 때 묻지 않은, 순박한 섬사람이었다는 것도 행운이었으리라.

고기와 과일, 옷을 교환하는 것부터 시작해서 구해준 어부들은 '너는 은인이야.'라며 작게나마 오두막까지 만들어주었다.

그 후 이글은 어부들과 함께 물고기를 잡고, 대어 축제 때는 연회에도 참가하고, 섬사람을 힘들게 하는 멧돼지나 곰을 퇴치해 감사를 받는 등 만족스러운 나날을 보냈다.

과거에 잃어버렸던 일상이 돌아온 셈이다.

하지만 운명은 잔인했다———— 파멸은 그녀를 자꾸만 뒤쫓아왔다.

이교도를 토벌하고 교화한다는 라이트 황국의 대선단이 섬에 쳐들어온 것이다. 또다시 빨간색으로 통일된 기사단이었다. 제대로 된 무구도 없는 섬사람들은 잇달아 살해당하고, 포로로 잡히고, 섬은 순식간에 불바다가 되었다.

그것은 낙원의 붕괴.

지상에 지옥이 펼쳐진 순간이기도 했다.

이글은 사력을 다해 싸웠다. 그러나 수적 열세에는 당해내지 못하고, 결국 포로가 되었다.

'이젠 도망치는 것도 지쳤어…………'

아인을 불구대천의 원수로 여기는 황국의 기사단에게 잡혔으니 살아남을 방도가 없다.

따라서 그녀는 마지막 순간에 당당히 이름을 밝혔다.
웃음을 머금고, 가슴을 펴고.

―――――자신은 성녀의 종자라고―――――.

“아인, 일어나라. 마지막 쇼가 기다린다.”
그 목소리에 긴 회상이 끝났다.
눈을 뜨자 그곳에는 히죽히죽 웃는 황국의 무관장이 서 있었다.
“대신관님께서 돌아오셨다. 마족령에 가기 전에 널 매달아 관중들에게 보여준다고 하시는군. 멋진 추억이 생기겠는데?”
무관장은 이글의 머리카락을 잡고 억지로 일으켜 세웠다.
그 얼굴에는 멸시와 욕정이 뒤섞인, 역겨운 것이 깃들어 있었다.
“참나, 생긴 건 반반하지만 그래봤자 더러운 아인이니 원…….”
“내 눈에는 너희가 훨씬 더러워 보이는데.”
빼억. 뼈가 울리는 듯한 소리가 났다.
무관장이 말없이 얼굴을 강타했기 때문이다. 이글은 입안에 고인 피를 뱉었다. 그 색은 빨간색이 아니라, 너무 많이 맞은 건지 검은색이 섞여 있었다.
“말조심해라, 아인 자식이. 저쪽에서 악마들에게 실컷 사랑받도록.”
머리카락을 거칠게 움켜쥔 무관장이 이글을 방 밖으로 끌고 나왔다. 이미 걸을 기력도 잃어버린 이글이었으나, 꼭 물어봐야 하는 것이 있었다.

"다른 사람들은 어떻게 되었지?"

"뭐? 그 녀석들은 노예 시장으로 갔을걸. 선원들도 함께."

"…………악마는 너희를 가리키는 말 아니야?"

"아직 덜 맞았나?"

무관장은 이글을 한바탕 두들겨 패서 입을 억지로 다물게 했다.

축 늘어진 이글을 본 무관장은 의기양양하게 말했다.

"쓰레기 같은 아인이라도 출세에는 도움이 되니……. 너희는 참 고마운 존재로군."

잔혹한 쇼가 시작되려 하는 가운데 스 네오로 접근하는 집단들이 있었다.

싹쓸이 구매단을 대동한 루나와, 그녀를 호위하는 아츠.

그리고 땅 밑에서 솟아 나온 듯 꿈틀거리는 자들.

불길한 옷을 입은 사타니스트의 대규모 집단이었다.

———북방국가군, 스 네오 근교———

캐러밴이 가는 곳마다 마을 사람들이 모두 모여드는 덕분에 대소동이 이어지고 있었다.

뭐니 뭐니 해도 물건을 가져오면 팔리기 때문이다.

평소 하던 일을 내팽개쳐서라도 갈 가치가 있다.

아츠는 그런 광란의 풍경을 복잡한 눈으로 보고 있었다. 노파가 무를 바구니에 가득 짊어지고 오기도 하고, 어린아이가 대나무 장난감을 가져오는 등 혼돈의 극치였다.

'젊은 남자가 적은 건 전쟁기이기 때문인가…………'

여기까지 오는 도중에도 황폐한 논밭이 많이 보였다.

전쟁기가 되면 젊은 남자가 징집되니 아무래도 노동력이 부족해지곤 한다. 그런 상황에 그 자리에서 바로 현금을 내고 무언가를 사주는 대상단이 나타나다니, 꿈같은 이야기다.

"이건 마을의 특산품인 마입니다."

"집에서 만든 들기름인데요……, 이건 사주실 수 없을까요?"

"에비프라이 가의 영애님, 이건 우리 가게가 자랑하는 사파이어입니다."

오는 사람도 다양하고 가져오는 물건도 다양했다.

그걸 바라보는 사이에 아츠는 강렬한 기시감을 느꼈다. 많은 사람이 모여들었다가 행복하게 웃으며 돌아가는 모습――――.

'이건 마치 성광국에 **그**가 찾아왔을 때와 같지 않은가…………'

그의 머릿속에 라이트 황국에 소속된 홀리 브레이브의 모습이 떠올랐다.

오타메가는 성광국을 찾아올 때도 각지를 돌며 무료 배식을 실시하는데, 그 시기에는 사타니스트조차 활동을 자중할 정도였다.

단순히 민중에게 치명적인 반발을 살 것이라고 판단하고 몸을 사리는 것일 테지만, 그래도 홀리 브레이브의 방문이 나라를 뒤덮는 분위기를 완화해주는 것도 사실이다.

'식량을 나눠준다. 물건을 산다. 하는 행동은 전혀 다른데 말이야…………'

행위 자체는 정반대이지만, 양쪽의 공통점은 규모가 어마어마하게 크기 때문에 주위 인간에게 행복을 흩뿌리는 듯한 형식이 되었다는 점이리라.

마담의 행위에 비판적인 아츠라고 해도 눈앞의 광경에는 침묵할 수밖에 없었다.

"가진 자, 갖지 못한 자라…………."

아츠는 북방의 가난을 떠올리며 절절히 중얼거렸다.

그걸 들은 마담의 노집사는 공손한 태도로 머리를 숙였다.

"이번에는 아츠 님 덕분에 안심하고 가고 있습니다."

"빈말은 됐다. 이 캐러밴에 호위는 필요 없지 않나."

실제로 버터플라이 가의 캐러밴이 영지에 들어서면 영주가 자발적으로 기사를 파견해, 황금 달걀을 지키듯 먼 거리에서나마 전방위로 경계의 눈을 번뜩였다.

"그들의 태도를 봐라. 마치 대대로 섬긴 주군이라도 호위하는 듯한 자세 아닌가."

"영주님들께 폐를 끼치지 않도록 미리 파발을 보내 연락하고 있습니다."

아츠의 **그 말**은 비아냥이었지만, 노집사는 부드럽게 흘려 넘겼다.

마담을 보좌하는 인물답게 제법 만만치 않은 노인인 모양이었다.

"백성들이 풍족해지면 영주도 풍족해지지. 대금이 풀리면 일상의 불만도 흐려지는 법."

아츠는 자신이 무시무시한 말을 하고 있다는 걸 느꼈다.

이런 일이 성광국 각지에서, 가난한 북방에서 이루어진다면 대항할 방법이 없다.

"제 주인님께선 금전에 집착이 적으셔서 적당히 하고 있습니다."

전혀 난처하지 않다는 듯 노집사가 웃었다.

눈앞의 광경쯤은 그저 쇼핑의 일부일 뿐이기 때문이다. 버터플라이 가의 사람들은 이미 각지에 흩어져 제각기 대량의 식량과 건축자재, 의복, 기호품, 보석, 장신구 등을 사들이고 있다.

당연히 그건 라비 마을로 운반된다.

지금쯤 후방의 가도에선 몇백 대나 되는 마차가 바쁘게 왕복하고 있을 것이다.

마담은 향후 인구증가와 귀족의 방문을 대비해 사전에 다양한 물품을 모으며 온천여관에서 번 돈을 깨끗하게 사용하려 했다. 거기에는 몇 가지 의도가 있었다.

중개로 얻은 금품을 쌓아둬서 자신만 풍족해지면 마왕이나 측근들이 언젠가 불신을 품을지도 모른다.

그런 의미에서도 마을을 위해 아낌없이 투자하면 안심할 수 있다.

무엇보다 마담은 대륙을 대표하는 자산가이니 야금야금 저축할 필요는 없다.

만약 이게 다른 귀족이었다면 필사적으로 이득을 비축하다 언젠가 타하라나 유우에게 '처리'당하는 미래도 있었을 것이다. 우연의 산물이라고는 해도 마담을 여관 운영 파트너로 삼은 건 마왕의 영단, 아니, 행운이었다고 할 수 있다.

"집착이라…………. 가진 자의 강점이군. 동시에 약점이기도 하다."

"약점입니까?"

노집사는 아츠가 무슨 말을 하려는 건지 알아챘으면서도 일부러 질문을 던졌다.

"가난함이 사람을 강하게 하지. 강한 병사는 부귀영화 속에서 만들어지지 않는다."

"……그렇군요. 일리 있습니다."

어느 세계든 유복한 도시에서 자란 병사는 약하고, 가난한 시골의 병사일수록 강하다.

환경이 사람을 바꾸고 키운다는 전형적 사례다.

"아츠 님을 비롯한 무관파 분들의 힘이 있기에 성광국의 백성은 안심하며 잠들고, 일하러 나갈 수 있는 법. 늘 감사합니다."

"그대는 그렇게 생각한다 해도, 그대의 주인도 같은 생각이라는 보장은 없지."

아츠의 말에 노집사는 길게 침묵했다.

이윽고 무겁게 입을 열었다.

"확실히 과거의 주인님께선 오직 본인에게만 집중하는 분이셨습니다."

“지금은 아니라고 말하고 싶은 건가?”

“더 크고, 높은 시점에서 만사를 볼 수 있게 되셨다고 생각합니다.”

‘그렇게 쿠데타를 계획한 건가…………’

아츠는 턱 끝까지 솟구친 말을 가까스로 삼켰다. 실제로 이건 순전히 아츠의 망상만인 건 아니었다. 마담에게 그럴 마음이 없다고 단언할 수도 없기 때문이다.

측근들은 당연하다는 듯 마왕을 국가의 정점으로 옹립하고자 움직이고 있다. 그게 드러나면 마담도 주저 없이 그들의 계획을 따를 것이다.

그런 의미에서 말하자면 마담은 그레이가 아닌 블랙이라고 볼 수 있다.

아츠와 노집사가 탐색전을 벌이는 가운데 루나는 혼자 짜증을 내며 마부에게 성질을 부리고 있었다.

“아아, 진짜! 언제쯤이면 출발하는 건데!”

“히익! 하, 하지만 물건을 가져오는 백성이 많아서…………”

“그럼 너만 남아!”

“억지십니다……”

처음에는 뭐든 살 수 있는 쇼핑에 신이 났지만, 캐러밴의 느린 속도에 점점 짜증이 치민 모양이었다.

그 타이밍에 아츠의 부하가 어떤 소식을 가져왔다.

“아츠 님, 이 앞에 있는 스 네오에 황국이———.”

“아인을 매달았다고? 여전히 고약한 짓을 하는군.”

성광국의 인간이면서도 아츠는 아인이라는 존재에 별다른 혐오감이 없었다.

아니, 그런 아인에 혐오감을 느낄 여유가 없었다.

그는 게이트 키퍼로 외적의 침입을 막고, 때로는 강도와 산적, 사타니스트와 싸우는 나날이 일상이므로 아인에 대해 생각할 시간이 없다고 해도 좋다.

'만약을 위해 루나 님께도 말씀드려야겠군…………'

아츠가 귓속말로 소식을 전달하다 아우성치던 루나는 고개를 숙이고 조용해졌다. 그 어깨가 작게 떨고 있다는 사실을 깨달은 건 잠시 시간이 지난 뒤였다.

아래를 향하던 얼굴을 들어 올렸을 때, 그곳에는 강한 의지가 잠긴 눈동자가 있었다———.

"아츠, 날 따라와. 마담의 집사, 뒷일은 맡길게."

다른 사람이 된 것 같은 루나의 분위기에 휩쓸리는 바람에 아츠 같은 강자가 무심코 뒷걸음질 쳤다.

노집사는 한쪽 무릎을 꿇고 깊이 허리를 숙였다. 이쪽은 마담에게 이미 사정을 들은 모양이었다.

"스 네오로 갈 거야. 쉴 시간은 없다고 생각해."

루나는 마부에게 당당히 선언하여 마차를 급발진시켰다.

"루나, 님, 그 아인을 어떻게 하실 생각이시죠…………?"

성광국은 천사를 숭배하고 아인을 기피하는 국가이다. 아츠의 시각에는 루나가 그 책형에 입회하거나 처형이라도 할 생각인 것으로 보였다.

"루나 님! 국내라면 모를까 외국의 아인을 처형하시면 평판에 문제가 생깁니다!"

"…………누가 처형한다고 했는데?"

"그럼 왜 가시는 거죠? 그런 자에게 시간을 쓸 필요는 없지 않습니까."

그렇지 않아도 인접한 북방국가군에서 성녀라는 이름은 악명이 자자하다.

주로 퀸 때문이긴 하지만, 여기서 루나까지 묘한 짓을 저지르면 이번에야말로 평판이 바닥에 추락할 것이다.

"그 애는 내 친구야."

루나는 용맹하게 선 아츠의 얼굴을 물끄러미 응시하고 경악스러운 말을 입에 담았다.

순간 아츠는 무슨 말을 들은 건지 이해하지 못해 얼굴이 딱딱해졌다.

"그래서 구하러 가는 거야. 문제 있어?"

그 얼굴은 놀라우리만치 맑고, 사람을 매료하는 미소였다.

말을 채찍질하며 바람을 가로지르는 가운데 아츠는 술에 취하기라도 한 것 같은 기분이 들었다.

"친구…… 라고요? 아인이……?"

아츠는 루나에게 되물으며 오래된 이야기를 떠올렸다. 폭탄으로 치부되어 다들 엮이는 걸 피했던 라비 마을에, 오직 루나만이 태연하게 영주 자리를 받아들였던 날을.

그때 아츠는 은밀히 감명을 받았다.

그 후 루나의 행동을 보자 영지를 제대로 경영하는 흔적은 없었기에 아츠 안에서 플러스마이너스 제로가 되어버렸지만.

"여, 여하간 기다려주십시오……. 아무래도 이 소동에는 황국이 관여한 모양입니다."

"그게 왜?"

"그야…………, 우리나라와 황국은 오랫동안 우호 관계를 유지했습니다. 성녀 중 한 명이신 루나 님께서 직접 황국과 싸우신다면 외교 문제가 되지 않습니까!"

아츠가 열심히 타일러 봐도 루나의 표정은 변하지 않았다.

오히려 그 눈동자가 한층 더 날카로워졌다.

"아츠, 너 몰라?"

"……무슨, 말씀을?"

루나가 무슨 말을 하고 싶은 건지 알 수 없어 아츠는 눈썹을 찡그렸다.

이윽고 그 입에서 결정적인 한마디가 나왔다.

"나는 철부지야. 황국이 어떻고 하는 건 알 바 아니라고."

"입장을 생각하셔야죠……! 그런 생떼가 허용될 리 없습니다!"

"흐응. 그럼 너는 친구를 버리고 살도록 해. 나는 철부지니까 이제 내가 좋아하는 건 무엇 하나 놓지 않기로 정했거든."

그 말만 남긴 뒤 루나는 마차의 속도를 한층 더 올렸다. 아츠는 억지로라도 마차를 멈춰야 한다고 생각했으나, 마지막 말에는 무심코 말문이 막혔다.

친구를 버리고 살아라――그런 말을 들으니 무관파의 맹주로서 면목이 없다. 아츠를 비롯한 무관파는 가난하고 힘든 생활 속에서도 식량이나 적은 물자를 나누며 살아왔기 때문이다.

어떠한 곤경에 처해도 절대 전우를 버리지 않는다――――는 것이 무관파를 무관파답게 만드는 요인이라고 말해도 과언이 아니다.

루나의 말은 그 뿌리를 무너뜨리고 도발하는 거나 마찬가지였다.

"…………루나 님의 뜻은 일단 이해했습니다. 하지만."

하려던 말이 중간에 막혔다.

저 멀리에서 검은 연기가 피어오르는 게 보였기 때문이다.

루나도 그걸 보고 안색을 바꿨다.

"이봐, 더 빨리 달리라고!"

"루, 루나 님……. 이 이상은 안 됩니다!"

마부가 울상을 짓는 옆에서 아츠는 부하에게 빠르게 지시를 내렸다.

전방이 **전장**이 되었다는 걸 깨달았기 때문이다.

"루나 님을 중심으로 방원진을 짜서 전진한다. 내가 척후로 나서지."

그 말을 남긴 아츠는 전방으로 돌진했다.

검은 연기를 응시하며 스킬【전장 파악】을 사용해 규모를 가늠했다.

'아마 1,000명 정도의 작은 전투겠지. 하지만 비명의 수가…….'

병사가 지르는 섯난이 아니라, 명백한 백성의 목소리도 섞여 있었다.

대규모 방화나 약탈이 연상되는 소리다. 그리고 수도 없이 싸워온 불길한 마의 기척——이 소란에 사타니스트가 엮여있다는 걸 오랜 세월 동안 키워온 감이 알려주었다.

'대체 무슨 일이 일어난 거냐…………!'

아츠는 조급해지는 마음을 달래고 흙먼지를 일으키며 가도를 질주했다.

이윽고 그 시야에 들어온 광경은 불바다가 된 스 네오의 수도였다.

Maousama Retry!
마왕님, 리트라이!

빛 VS 어둠

그건 교차점에서 일어난 사고였다.

모두에게 불행하고, 불운한 해프닝.

하지만 한 번 불이 붙은 불꽃은 멀리멀리 퍼져나간다.

진압되거나, 태울 것이 없어질 때까지.

————스 네오, 수도————

라이트 황국 일행이 이글을 매달아 관중들에게 보여주려고 하던 도중, 또 다른 집단이 스 네오의 길거리에 녹아들어 꿈틀거리고 있었다.

루나 암살을 명령받은 사타니스트 집단이었다.

그들은 수도의 지하에 있는 하수도에 모여 무언가 수상한 밀담을 나눴다. 이 집단을 이끄는 가르시아는 짐승 같은 숨을 내쉬며 동지들에게 난폭한 눈빛을 보냈다.

"동지들이여, 이 땅을 지나가기만 하면 멋이 없지. 그렇지 않아?"

"가르시아 동지, 무슨 뜻이지?"

"위에 있는 깨끗한 거리를 보고 뭔가 생각하는 게 없었냐는 거다."

"그건…………."

그 말에 전원이 침묵했다. 머릿속을 스치는 풍경은 북방국가군 중에서도 특히나 청결한 도시와 우아한 왕성. 그리고 길을 걷는 사람들의 화기애애한 미소.

그곳에는 행복이라는 게 넘쳐흘렀다.

지렁이처럼 지하에서 활동하는 사타니스트들의 눈에는 너무나 눈이 부신 광경이었다.

"성녀는 그렇다 치고, 이 땅에도 **탄식**을 내려줘야 한다고 생각하지 않아? 게다가 지갑도 좀 썰렁한데……. 거짓에 취한 자들에게서 **우리**의 부를 탈환해야 해."

가르시아의 말에 동지들의 눈매가 점점 바뀌었다.

뭘 할 생각인 건지 알아차린 모양이다. 여기에 워킹처럼 이치를 내세워 행동하는 사람이 있었다면 '타국의 백성을 적으로 돌리려 하다니 무슨 생각이냐'라며 타일렀을 테지만, 불행하게도 이 자리에는 브레이크 역할을 맡을 존재가 없었다.

사타니스트들은 성광국에선 파괴 활동을 행하지만 타국에서는 가난한 사람, 갈 곳을 잃은 사람에게 말을 걸어 동지로 권유하기도 했다.

때로는 공감해주는 후원자를 만들어 활동 자금을 모았다.

그걸 생각하면 타국민을 적으로 돌리는 건 손해다. 그런 사정을 알면서도 가르시아는 동지들을 마구 부추겼다.

"우리의 부를 탈환하는 거다! 부당하게 빼앗긴 돈을, 땅을, 가족을! 인연을! 사랑을!"

냉정하게 들으면 더없이 지리멸렬한 내용이었으나, 한과 질투, 증오, 원한에 진심이 지배된 사타니스트들에게는 큰 효과를 보였다.

“가르시아 동지의 말이 맞아……. 이 땅에는 탄식이 부족해.”

“옳소! 거짓 행복에 죽음을!”

“우리의 숙원을 이루기 위해선 더 많은 탄식과 제물이 필요하다!”

“새로운 세계로 인도하기 위해 빼앗긴 부를 투쟁자금으로 환원하라!”

사타니스트들이 잇달아 소리치며 검이며 지팡이를 들어 올렸다.

타인의 행복과 이 땅의 풍요로움이 그들의 이성을 빼앗았다.

가르시아는 이들을 교묘하게 선동해 불을 붙이는 데 성공했다. 다음은 통제를 잃은 짐승들을 세상에 풀어놓기만 하면 된다.

“자, 동지들이여! 성녀를 쳐부수기 전에 미리 축제를 열어보자!”

“““오오오!”””

사타니스트들이 일제히 지상으로 나가는 와중에 혼자 남은 가르시아는 회심의 미소를 지었다.

은은한 빛을 받아 드러난 그림자가 조금씩 형태를 바꾸어 으스스한 악마의 모습이 되었다.

“크크큭……! 나락에 힘을……, 지상에 탄식을…………!”

그것은 본인의 입에서 나온 말인 걸까, 아니면 그림자가 한 말인 걸까. 이윽고 그림자는 원래의 모습으로 돌아가고, 가르시아는 표범처럼 날렵하게 지상으로 달려 올라갔다.

한편, 지상에서는———.

황국의 일행도 한창 '아인 책형'이라는 화려한 쇼를 벌이는 중이었다.

아인을 한 번 보겠다고 군중이 모여들자 왕성 앞은 때아닌 소란으로 가득했다.

"저게 아인인가……? 처음 봤어."

"좀 추레하네. 더 무시무시한 생물일 줄 알았는데."

"아직 젊은 여자잖아……. 황국 사람들, 너무해."

"조용히 해. 놈들에게 거역하면 큰일 난다고."

"헤헹! 꼴 좋다, 아인 자식!"

동정하는 자, 혐오하는 자, 몰래 눈살을 찌푸리는 자. 군중의 목소리는 제각각이었다.

이 쇼를 연출하는 대신관도 딱히 군중들의 지지를 얻기 위해 하는 건 아니었다. 그저 고국에 이 무용담을 퍼트리기 위한 행동에 불과하다.

"어마어마한 숫자가 모였군요, 대신관님."

"크큭, 어느 나라의 백성도 오락거리에 굶주려있으니 말일세."

무관장의 놀라는 모습에 대신관도 유쾌하다는 듯 눈을 가늘게 휘었다.

긴 여행의 피날레로서 이보다 더 멋진 쇼는 없다며.

"하지만 책형이라니, 과감한 내용입니다."

"어차피 버릴 녀석이라면 유효하게 활용해야 하지 않나."

북방국가군 중에서도 유복하기로 소문난 스 네오.

그 수도에서 아인을 책형하여 군중들에게 황국의 무위를 낱낱이 과시한다—— 이 소문이 고국에 전해진다면 박수갈채와 함께 환영받을 것이다.

"이젠 이 아인을 넘기면 끝이군요."

"그래. 남은 물건이 들어온다면 크게 출세할 수 있을 테지."

대신관의 입에서 빛에 가까워진다는 형식적인 게 아니라 참으로 **속물적**인 말이 튀어나왔다.

이 무관장도 동류라고 인정한 모양이었다.

"더 높은 지위라면…… 시, 신전장 말씀입니까…………!"

무관장은 커다란 나무를 우러러보는 표정으로 대신관을 바라보았다.

황국에서 신전장이란 실질적으로 정점이라 할 수 있는 지위이다.

다른 위계로 부제나 사제, 주교, 대주교 등이 존재하지만, 이들은 덕이 높고 몸도 마음도 위대한 빛에 귀의한 자가 선택받는 것이기 때문에 민중에게는 가까워도 권력과는 멀다.

그에 비해 각지의 신전을 통솔하는 신전장이 된다면 '교황'과 직접 연결될 수 있게 된다.

백성들에게 얼마나 많은 지지를 받든, 인덕이 있든, 권력을 얻을 수 없는 역직은 장식에 불과하다. 속세에 물든 자에게는 전혀 필요하지 않은 지위이다.

"크큭, 신전이라…………. 긴 여정이었구나."

라이트 황국은 국내에 수많은 신전이 존재하지만, 외국에도 많이 있다.

그런 신전의 역할은 다양하다.

참배자와 기부자를 모으고, 정해진 금액을 내면 치료도 해준다. 각지의 신전에는 신관 말고도 기사나 밀정 등을 보내 정보 수집도 꼼꼼히 했다.

신전의 얼굴도 겉과 속이 전혀 다른 셈이다.

지금도 각지의 신전에서 기사와 의장병이 모여들어 총 600명을 넘어서려 하고 있었다.

말 그대로 황국이 주최하는 화려한 쇼이다.

"무관장, 이번 여행에서 대략적인 흐름은 이해했을 테지? 앞으로도 달콤한 이득을 얻고 싶다면 나를 따르게나. 곧 대관장으로 임명받을 수 있도록 힘을 써 보겠네."

"차, 참말입니까! 감사합니다!"

"흠흠, 정진하게나."

무관장이 주군에게 머리를 숙이듯 넙죽 절했다.

마치 황국에서 신관과 무관의 입장을 체현한 듯한 모습이었다.

위대한 빛에 귀의하여 빛의 종이 되는 신관은 '광속성'이나 '성속성' 마법에 뛰어난 적성이 필요하며, 학식만이 아니라 가문도 엄하게 조사하기 때문에 문턱이 매우 높다.

현대 일본에서 말하는 커리어소나 특권계급에 가깝다고 해도 될 것이다.

그 점에서 무관은 학식이 없든 가난하든, 무력만 있다면 누구에게나 문이 열려있다. 이쪽은 현장에서 구르며 출세하다시피 한다.

단, 그 현장이란 전장이기 때문에 많은 피를 흘리고 봐야 할 필요가 있다.

"정말 뼛속까지 썩어있네………… 너희들."

"호오, 의식이 돌아온 모양이군."

이글이 눈을 흐릿하게 뜨고 두 사람에게 멸시의 시선을 보냈다.

대신관은 별로 기분이 상한 기색도 없이 냉소를 지었다.

"이놈, 대신관님께 무슨 무례한 말을 하느냐!"

"됐네. 그리 성낼 일도 아닐세."

"하, 하지만…………."

"이것도 중요한 희귀동물일세. 한 마리만 잡아도 거대한 부와 지위를 얻을 수 있지. 그렇게 생각하면 무슨 말을 하든 귀엽지 아니한가."

대신관이 껄껄 웃으며 십자가 모양의 책형대를 향해 경멸의 눈빛을 보냈다.

이글은 의식이 몽롱했지만 굳세게 그 얼굴을 노려보았다.

"이보게, 자네의 동료는 또 없는가? 은밀히 알려준다면 저쪽에서의 처우가 좋아질 수 있도록 거들어줄 수도 있네."

"……죽어, 사이비 신관."

"흘흘! 완전히 짐승이 아닌가! 말 그대로 수인이로구나."

그 말을 끝으로 이글은 힘이 다한 듯 눈을 감았다. 일련의 대화를 지켜보던 무관장은 끔찍하다는 듯 이글을 노려보며 코웃음을 쳤다.

"참나, 분수도 모르는 짐승이군요. 하지만 이렇게 되니 다른 아인도 포획하고 싶습니다만……. 수인국에 들어가는 건 역시 위험합니까?"

"언젠가 아인을 한 마리도 남김없이 말살해야 하지만…… 문제도 많다네."

"문제가 있습니까?"

대신관도 한두 명 더 사냥하고 싶은 마음은 굴뚝같았다.

하지만 그 아인들을 통솔하는 존재가 문제였다.

"아직 지금 단계에선 '용인'의 역린을 건드리는 건 득책이 아닐세."

"요, 용인이라니……. 그게 정말로 존재하는 겁니까?"

"오래된 전승에 적힌 괴물이라네. 참인지 거짓인지, 얼마 전에도 성광국에 나타나 상급악마를 퇴치했다는 소문이 자자하더군……. 물론, 이쪽에선 의심하고 있네만."

황국은 성광국과 오랜 우의로 맺어져 있으나, 거리가 떨어져 있는 영향인 건지 정세 조사나 내정은 지극히 허술했다.

아니, 더 정확하게는 '저곳은 이등국가'라며 내려다보고 경계조차 하지 않았다.

위대한 빛을 숭배하는 황국에게 빛을 따르는 '천사'를 숭배하는 성광국은 먼 혈연이기도 하고, 내분만 반복하는 성가신 친척이기도 하지만 어쨌거나 늘 업신여기며 대했던 나라라고 할 수 있다.

자신들이 절대적인 '가장' 위치에 있으며 그건 무너지지 않는다.

"우리가 굳이 남 좋은 일을 해줄 필요는 없다네. 조만간 성령기사단 본체가 움직일 테지."

"그, 그렇군요…………."

황국에는 불, 물, 바람, 흙 넷으로 구성된 기사단이 존재한다.

각 기사단에는 제각기 마법에 정통한 마법기사들이 있고, 그 규모와 전력은 대륙 굴지라고 부를 수 있다.

"혹은 홀리 브레이브가 움직이면 빨리 해결될 걸세."

"움직이겠습니까? 그 괴짜…… 앗, 이런. 실례했습니다."

"괜찮네. 확실히 그 남자는 '현세의 이치'에서 동떨어져 있으니 말일세."

대신관의 머리에 가장 성가신 남자인 오타메가의 모습이 떠올랐다.

출세도, 돈도, 여자도, 술도, 현세도, 사후도, 아무것도 바라지 않는 남자. 그가 추구하는 것은 빈곤층의 구제와 대륙의 항구한 평화라는 **헛소리**였다.

대신관이 봤을 땐 정신에 이상이 있는 게 분명한 남자였다.

그런 동화가 실현될 리 없으니까.

"그를 움직이려면 좀 까다롭……… 음? 저건 무슨 소란인가?"

"주정뱅이가 싸움이라도 벌인 걸까요…………?"
멀리서 들리는 비명에 대신관의 귀가 꿈틀거렸다.
그 목소리는 점점 커져서 싸움이라고 할 만한 규모가 아니라는 게 전해졌다.
"이것, 은…………!"
오싹. 피부 위를 타고 흐르는 불길한 기척에 대신관이 급히 일어났다.
"대신관님! 아무래도 마을 입구에서 사타니스트가 난동을 부리는 모양입니다!"
"사타니스트라고?!"
뜻밖의 말에 대신관의 머리가 혼란스러워졌다.
확실히 사타니스트는 대륙 전역에서 활동하고, 황국에서도 발견 즉시 처형대상인 존재다. 하지만 그 활동은 빈민에게 가입을 권유하거나 후원자를 만드는 등 얌전한 내용이었다.
이런 대낮에 당당히 기습하는 자들이 아니다.
"대신관님, 어떻게 하시겠습니까?"
"……일단 신전기사들을 파견해 진압하게나."
대신관은 파리라도 내쫓듯이 손을 휘저으며 얼굴을 못마땅하게 찡그렸다.
모처럼 선보이는 쇼가 엉망이 되었다면서.
한편 기습한 사타니스트 측은 무차별적으로 공격했다.
닥치는 대로 물건을 훔치는 자, 집을 파괴하는 자, 눈에 보이는 모는 것에 칼을 늘이대는 자, 여기저기 있는 건초에 불을 붙이고 돌아다니는 자도 있다.

평화로운 수도는 즉시 형용하기 어려운 혼란에 빠졌다.

"꺄아아아악! 살려줘어어어!"

"너희들 누구야! 제발, 그 돈은 가져가지 마!"

"내, 내 아이가……. 누가 좀! 살려줘어어어!"

"위병은 뭐 하는 거야!"

울부짖는 자, 칼에 베인 자, 아기를 안고 소리치는 어머니. 그들 사이에 섞인 사타니스트들의 광신적인 비웃음이 울려 퍼졌다.

그들은 증오한다.

그들은 질투한다.

그들은 망가졌다.

자신들이 이미 잃어버린 평화를, 평온을 지금도 누리는 사람들에게 눈에 보이는 형태로 증오를 품었다. 그런 마음의 빈틈에 악마가 숨어들었다.

"자, 우리의 부를 탈환하라!"

"낙원은 시체 위에서 만들어진다!"

"거짓 평화에 죽음을! 땅에 탄식을!"

사타니스트들은 우렁차게 외치며 눈에 보이는 자를 닥치는 대로 베어버렸다.

엄밀하게는 그들의 생활을 파괴한 건 성광국의 귀족들이고, 이 땅의 백성들은 아무런 잘못도 없다. 하지만 악마에게 몸을 바친 그들에게는 이미 이성이 남아있지 않았다.

아비규환 속에 드디어 신전기사가 도착했다.

"참나, 무슨 난리인 거야………….."
"야만적인 것도 정도가 있지."
신전기사들은 현장을 보고 노골적으로 얼굴을 찌푸렸다.
같은 갑옷을 입은 기사들이 차례차례 모여들어 검을 뽑았다.
"설마 사타니스트일 줄은……. 터무니없는 꽝을 뽑았어."
"악마 숭배자 놈들. 무슨 생각을 하는 건지."
"특별수당은 나오겠지?"
본국의 신전기사들은 전의도 높고 전장에서도 용감하지만 이들은 다르다. 외국의 신전에 배치된 자들로, 말하자면 한직을 빙빙 돌았던 사람들이다.
그런 그들의 사기가 높을 리 없었다. 외국의 신전에 배치되면 전장에 가지 않아도 된다는 점이 유일한 장점이기 때문이다.
그런데 타국에서 사타니스트와 싸우게 될 줄이야. 웃을 수 없는 이야기였다.
"애초에 이 나라의 병사는 뭘 하는 거냐."
"허, 몰랐어? 이 나라의 국왕은 겁쟁이로 유명해."
"지금쯤 성에 병사를 부랴부랴 긁어모으고 있을걸."
"이제 그만. 빨리 끝내자."
신전기사들은 파괴행위에 정신이 팔린 사타니스트의 등을 차례차례 베어나갔다.
마치 무라도 베는 듯한 모습이었다. 그중에는 저항하며 맞서 싸우는 자도 있었지만, 1합을 나누지도 못한 채 팔이 잘리거나 목이 날아갔다.

"악마 숭배자 놈들…… 네놈들은 대륙의 오점이다!"
"신 앞에서 무릎 꿇어라!"
뜻밖의 강적이 등장하자 사타니스트 사이에 동요가 퍼져나갔다. 사실 사타니스트는 개개인의 전력만 놓고 보면 결코 강한 존재라 할 수 없었다.
솔직히 말하자면 제대로 훈련도 받지 않은 아마추어가 칼을 붕붕 휘두르는 거나 마찬가지였다. 따라서 직업군인 앞에서는 순식간에 쓰러지고 만다. 아무리 무시무시한 테러리스트라고 해도 1대 1로 SWAT 같은 특수부대 인간과 대치한다면 순식간에 죽는 거나 마찬가지다.
신전기사의 활약에 도망치던 군중들도 기쁨을 드러냈다.
"화, 황국의 기사님들이 와 주셨다!"
"부탁드립니다, 기사님! 이 아이를 치료해주세요!"
"기사님, 저쪽에서 제집이 불타고 있어요! 어떻게 좀 해주세요!"
"이, 이 녀석들…… 놓아라! 방해다!"
민중들이 기사들에게 울며 매달리는 모습을 본 사타니스트가 일제히 움직였다. 정공법으로는 이기지 못해도, 이런 민중을 끌어들인 게릴라전은 그들의 가장 특기 분야다.
사람들 뒤에 숨은 사타니스트가 일제히 활을 쏘고 창을 투척했다.
"크헉!"
"이, 이놈들, 놔, 놓으……… 으어어어어억!"

잡혀서 움직이지 못하는 기사들이 차례차례 먹잇감이 되어 쓰러졌다.

서민을 끌어들인 무차별 공격에 전황이 일변했다. 멀리서 그 광경을 바라보던 가르시아는 승기를 잡았다고 판단한 건지 사악한 미소를 지으며 일어났다.

"좋아, 파멸자들을 보내라!"

"가, 가르시아 동지……. 정말 이래도 되는 건가?"

"뭐가?"

"아무리 그래도 황국과 교전할 예정은 없었잖아…………!"

"어차피 성광국이 끝나면 다음은 저 나라야. 송두리째 뽑아버려야지!"

말이 끝나자마자 가르시아는 수상한 집단을 내보냈다.

그것은 밧줄로 손이 뒤로 묶인 으스스한 집단.

다들 병자처럼 창백하고 눈에도 빛이 없다.

위험한 약물, 트랜스에 중독된 자들―― 인생이 파멸된 자들의 말로다.

발걸음은 위태롭고 완전히 제정신을 잃었지만, 품에 넣은 물건이 신경 쓰이는지 연신 목을 빙글빙글 돌렸다.

"크하하! 밧줄을 잘라줘라! 해방의 순간이다!"

묶여있던 밧줄이 차례차례 잘리자 파멸자들은 즉시 품에 손을 집어넣었다.

그곳에는 붉은 게 집게처럼 생긴 것이 들어있고, 거기엔 트랜스가 발라져 있다.

유토피아가 마련한, '최후의 조각'이라 불리는 무시무시한 마도구다.

파멸자들은 아무런 주저도 없이 그걸 깨물어 삼켰다.

"아, 흐, 으하아아아아아아아아!"

"흐하하하아아아아아!"

"끄흑, 크억, 커어어어어어억!"

파멸자들이 환호의 탄성을 지른 순간——— 머리며 복부에서 집게가 튀어나와 전신이 터져나갔다. 가르시아는 두 팔을 벌려 맑은 하늘을 저주하듯 소리쳤다.

"모든 것을 탄식으로 덧발라라——— 암야소환!"

피보라와 내장 사이에서 나타난 것은 파멸자라는 제물로 소환된 마물들.

광견, 해골병, 좀비, 레이스 등이 많고, 소수이긴 하지만 전신에 검은 붕대를 휘감은 다크 미라나 블러드 비스트도 섞여 있었다.

일대는 마치 지옥 같은 모습으로 변해갔다.

"마, 마물이다아아아아!"

"도망쳐어어어어!"

"기사님, 어떻게 좀 해주세요!"

"달라붙지 마! 너희들 때문에 제대로 움직일 수 없…… 잠깐, 안 돼, 안 돼애애애애애!"

기사 중 한 명이 좀비의 공격을 받아 부드러운 목을 뜯겼다. 순식간에 목의 절반이 먹히고, 그곳에서 피가 분수처럼 분출되었다.

목이 먹힌 기사가 좀비가 되어 비틀비틀 일어났을 때, 신전기사들은 악몽에서 깬 사람 같은 표정이 되어 다들 동시에 고개를 끄덕였다.

그들이 다음에 취한 행동――― 그것은 주위에 모여든 백성을 죽이는 것이었다.

"방해다, 이 배교자들!"

"먹히면 안 돼……, 남김없이 베어버려!"

"레이스가 오지 못하게 막아!"

"후방에 연락해! 제2종 이빌 해저드다!"

울부짖는 백성을 차례차례 죽인 신전기사들이 전투공간을 확보했다. 사령 타입의 마물을 상대할 경우 약자가 많을수록 적이 증식된다.

도망치는 노인을 베어버리면서 기사 중 한 명이 진절머리가 난다는 듯 중얼거렸다.

"설마 사령 마물을 불러들일 줄이야…………. 광신자 놈들!"

혀를 차면서 백성을 베어가는 모습을 보면 누가 광신자인지 알 수 없는 수준이었지만, 어떻게든 장소를 확보한 기사들은 진형을 가다듬고 마물 무리와 마주 보았다.

후방에서도 보고를 받은 대신관이 안색을 바꿨다.

"제2종………, 이빌 해저드라고?! 무슨 일이 일어난 게냐!"

이빌 해저드는 황국에서 사용하는 특수용어다.

제3종은 마족이 도시 등에 접근한 상태를 가리키며, 엄중한 경계 태세를 갖추는 걸 의미한다.

제2종은 마족이 이미 도시 안에 들어온 상태를 가리키며, 막대한 피해가 발생한다. 미리 경계하지 않아 대응이 늦어진 케이스에선 주민 대부분이 죽어버린다.

제1종까지 가면 이미 '죽음의 도시'가 된 위기 상황을 의미하며, 기사단이 도시째로 주위 지역을 태워버리는 최종단계에 들어간다.

'이런 곳에서 경력에 흠집이 생길 수는 없다…………!'

아무리 수많은 공물을 갖추었다 해도 '죽음의 도시'를 만들어낸 무능한 자――라는 평판이 퍼지면 출세가 불안해진다. 대신관은 바로 부하에게 명령해 엄선된 기사들을 불러들였다.

각 성령기사단에서 10명씩 파견된, 황국이 자랑하는 용맹한 자들을.

기사들은 불, 물, 바람, 흙을 가리키는 눈부신 색채의 망토를 휘날리며 대신관 앞에 무릎 꿇었다.

그 위풍당당한 모습은 신전기사는 발끝에도 미치지 못한다. 반들반들한 전신 갑옷이 태양을 반사하는 그들에게선 지상에 빛과 위엄을 불러온다고 확신하게 해주는 신뢰가 느껴졌다.

"보다시피 사령 마물이 수도에 들어온 모양일세. 자네들의 힘을 빌리고 싶네."

"""맡겨주십시오."""

본래 성령기사단에게 명령할 수 있는 자는 각 기사단장과 교황뿐이지만, 긴급사태이기 때문에 기사들도 말없이 순순히 고개를 끄덕였다.

명령을 받은 뒤 그들의 움직임은 참으로 신속했다.

말을 타고 화살처럼 빠르게 전장으로 향했다.

"적은 사령 타입의 마물이다. 성령으로 격멸하라!"

"""오오오!"""

도합 40명이나 되는 기사들이 각자 검을 치켜들고 유성처럼 거리를 달려갔다. 이윽고 그들의 전신에서 각각 색채가 피어오르더니 어마어마한 마력의 소용돌이 나타났다.

그것은 성령기사단이 자랑하는 필승불패의 태세―――!

"성령소환―――샐러맨더!"

"성령소환―――운디네!"

"성령소환―――실프!"

"성령소환―――노움!"

기사들의 몸에서 각자 40명이나 되는 성령이 나타나 일제히 마물 무리와 부딪혔다.

열세에 빠졌던 전장이 성령의 참전 덕분에 바로 뒤집혔다. 압도적인 전투력과 시선을 빼앗는 성령의 모습에 신전기사들은 희색을 드러냈다.

"이겼다!"

"기다렸습니다, 우리의 성령기사단!"

"우리…… 우리 빛의 신에 영광 있으라아아아!"

어둠이 밀면 빛도 밀어낸다. 가르시아는 일진일퇴를 반복하는 전장에 돌멩이 하나를 던지기 위해서 품에 있던 비장의 카드를 꺼냈다.

"크큭, 벌써 **이것**이 등장할 차례인가…………."

"자, 잠깐! 가르시아 동지! 그건 성녀에게 써야 하는!"

"그런 건 나에겐 상관없거든."

"무슨 뜻…… 아니, 잠깐만!"

가르시아는 품에서 낡은 상자를 꺼내 의기양양하게 들어 올렸다. 어째서인지 상자엔 사슬이 칭칭 감겨 있고 자물쇠 같은 것도 두 개나 달려 있었다.

"너도 배가 고프지? 성령이라고 해도 먹을 거지? 크하핫!"

가르시아는 파란색 열쇠와 빨간색 열쇠를 꺼내 각 자물쇠 구멍에 꽂았다.

그 순간 자물쇠가 눈 부신 빛을 뿌리고 사슬이 풀렸다. 상자 안에서 검은 액체가 기어 나오더니, 이윽고 거대한 소용돌이가 되었다.

소용돌이에 박힌 두 개의 안광은 무언가를 찾는 듯하다가 괴로운 듯 포효했다.

"오…………, 오오!"

고막을 찢는 듯한 흉악한 목소리에.

끝없는 분노가 느껴지는 모습에.

주위에 있던 사타니스트마저 다리가 풀려 주저앉고 말았다.

본능으로 눈치챈 것이다. 이것이야말로――― '진짜 악마'라는 것을.

"오오오오오오오오오오오오오오오!"

거대한 소용돌이는 이윽고 악마 같은 그림자가 되어 괴로운 듯 몸을 비틀었다. 악마는 전방에서 무언가를 발견한 건지 어마어마한 속도로 전방을 향해 돌진했다.

성령기사단은 깜짝 놀랐다.

"뭐, 뭐야…… 저건?"

"악마, 악마가 나타났다!"

"하, 하지만 저런 악마는 처음 보는데…………."

이 대륙에 사는 악마는 대부분 문헌에 모습과 특징이 상세히 적혀 있다.

인간이 긴 역사를 통해 목숨을 걸고 축적해온 지식이라 할 수 있다.

악마와 악연이 깊은 황국의 기사들이라면 더욱더 그렇다. 하지만 지금 나타난 악마는 어느 문헌에도 해당하지 않는 존재였다.

성령기사단은 급히 거대한 그림자를 향해 성령을 보냈지만, 그림자는 그 성령을 우악스럽게 움켜쥐고는 입으로 툭툭 집어넣었다.

아름다운 성령들이 쩝쩝거리는 소리와 함께 삼켜지자 전장이 고요해졌다.

거대한 그림자는 배가 고픈 건지 계속 성령을 잡아다 씹어먹었다.

맑은 힘과는 상반되는 존재임을 보여주듯 성령을 삼을 때는

손에서 연기가 피어올랐지만, 전혀 아랑곳하지 않는 모습이었다. 강렬한 공복에 시달린 나머지 설령 데미지를 입는다고 해도 먹는 걸 우선하는 듯했다.

심지어 주위에서 우글거리는 좀비나 레이스마저 무차별적으로 입에 집어넣은 거대한 그림자가 점점 윤곽을 되찾아갔다.

샐러맨더나 노움이 짓밟히고, 아름다운 운디네와 실프가 머리부터 우적우적 먹히는 광경은 이 세상의 종말을 느끼게 했다.

40체나 되는 성령을 남김없이 먹어 치우고 마물도 먹어버린 악마의 모습이 선명해졌다.

검고 튼튼한 육체는 강인한 전사와도 같았으며, 짐승 같은 라인을 그렸다. 그 얼굴에는 금빛 가면 같은 게 덮여있는데 왠지 괴로워 보였다.

"마, 말도 안 돼!"

"이런 걸, 이런 괴물을………… 우리만으로는 못 이겨!"

"후퇴! 후퇴해라!"

구원의 동아줄이었던 성령기사단이 질겁하며 후방으로 도망치자 신전기사도 앞다퉈 도망쳤다. 남은 건 공포로 움직이지 못하는 백성들뿐이었다.

"가, 가르시아 동지……. 저건 뭐야?!"

"잊혀진 과거의 악마, 베헤못이다…………. 고대 악마라고도 할 수 있겠지."

가르시아의 조소에 질문한 사타니스트도 두려운 나머지 얼굴이 움찔거렸다.

옆에서 저 광경을 보고 비웃는 이 남자가 같은 인간이라는 생각이 들지 않게 되었기 때문이다.

"긴 봉인 때문에 배가 고팠던 거겠지…………. 아니나 다를까. 성령까지 먹어 치우다니, 이성을 잃어버렸잖아! 고대의 악마도 별거 아닌데!"

뭐가 우스운 건지 가르시아는 무릎을 치며 폭소한 뒤 아비규환인 전장을 보았다.

이성을 잃은 악마는 신전기사와 백성을 잇달아 입에 쑤셔 넣었고, 우적우적 소름 돋는 소리가 수도에 울려 퍼졌다. 성령과 인간, 마물까지 계속 먹었기 때문인지 그 입에선 괴로운 신음이 흘러나왔다.

"그럼 이젠 강 건너 불구경을 하도록 할까…………."

그 말을 한 가르시아는 모습을 감췄지만, 황국 쪽은 완전히 패닉 상태가 되었다.

도시에 마물이 나타난 줄로만 알았는데 이어서 터무니없이 강한 악마가 나타났기 때문이다. 심지어 '성령'까지 먹어 치우는, 처음 보는 괴물이었다.

"대, 대신관님. 여기선 철수해야 하는 것 아닙니까?!"

"바보 같은 소리 말게! 여기서 도망치면 고국에서 어떤 처분이 내려질지…………."

도망친 후의 미래를 상상한 대신관은 눈앞이 캄캄해지는 것 같았다.

황국에는 그의 방해가 되는 라이벌이 아주 많다. 상층부에 교묘히 파고들어 출세 가도를 꾸준히 걸어온 것도 더해져, 대신관은 질투와 증오의 대상이기도 했다.

타국에서 죽음의 도시를 만들어냈다는 규탄을 받게 된다면 몰락은 피할 수 없다.

"어쩔 수 없군……. 만약을 위해 입수해둔 **이것**을 쓸 수밖에."

"그, 그건 '퍼펙트 월드' 아닙니까!"

"이 국면에선 운명에 몸을 맡길 수밖에 없네…………. 움직일 수 있는 자는 전원 여기로 집결하라 전하게!"

"네!"

무관장이 달려가는 모습을 보고 이글은 흐릿하게 눈을 떴다.

시야에 보이는 건 우왕좌왕하는 황국의 기사들.

그리고 도망치는 군중들.

도시 여기저기가 붉게 물들고 사람들의 절규가 울려 퍼졌다.

언젠가, 어딘가에서.

아니, 그건 그녀에겐 익히 본 풍경이었다.

"…………나, 때문이야."

"뭐라?"

사그라들 듯한 중얼거림을 들은 대신관이 짜증 난다는 듯 쳐다봤다. 이젠 이런 아인에게 관심을 줄 수 있을 만한 상황은 아니었다.

"내가 있는 곳은, 늘 이래. 분명, 저주받은 거야…………."

"흥, 더러운 아인에게 어울리는 말이구먼."

그렇게 대답하던 대신관의 얼굴이 불현듯 심각해졌다.

정말 이 아인이 불행을 불러온 게 아닐까?

생각해보면 마족령에서도 호되게 고생했다. 거기에 이 사태까지 더해지니 심각해질 법도 했다.

'이 아인은 여기서 죽여야 하나……? 아니, 저주는 전파된다는 종류도 있지.'

예나 지금이나 저주란 다양한 형태가 있으며 주위에 전염되는 것이 많다. 그중엔 저주받은 자를 죽인 사람에게 저주가 옮는 케이스도 있다.

그걸 생각하면 쉽게 죽이지도 못한다.

'역시 골칫거리는 악마에게 넘기는 게 최선이구나…………'

대신관이 그렇게 머리를 굴리는 사이에 살아남은 기사들이 거의 다 모여들었다. 다들 피로가 짙은 안색에, 눈부신 갑옷은 피와 진흙으로 엉망이었다.

"상황은 이미 보았겠지. 여기서 도망쳐 죽음의 도시를 만들기라도 하면 우리는 고국에서 어떤 처분을 받을지 미지수일세."

대신관의 말에 전원이 힘없이 고개를 끄덕였다.

신분이 낮은 자 등은 희생양으로 처형될 가능성도 있었다.

"그래서 나는 비장의 수단인 **이것**을 사용하려 한다네. 다들 힘을 빌려주게나."

대신관이 꺼낸 작은 알을 보고 성령기사단이 신음을 흘렸다.

황국이 자랑하는, 흠잡을 데 없는 레전드 아이템.

절망적인 상황에서 한 줄기 빛이 내리쬔 듯 전원의 얼굴이 밝아졌다.

"그럼 지금은 설명할 시간조차 아까우니…………, 광림진형!"

대신관의 목소리에 전원이 일제히 움직였다.

중앙에 대신관을 두고 기사들이 주위를 감싸듯 대지에 검을 꽂았다.

전원이 기력을 다 쓸 기세로 검에 마력을 흘려 넣자 거대한 마법진이 만들어졌다.

"좋아, 아주 잘 되었어……. 전원, 모든 신앙을 바치세!"

""""오오오!""""

퍼펙트 월드―――― 그것은 딱 한 번뿐인 희대의 도박.

천사의 깃털이 달린 작은 달걀 모양의 아이템으로, 성스러운 존재를 소환할 수 있다.

단, 뭐가 나올지는 완전한 **랜덤**이다.

예로부터 선인들이 다양한 방법으로 시행착오를 반복해왔으나, 강한 존재를 소환하는 방법은 아직 확립되지 않았다. 레전드 아이템이면서도 지푸라기라도 잡아야 하는 상황에서나 사용하는 특이한 도구였다.

'여신 모이라시여……. 지금에야말로 제게 힘을 주소서! 운명을 뒤집을 수 있는 힘을 부여하소서!'

대신관은 위대한 빛이 아닌 운명의 여신에게 절실히 기도했다.

그 기도가 닿은 건지, 아닌 건지.

"오오오! 이것은 좋은 징조다……. 거물의 예감이 드는구나!"

알에 작은 금이 가더니 이윽고 껍질 전체로 번져나갔다.

그곳에서 눈이 부실 만큼 강한 성스러운 빛이 뿜어져 나왔다.

"윤회의 수레바퀴여, 이곳에 완전한 세계를 보여라——— 천사소환!"

대신관이 하늘을 향해 두 팔을 벌리자 운명의 순간이 찾아왔다.

알이 완전히 갈라지고, 그곳에서 허공으로 나타난 거대한 물질에 전원이 숨을 삼켰다.

"오, 오오…… 이것은!"

"놀라워! 이런 존재가 현현하다니!"

그곳에 나타난 자는—— 신비로운 금속을 두른 거인. 무기질적인 모습이지만, 금속 틈새에선 신성한 존재임을 알리듯이 녹색 빛이 흘러나왔다.

강한 존재의 현현에 황국 기사들이 주먹을 불끈 쥐었고, 대신관도 무심코 소리쳤다.

"오오오! 수호의 풍천사가 현현할 줄이야! **사랑**이다, 나는 역시 사랑받고 있는 게야!"

운명의 주사위가 던져지고, 천사가 나타났다.

대신관은 여태까지 수없이 위험한 다리를 건너왔으나, 이번에도 그 도박에 이겼다고 확신했다.

"운명의 여신 모이라시여! 당신의 **총애**에 감사드립니다!"

주위도 돌아보지 않은 채 감격에 겨운 대신관이 소리쳤다.

몇 명은 그 말에 얼굴을 찌푸렸지만, 역시 기쁨이 더 큰 모양이었다. 다들 대지에 내려선 수호천사를 숭상하며 허리를 숙였다.

상황을 확인하려는 건지 수호천사의 목이 기계적인 소릴 내면서 360도로 회전했다. 이윽고 하니와(고대 일본에서 흙으로 빚어 만든 장식물.)처럼 커다란 눈에 강한 빛이 깃들었다.

"사령의 존재를 확인. 지금부터 배제한다."

목소리까지 기계 같았으나, 황국의 기사들은 강인한 말을 듣고 기뻐하며 고개를 끄덕였다.

하지만 다음에 들린 목소리에 안색이 바뀌었다.

"제1급 토벌대상 베헤못――을――확인――주변 전역에――피난 권고를 발령――――."

대신관은 그 흉흉한 내용을 듣고 어안이 벙벙해졌다가, 이윽고 무언가를 떠올린 건지 급히 소리쳤다.

"전원 엎드리게! 무언가를 잡게나!"

그 절박한 목소리에 몇몇 기사가 의아해하는 표정을 지었다.

천사님이 강림했는데 왜 당황하는 걸까.

그리고 그게 치명상이 되었다. 수호천사의 몸에서 강한 바람과 빛이 솟구치자 멍하니 있던 사람들은 전방으로 날려갔다.

이윽고 수호천사의 오른손에 빛이 모이더니 파멸의 순간이 찾아왔다. 부채꼴로 휘두른 오른손에서 한줄기 빔이 퍼부어지자 다음 순간, 수도는 폭풍에 휩싸였다.

파멸적이리만치 아름다운 광선과 모든 것을 날려버리는 흉악한 바람.

건물도, 사람도, 마물도, 기사도, 아기도, 노인도 전부 폭풍과 함께 휩쓸려갔다. 눈을 뜨기도 어려운 상황 속에서 이글은 홀로 그 파멸을 망막에 각인했다.
'이것도 내 죄인가…………'
자신의 존재가 이 참극을 불렀다.
여기에 자신이 없었다면 이런 일은 일어나지 않았을 것이다.
피와 먼지, 폭풍과 불꽃이 휘몰아치는 가운데 고대 악마가 천천히 일어났다. 그걸 본 이글은 눈에서 피눈물을 흘리듯 하늘을 우러러보았다.
이 지옥은 아직 끝나지 않았다. 지금부터 시작이다.
그런 생각에 힘을 실어주듯 수호의 풍천사는 기계음과 함께 입을 벌리더니 악마를 향해 녹색 광선을 발사했다. 대신관이 뭐라고 소리쳤지만, 굉음에 파묻혀 아무에게도 들리지 않았다. '이제 그만해'라고 외치는 건지, 아니면 갈채를 보내는 건지.
"쿠오오오오오오오오오오오오오오오오오오오오오오오!"
광선이 직격하기 직전에 고대 악마가 높이 뛰어올랐다.
거대한 몸을 잊게 만들 정도로 날랜, 육식동물 같은 도약이었다. 뜻밖의 움직임에 황국의 기사들은 멍하니 넋을 놓았다. 악마의 입이 검고 소름 돋는 구체를 토해내는 걸 보고 대신관이 절규했다.
"처, 처처처, 천사여! 빨리 지키지 않고 뭘 하는가아아아!"
"베헤못――에서――천의 흑사구(사우전드 볼)――의――발사 확인――장갑치에 막대한 피해 예측――."
"무, 무슨 말을 하는 게야! 어서 나를 지키거라!"
수호의 풍천사가 돌진하더니 검은 구체를 껴안듯 받아냈다.

그 순간 고막을 찢어버릴 듯한 소리가 주위에 울려 퍼졌다. 검은 구체는 사라졌지만 천사의 흉부는 크게 구겨져서 몹시 처참한 모습이 되었다.

"회복 모드——로——이행——재기동 후——삐빅——섬멸 모드로 이행한——."

기뻐한 것도 잠시, 수많은 하급악마들이 밀려오는 바람에 황국의 기사들은 급히 반격에 들어갔다.

이 자리에서 천사의 불길한 목소리를 들은 자는 이글뿐이었다.

'저 존재는 천사가 아니야………….'

이글에겐 천사에 대한 지식이 없었지만, 그것만큼은 확신할 수 있었다. 오히려 마족과 싸우기 위해 만들어진 골렘이 아닐까.

그 무렵, 먼저 간 아츠도 완전히 변해버린 수도를 보고 경악했다.

전란이 계속되는 북방국가군에서도 스 네오는 적절한 외교를 통해 전화에서 교묘히 도망치는 데 성공한 희귀한 국가였다.

국왕은 겁쟁이라 불릴 때도 많지만, 그 외교력은 상당한 수준이다.

그런 외교의 노력으로 쌓아 올린 수도가 더없이 처참한 몰골이 되어 있었다.

'처음엔 황국과 사타니스트의 소규모 전투였을…… 텐데……

그것이…………'

아츠는 상황을 파악하기 위해 마음을 비정하게 먹고 관찰해나갔다. 그러다 어느새 처음 보는 사악한 악마와 유사 천사가 대치하고 있었다.

마치 고대의 신화전쟁이 되살아난 것 같은 광경이었다.

'유사 천사는 그렇다 쳐도, 저 악마는 위험해. 지나치게 위험해……!'

참고로 성광국은 황국이 가끔 소환하는 **그것들**을 천사라고 인정하지 않는다.

성스러운 존재라기보다도 무기질적이고 무시무시한 무언가라고 인식하고 있었다.

실제로 아츠의 눈앞에서 백성들과 함께 수도가 날아가 버렸다.

인간을 수호하는 존재이긴커녕, 인간에겐 **관심도 없는** 것 같다는 생각이 들 정도다.

'여하간 루나 님께 있는 그대로 보고할 수밖에…………. 아니, 보셔야 한다.'

이런 상황은 어떻게 설명해도 이해할 수 없을 것이다.

또 루나는 설명만 듣고 수긍하는 얌전한 성격도 아니었다.

아츠는 전장을 둘러보며 루나가 어떻게 반응할지 상상했다.

'친구는 저 십자가에 매달린 자일 테지…………'

우연인지 의도한 건지, 수호천사 뒤에 있기 때문에 보호받는 것처럼 보이기도 했다. 즉각적인 위험은 없겠지만 방심은 금물이다.

저 악마가 존재하는 한 이 수도는 곧 파멸할 것이다.

'오히려 저 유사 천사가 멸망시킬 수도…………?'

자신이 한 상상이었지만 그럼에도 등이 선뜩해지는 기분이었다.

역시 저런 무시무시한 존재를 천사입네, 성스러운 존재입네 하며 숭배하는 황국과는 뜻을 함께할 수 없는 것 아닐까.

아츠가 그런 생각을 하고 있을 때———.

소동을 듣고 수도에 잠입했던 한조도 복잡한 표정을 지었다. 황국과 성광국을 충돌시킬 계획이었는데 사타니스트까지 난입했기 때문이다.

자칫 잘못하면 연합체제에 들어갈지도 모른다.

사타니스트는 두 나라의 공통된 적이기 때문이다.

'이런 참상은 재상님의 책략에 포함된 게 아니야.'

처음 보는 악마는 괴로운 듯 몸을 비틀며 차례차례 하급악마를 만들어냈다. 평화로웠던 수도는 이매망량이 창궐하는 지옥이 되고 있었다.

아무리 그래도 이런 상황은 코우메이도 상정하지 않았을 것이다.

'어떤 방향으로 몰아가야 하나…………'

유사 천사는 힘을 다 쓴 건지 휴식하면서 힘을 축적하는 것 같았다. 다음에 양측이 부딪히면 이 나라의 수도는 괴멸할 것이다.

여기서 문제가 되는 건 어느 쪽이 이겨도 곤란하기 그지없는 상태가 되는 것이다.

'저 악마가 살아남는 건 논외야. 인근 국가까지 멸망할 거야.'

그렇다고 유사 천사가 남으면 어떻게 될지 상상해보았다.

도저히 고삐를 잡고 있는 것 같지 않았다.

과거 서방 전선에 **저것**이 나타났을 때는 기능이 정지될 때까지 폭주했다고 한다.

'예의 셋째는 몹시 제멋대로에다 자존심이 강하다는 평판이었는데……. 이 상황을 봐도 계속 저 아인을 구하려고 할까?'

입장을 생각했을 때, 보통 이렇게까지 난리가 나면 개입할 것 같지 않았다.

한조는 닌자답게 냉정한 마음으로 달성해야 할 포인트를 찾았다—— 적어도 이 사태를 이용해 이득을 얻어야 한다며.

'혼란을 틈타 거리에선 가치가 있는 물건을…… 왕성에선 기밀 서류나 보물을 훔치자.'

한조는 휘파람을 불어 부하에게 몇 가지 명령을 한 다음 불타는 거리로 모습을 감췄다.

그 무렵, 드디어 교외에 도착한 루나는———.

붉게 물든 수도를 보고 말없이 멈춰 섰다. 옆에선 아츠가 수도를 둘러싼 상황을 설명하고 있었지만, 귀에 들리는지는 불명이다.

지금 루나의 머릿속에 있는 것은 얼마 전의 신도. 그때도 사타니스트가 갑자기 지하에서 튀어나와 습격하는 바람에 신도는 혼란에 빠졌다.

이번에는 강한 악마와 유사 천사의 격돌이다.

상황은 신도 때보다 더 나빴다.

'이글…………'

불타는 수도 중앙에 거대한 악마의 등이 아지랑이처럼 흔들렸다.

그 앞에는 유사 천사의 거대한 몸이 은은히 빛나고 있었다. 십자가는 그 너머다. 루나의 현재 위치에서는 절망적인 만큼 거리가 멀었다.

"루나 님, 듣고 계십니까?! 이런 상황에선──."

아츠의 목소리도 어딘가 아득하다.

이러고 있는 지금도 거대한 악마는 망가진 듯 하급악마를 생성하며 숫자를 늘려나갔다. 도저히 인간의 손으로 감당할 수 있는 사태가 아니었다.

"루나 님, 심정은 이해합니다만 여기선 일단 물러나야 합니다!"

"…………싫어."

"그런 억지가 통할 상황이라고 생각합니까?!"

"그 애가 기다려. 이번에야말로 가야 해."

과감히 얼굴을 든 루나였으나 지팡이를 든 오른손은 아무리 채찍질을 해도 가는 떨림이 멈추지 않았다.

'마왕…………'

무심코 마음속에서 그를 불렀다.

건성이고, 대충이고, 늘 자신을 가볍게 대하는 거만한 남자를. 머릿속에 떠오른 그 얼굴은 빈정거리는 표정을 짓고, 때로는 웃고, 때로는 힘이 풀릴 만큼 섹시한 모습으로 변해갔다.

'그렇구나, 난 그 녀석을…… 좋아하는 거야.'

이런 상황인데도 루나의 머리에는 그런 엉뚱한 생각이 떠올랐다.

한 번 그런 생각이 들자 그 감정은 놀라우리만치 자연스럽게 소화되었다. 떨리던 손도 어느새 진정되었다.

"루나 님! 듣고 계시는 겁니까! 이런――."

여기저기서 들리는 절규는 계속 커져갔다. 거대한 악마와 셀 수 없을 만큼 많은 하급악마가 눈앞에서 우글거린다. 그 너머에는 유사 천사가 가로막고 있고, 어린 시절에 생이별한 친구는 그 뒤에 매달려있다는 막막한 상황이었다.

하지만 루나의 가슴에 부글부글 끓어오른 감정은―――― 그와는 정반대인, 투지였다.

확신이 있었다.

아니, **대답**을 찾았다고 해야 할까.

'내가 여태까지 겪어온 나날은, 노력은………… 전부 이날, 이 순간을 위해 존재했어.'

고아원에서 가난하게 생활하고, 친구와 이별하고, '더러운 고아 출신'이라는 멸시를 받으면서도 악착같이 노력한 끝에 마침내 성녀라는 지위까지 기어 올라간 나날이 가슴속에 솟구쳐 올랐다.

'모든 시련과 곤경은 극복하기 위해 있는 거야…………!'

루나는 강한 결의로 자신의 앞길을 가로막는 악마에게 시선을 주었다.

이성을 잃은 건지 거대한 악마는 불덩어리를 뱉기도 하고, 머리를 누르기도 하고, 자기가 불러낸 하급악마를 짓밟기도 하는 등 지리멸렬한 행동을 반복했다.

"우선은 저 악마를 배제하겠어. 아츠, 주민들이 피난하는 걸 도와줘."

"루나 님……, 아니…………."

아츠는 말리려고 했지만, 루나의 전신을 감싸는 금색의 마력을 보고 손을 멈췄다.

무엇보다 성녀의 이름을 받은 자에 걸맞은 의연한 자태에 무심코 뒷걸음질 쳤다. 인생 대부분을 전장에서 보낸 아츠에겐 그 변화를 대충 알 것 같았다.

인간은 전장에서 놀라우리만치 변한다.

엉엉 울던 병사가 어느새 어엿한 전력이 되고, 용감한 전사가 겁쟁이가 되는 일도 흔하다. 아직 어린 루나는 한 인간으로서 과도기에 있는 것이라고 아츠는 생각했다.

앞으로 나라를 짊어질 성녀가 성장하고 탈피하려는 것은 바람직한 일이긴 했다.

'이 일을 계기로 크게 변한다면 쿠데타도 마음을 바꿀지도 몰라…………'

굳게 결의하고 달려 나간 루나의 등을 지켜보며 아츠도 각오를 굳혔다. 어쨌거나 저 악마를 내버려 두면 자신의 영지에도 피해가 미칠 수 있다.

"전원, 말에서 내려 저 악마에게서 백성들을 피난시켜라! 시체조차 이용당할 수 있다! 사타니스트는 발견 즉시 그 자리에서 베어라!"

그런 아츠의 목소리에 무관파의 병사들은 휘파람을 불어 말을 도시 밖으로 대피시킨 뒤 수도 안으로 흩어졌다. 거리는 도망치는 백성들로 가득하기 때문에 말을 탄 채로는 자유롭게 움직이기도 힘들다. 거기에 하급악마가 밀려오면 완전히 공포 영화의 세계다.

'하다못해 천 명 정도의 병사가 있었다면………… 음?'

앞서가는 루나의 전신에서 금빛 마력이 분출되더니 이윽고 어마어마한 뇌광에 휩싸였다. 비상식적인 마력에 아츠의 얼굴이 창백해진 것도 잠시, 눈부신 황금의 빛이 하급악마들을 향해 날아갔다.

"너희들 방해야——— 황금뇌추(라이트닝 골드)!"

람다의 지팡이에서 금색의 번개가 솟구치자 하급악마들은 비명을 지를 새도 없이 순식간에 타버렸다. 루나의 오리지널 마법인 '금속성'과, 대륙 전역을 봐도 손에 꼽을 수 있을 만큼 소수만이 사용하는 '뇌속성'의 혼합마법이다.

이런 걸 당하고도 하급악마가 버틸 수 있을 리 없다. 50마리 정도 되는 하급악마가 순식간에 소멸되자, 아츠는 그 어마어마한 위력에 숨을 삼켰다.
하지만 루나의 천부적인 재능은 고작 이 정도가 아니었다.
————연속영창————.
"모조리 다 처박혀———— 황금성우(골드 레인)!"
중앙의 거대한 악마를 향해 황금의 비가 쏟아졌다.
빗방울이 부딪힐 때마다 거대한 몸에서 검은 연기가 피어오르고 악마가 절규했다. 주위에서 우글거리던 하급악마도 단말마의 비명과 함께 소멸했다.
————연속영창————.
연속으로 다음 영창에 들어간 루나를 본 아츠는 눈을 의심했다.
마법에 천부적인 재능을 타고났다는 건 알고 있었다. 하지만 지금의 루나는 그런 수준을 아득히 넘어선, 마물을 쓸어버리는 섬멸자가 되어가고 있었다.
영창과 영창 사이의 간격을 노리고 몇 마리의 하급악마가 쇄도했지만 아츠는 그들을 검 한 자루로 모조리 베어버렸다.
마지막엔 접촉한 자에게 저주를 내리는 다크 미라가 달려왔는데, 아츠는 그쪽을 힐끗 쳐다보자마자 중심을 낮춰 어마어마한 일격을 가했다.
"————열풍각(烈風脚)!"
발차기에서 어마어마한 충격파가 날아가 돌바닥을 부수고, 다크 미라의 몸도 두 동강으로 갈라졌다. 전위와 후위의 이상적인 연계였다.

"나이를 먹었어도 아직 후방으로 물러날 정도는 아니다."

아츠는 경계를 늦추지 않으며 전방위로 시선을 훑었다.

루나의 영창도 끝나가는 건지, 다섯 개의 빛 덩어리가 오망성을 만들어 거대한 금빛 마법진이 나타나고 있었다.

그것은 마를 쓰러뜨리는 파멸적인 일격.

인류에게는 불가능한 영역이라 불리는, 제5마법이었다.

루나의 이마에서 땀이 폭포처럼 흐르고 어깨가 들썩였다. 대마법을 연발했기 때문에 기력이 바닥을 보이고 있었지만, 그 눈동자에는 확고한 의지가 담겨 있었다.

"내가 해온 노력은 악마 같은 놈에게 지지 않아………….."

루나는 모든 것을 해방할 기세로 마법진에 혼신의 힘을 쏟아부었다.

이윽고 장엄하다는 말밖엔 표현할 길이 없는 황금의 마법진이 완성되었다.

보는 자의 시선을 빼앗고 심취하게 만드는 찬란한 마법진에서 어마어마한 힘이 분출되었다.

———황금파광선(레이 오브 골드더스트)———.

그 순간 황금빛 극광이 고대 악마를 꿰뚫고 수도를 흔들었다.

모든 소리가 사라지고 눈 부신 금빛 잔해가 루나의 몸을 감쌌다.

시야를 가득 메우는 흙먼지 너머—— 루나의 눈에 비친 것은 증오로 가득한 시선을 보내는 악마의 모습이었다. 상당히 큰 데미지를 받은 듯했지만, 그 육체는 아직 건재했고, 극도의 분노를 느낀 건지 입에서 수많은 바바리안을 뱉어냈다.

하나하나가 A랭크 모험가가 아니면 상대할 수 없는 흉악한 마물이었다.

"이럴 수가…………."

어안이 벙벙해진 아츠의 입에서 그런 말이 나왔다.

기력을 전부 써버린 루나는 심한 현기증이 밀려와 비틀비틀 쓰러졌다.

전사든 마법사든 기력이 다하면 구역질과 현기증을 느끼며 손발이 마비되어 몸을 움직일 수 없게 된다. 심각해지면 소리가 안 들리거나 시야가 까매지기도 하고, 최악의 경우 죽음에 이른다.

아츠는 급히 품에서 기력을 회복해주는 성수를 꺼내 루나에게 먹였지만 어디까지나 급한 불만 끄는 긴급조치다. 기력이 완전히 고갈되면 회복될 때까지 상당히 긴 시간이 필요하다.

바바리안들이 사방으로 흩어지는 걸 보고 대신관의 얼굴도 이중적인 의미에서 창백해졌다.

하수로 보고 있던 '이등국의 성녀'가 저토록 강한 대마법을 사용한 것에.

그런데도 불구하고 악마가 아직 건재하다는 것에. 이대로 사태가 진행되면 이 도시가 죽음의 도시가 되는 것은 피할 수 없으리라.

"처, 천사여! 빨리 공격해라! 왜 움직이지 않는 거냐!"

"회복률――49%에 도달――긴급사태이므로――60%에 새기동 개시――.”

“조금 전부터 무슨 말이냐! 지금이 바로 빛의 위광을 보여줘야 할 때 아니냐!”

“존재――베헤못――은――아직 건재―――바바리안을 확인――――.”

구명줄이었던 천사가 움직이지 않자 대신관은 머리를 쥐어뜯었다.

완전히 **궁지에 몰린** 상태였다.

아츠도 원통함을 보이면서도 이 자리에서 철수할 것을 결의했다.

“루나 님, 안타깝지만――.”

“아직…… 이야. 나는 포기하지 않았어.”

손을 쓸 수 없는 상황인데도 불구하고 루나는 비틀거리면서 일어났다. 도시 중앙을 향해 휘청휘청 걸어가는 루나를 보고 아츠는 말없이 그 손을 잡았다.

“당신은 이미 충분히 싸웠습니다. 이 이상 우리가 할 수 있는 일은 없어요.”

아츠의 말은 한 명의 전사로서 실감이 담긴 것이었다.

동시에 루나라는 소녀를 진심으로 '성녀'라고 인정한 순간이기도 했다.

“루나 님께서 친구를 위하는 마음은 존중합니다. 하지만 저도 나라에 충성하는 자로서 저 아인보다 당신의 안전을 우선하겠습니다.”

"날…… 봐…………."

고열에 시달리는 환자가 웅얼거리듯 루나의 입에서 그런 말이 나왔다.

기력도 소진되어 몽롱한 상태인 모양이었다.

"이글…… 나를 봐…………."

휘청휘청 걷는 루나를 보고 아츠는 무슨 말을 해야 할지 알 수 없어 무심코 고개를 숙였다. 수많은 전장에서 전우를 구하기 위해 몇 번이고 목숨을 던져온 그였기 때문에 루나의 모습이 마음을 뒤흔들었다.

'나는 이 소녀를 잘못 보고 있었어…………'

아츠는 내심 답답함에 가슴을 쳤다.

그의 머릿속에 떠오르는 것은 분하게도 그 마담의 모습이었다.

이 소녀라면 확실히 '책임자'가 될 만한 그릇이다.

그 여제가 쿠데타라는 허황된 꿈을 꾸는 것도 이상하진 않다는 생각이 들고 말았다.

"이글, 나를……."

루나의 걸음은 느릿느릿해서 제대로 나아가지도 못하고, 사방은 비명과 도망치는 백성들의 목소리로 가득했다. 바바리안들도 생명력이 넘치는 인간을 찾아 돌아다니고 있었기에 루나의 모습은 거들떠보지도 않았다.

"――――나를………… 나를 보란 말이야아아아아아아아아!"

루나가 온 힘을 쥐어짜서 소리쳤다.

구하러 왔다는 걸 알리고 싶었던 건지, 아니면 성녀가 된 지금의 자신을 보라고 말하고 싶었던 건지. 그런 영혼의 절규에 몽롱해 있던 이글이 얼굴을 들었다.

지옥 같은 시야 저 멀리, 그리운 빛이 보였다.

"루…… 나…………."

과거에 자신과 함께했던 빛은 황금의 광휘를 두르고 있었다. 이글의 눈에는 마치 지지 않는 태양처럼 반짝거리며 파고들었다.

"와…… 줬구나…………."

이글의 눈에서 눈물이 흘러 멀리서 빛나는 태양이 흐려져 갔다.

오지 말라고, 그렇게 외치고 싶었다.

이제 충분하다고.

자신과 엮이면 저 황금의 빛마저 피비린내 나는 저주에 물들어 버린다.

하지만 그런 마음과는 달리, 이글의 입에서 나온 것은 전혀 반대되는 말이었다.

"루…………, 루나아아아아아아아아아아아아아아아아아아아!"

홍련의 불꽃과 비명으로 가득한 전장 속에서 그 목소리는 루나의 귀에 똑똑히 들렸다.

처음에는 웃었고, 다음에는 여느 때와 같은 득의양양한 표정으로 바뀌었다.

"정말…… 너는 여전히 굼벵이라니까. 알아보는 게 늦잖아."

거대한 악마가 루나를 포착하고 분노의 포효를 질렀다.

예전의 루나였다면 공포로 발이 움츠러들어 움직이지 못했을 것이다.

하지만 이제 그 걸음은 멈추지 않았다.

루나가 마지막 힘을 쥐어짜 다음 한 걸음을 내디뎠을 때, 손에 들고 있던 지팡이에서 빛이 흘러나왔다.

마치 '그 한 걸음'을 축복하듯이.

"뭐, 야…… 이거…………."

지팡이에서 흐르는 빛에 인도되듯 어딘가에서 자물쇠가 달린 사슬이 나타나 루나의 전신을 부드럽게 휘감았다. 그것은 과거에 베헤못을 봉인했던 성스러운 사슬이었다.

사슬은 이윽고 루나의 몸에 녹아들 듯 체내로 들어가 심장에 휘감겼다. 그리고 파란색과 빨간색 열쇠가 열쇠 구멍에 꽂히자 철컥, 소리가 났다.

그건——— 현세와 신화를 이어주는 열쇠.

"이…… 건…………!"

그 순간 루나의 기력이 전부 회복되고 믿어지지 않을 만큼 강한 힘이 용솟음쳤다.

그렇지 않아도 높았던 마력이 폭발적으로 증가하자 전신에서 흘러나온 황금의 빛은 이윽고 하나의 모양을 형성해갔다. 그건 성궁의 벽화에 그려진, 장엄한 지천사의 모습———.

찬연한 황금의 빛이 주위를 비추고, 루나의 입은 자연스럽게 한마디 말을 빚어냈다.

"God will not let you be tempted beyond what you can bear———."

황금의 빛이 폭풍처럼 휘몰아치는 가운데, 루나는 기계처럼 딱딱한 움직임으로 지팡이를 들어 올렸다.

그 끝에 있는 것은 광분에 찬 베헤못의 모습.

———머나먼 황금성뢰(골든 새틀라이트 스피어)———

지팡이를 내리그은 순간, 하늘에서 수없이 많은 황금의 광선이 쏟아지더니 거대한 악마를 조준했다. 그곳에 땅을 찌르는 듯한 성스러운 번개가——'조사(照射)'되었다.

"쿠오오오!"

베헤못이 단말마의 비명을 지르고 얼굴을 덮었던 가면이 부서졌다.

그것은 대륙에서는 소실되었다고 하는 제7마법.

과거 악마왕으로서 위세를 떨치던 그레올조차 도달하지 못했던 영역이다.

마침내 베헤못이 전신에서 검은 연기를 흘리며 무릎을 꿇었다. 누구나 숨을 삼키고 그 모습을 지켜보았지만, 가면 아래에서 나타난 눈은 뜻밖일 정도로 맑았다.

"지천사여……, 두 번이나 나를 방해하는가…………."

여태까지 크르렁거리는 울음이 고작이었던 입에서 유창한 말이 튀어나왔다.

베헤못은 하늘을 우러러보다가, 이어서 작은 소녀에게 시선을 보냈다.

힘없는 인간의 몸으로 마침내 자신을 쓰러뜨린 존재를 망막에 각인하듯이.

"훌륭했다, 인간이여………."

자신을 칭찬하는 악마의 목소리에 루나는 어떻게 반응해야 할지 알 수 없어 아무 말도 하지 않고 악마를 마주 보았다. 악마의 눈에는 긴 여정을 마친 듯한 신비로운 빛이 맴돌고 있었다.

"이로써 나의 긴 고통도 끝나는구나———."

"너, 너는………."

"나의 이름은 베헤못. 강한 자여, GAME의 승자가 되어라——."

"자, 잠깐! 그건 무슨."

루나가 뭐라 말을 하기 전에 베헤못의 몸뚱이가 무너지더니 검은 입자가 되어 흩어졌다.

어느새 루나의 손에는 한 장의 검은 메달이 남아있었다.

"뭐야, 이건……."

그 중얼거림과 동시에 루나의 전신에서 힘이 빠지고 시야가 어질어질 흔들렸다. 몸이 감당할 수 없는 대마법을 사용한 후유증인 건지 온몸이 산산조각으로 바스러지는 듯한 통증이 엄습했다.

"크……, 으…… 으으윽………,"

"루나 님!"

일련의 과정을 멍하니 지켜보던 아츠가 정신을 차리고 급히 달려갔다. 사실 그동안은 마치 신화의 한 장면이라도 본 것 같아서 목소리를 내는 것조차 망설이고 있었다.

마치 루나를 축복하듯, 지천사로 추정되는 존재가 나타났으니까.

"어깨를 잡으십시오."

"됐, 어……. 그 애한테 꼴사나운 모습은 보여주기 싫어."

아츠는 쓴웃음을 지으며 고개를 끄덕인 뒤 루나를 보호하며 책형대로 향했다.

옛날이었다면 거슬렸을 고집도, 지금은 어린 소녀가 힘껏 발돋움하는 것 같아서 흐뭇해 보이는 게 참으로 신기했다.

한편 황국 측은 평화롭지 못했다.

그들은 처음에 악마가 사라졌다는 사실에 환호성을 질렀으나, 그를 쓰러뜨린 소녀가 이쪽을 향해 다가오자 무서워졌기 때문이다.

대신관도 각종 이해득실을 계산한 뒤 한 가지 그림을 그렸다.

"많이 자랐는데…………, 저자가 세 성녀의 막내인가."

"대, 대신관님……. 어떻게 할까요?"

"위험하다."

"대신관님?"

그렇게 강한 악마를 무찌르는 존재는 황국에서 보면 잠재적인 위협이다.

대신관은 여태까지 '이등국의 성녀' 따위는 시야 넣지도 않았으나, 이제는 확실하게 적이라고 인식을 바꿨다.

'이 자리에서 배제해야 할 존재다. 겸사겸사 이 전말의 책임도

지게 해야겠군.'

대신관은 그런 꿍꿍이를 세우며 움직이지 않는 천사에게 시선을 주었다.

이것이 다시 움직이면 폭주한 척하면서 이등국 놈들을 죽여 버리면 된다. 그러면서 이 피해도 성광국에게 떠넘기면 일석이조다.

'죽은 자는 말이 없지…………. 참 적절할 때 나타나 주었군.'

그런 대신관의 계획을 아는지 모르는지, 루나가 가까스로 왕성 앞에 도착했다.

서로의 모습은 성장했지만 척 보기만 해도 알 수 있는 게 있다. 설령 10년의 세월이 지나든 20년의 세월이 지나든, 그것이 친구인 법이다.

"드디어 여기까지 왔어……. 이젠 어떻게 되든 몰라."

"루나……. 정말 훌륭해졌구나…………."

"당연하잖아. 너는 여전히 얼간이 같은 모습이네."

한쪽은 서 있는 것도 고작이고, 다른 한쪽은 십자가에 매달려 있다.

기묘한 재회였지만 두 사람의 얼굴에는 추억 어린 미소가 그려져 있었다.

"허허, 저 악마를 토벌하다니 대단한 공적이구려――."

그런 재회에 찬물을 뿌리듯 대신관이 과장된 동작으로 손뼉을 쳤다.

전혀 감정이 담겨 있지 않은 박수에 루나는 시선도 돌리지 않고 이글 아래로 향했다.

"하지만 곤란하게 되었구먼. 아무리 악마를 토벌하기 위해서였다고 해도 타국의 수도에 이렇게 큰 피해를 입히다니…… 귀국의 화이트 님도 필시 한탄하실 테지."

루나는 그 말을 흘려넘겼지만 아츠는 예민하게 의도를 알아차렸다.

이쪽에 모든 책임을 떠넘길 생각이다.

"이런 피해를 만들어낸 것은 사타니스트와 그대들일 텐데. 고식적인 수법으로 우롱하지 마라."

"무슨 말을 하는가. 이등국의 무관은 말하는 것도 야만스럽구먼."

대신관의 의도를 알아챈 건지 신전기사 중 한 명이 아츠에게 칼날을 향했다.

희생되는 건 이 녀석들만으로 충분하다.

이 피해의 책임이 자신들에게 넘어오면 큰일이다. 전원이 그걸 알아차리고 다른 신전기사들도 급히 검을 뽑았다.

"순순히 오라를 받아라! 네놈들 이등국 따윈── 으헉?!"

그 순간, 신전기사의 목이 날아갔다.

아츠가 눈에 보이지도 않을 만큼 빠른 속도로 검을 휘두른 결과였다. 목이 있던 자리에서 피보라가 분수처럼 솟구치고, 몸뚱이가 통나무 같은 소리를 내며 쓰러졌다.

대신관은 어안이 벙벙해져서 그 광경을 보다가 사태를 이해하자마자 비명을 질렀다.

"네, 네네네놈! 지금 무슨 짓을 한 건지 아는 게냐! 이등국 주제에 우리 황국에게 검을 들이대다니! 누가! 이 늙은이를 베어 버려라!"

그 목소리를 들은 신전기사들이 급히 아츠를 공격했다. 팔랑———이라는 묘사를 붙여도 될 법한 경쾌한 움직임으로 지면에 한쪽 손을 짚은 아츠가 물구나무를 섰다.

그 후 팽이처럼 매서운 회전과 함께 어마어마한 위력의 발차기가 날아갔다.

순식간에 다섯 명이나 되는 기사들의 목이 날아가고, 두 명의 가슴이 갑옷째로 꿰뚫렸다.

"무, 무슨…… 네놈………."

"검이 아니라 '발'을 들이대 봤는데, 어땠나?"

아츠의 말에 루나는 쿡쿡 웃고, 대신관은 얼굴을 시뻘겋게 물들였다.

"크윽, 이놈………. 우리 빛과 전쟁이라도 벌일 셈이냐!"

"그쪽에서 그걸 바란다면 어쩔 수 없지. 게이트 키퍼에서 기다리마."

"이노오오오오옴!"

분노한 대신관이 지팡이를 들어 올린 그때, 으스스한 기계음이 울려 퍼졌다.

그건 유사 천사가 재기동한 것을 알리는 소리였는데, 금속 틈새로 흘러나오는 빛은 녹색이 아니라 흉악한 붉은색으로 변해 있었다.

"오오! 천사여, 빛을 거역하는 저 발칙한 야만인을 태워죽이게나!"

"섬멸 모드——기동 확인——존재 베헤못——탐사——소멸——잔해 있음——바바리안 발견——거리——개체 수——우선순위 변경——."

유사 천사가 기묘한 기계 음성을 늘어놓는 동안 루나는 이글을 묶고 있던 밧줄을 베어버리고 그 몸을 부드럽게 받아냈다.

이글의 전신은 멍투성이였고, 얼굴도 처참하게 부어 있었다. 루나 또한 여기저기 너덜너덜해진 상태에 지금도 전신에 검이 꽂힌 듯한 통증을 느끼고 있었다.

재회를 곱씹듯 루나는 잠시 말이 없었다가, 이윽고 작게 중얼거렸다.

"심한 일을 겪었구나…………."

"괜찮아, 마지막에 널 만났으니까."

"뭐? 마지막이라니, 무슨 뜻이야?"

"나는 저주받았어. 어디에 있어도 전쟁과 피가 나를 따라와."

루나는 '무슨 헛소리야?'라고 대꾸하려 했지만, 성녀로서의 힘이 이글의 전신을 감싸는 강한 마이너스의 힘을 확실히 감지하고 말았다.

이 저주를 풀기 위해선 터무니없이 긴 세월이 필요하다는 것도.

"어, 언니라면…… 어떻게든…………."

말을 하면서도 루나는 허황된 소릴 하고 있다고 느꼈다.

성속성 마법이 특기인 화이트가 성궁에 설치된 마법진을 구사하며 몇 년에 걸친 의식을 치른다면 저주의 힘이 가까스로 약해질지도 모른다.

하지만 현실적으로 생각했을 때 다망한 화이트에게 그런 걸 요구하는 건 불가능하다.

하물며 아인에게 행하다니, 나라가 뒤집힐 만큼 난리가 날 것이다.

"지근거리에――잔해――응인을 발견――격멸한다――."

유사 천사가 거대한 몸을 부르르 떨면서 일어나더니 루나와 이글에게 향했다.

이 행동에는 대신관도 놀랐다.

"자, 잠깐! 그 아인은 죽이면 안 된다! 에잇, 여봐라! 천사를 막게!"

기묘한 명령을 받고 몇 명이 마지못해 유사 천사 앞을 가로막았다.

그 순간 강인한 팔이 기사들의 상반신을 날려버렸다.

"무슨……."

"고, 공격했다!"

"처, 처처천사님이!!"

황국의 기사들은 크게 당황했다. 유사 천사는 가까이 있던 기사들을 차례차례 밟아버리고, 거대한 팔을 휘둘러 쓰레기처럼 짓눌렀다. 패닉에 빠진 기사들은 명령도 잊고 일제히 그 자리에서 도망쳤다.

"너희들, 뭘 하는 거냐! 저 아인을 데려와야지! 무관장, 자네가 가게나!"

"모, 못 합니다! 저런 녀석에게 다가갔다간 죽는다고요!"

루나와 이글도 가까이 다가온 유사 천사를 보고 얼굴이 창백해졌다.

그 거구의 위쪽에서 무기질적으로 빛나는 붉은 빛── '죽음'을 구현화한 듯한 존재였다.

말문이 막힌 두 사람 앞에 무자비한 팔이 휘둘러졌다.

"──루나 님!"

아츠가 반사적으로 끼어들었으나 조약돌처럼 날려가고 말았다.

가볍게 휘두른 것으로 보이는 일격에 검이 부러지고, 갑옷이 부서지고, 두 팔도 이상한 방향으로 꺾여버렸다. 아츠는 날카로운 의지로 일어나려 했으나, 속에서 무언가가 치밀어 올라 입을 열자 대량의 선혈이 흘러나왔다.

"괴, 물…………."

아래를 보자 오른쪽 다리가 무릎 아래부터────사라졌다.

충격을 버티고 섰을 때 견디지 못하고 뜯겨나간 모양이었다.

"아츠!"

"루나 님…… 도망, 치십시오…………."

유사 천사는 이번에야말로 목표를 놓치지 않도록 거대한 발을 들어 올렸다. 어떤 방해가 들어오든 다음에는 모조리 짓밟으려는 듯한 움직임이었다.

"루나…… 너만이라도 도망쳐…………."

"싫어…… 싫어! 모처럼, 모처럼 다시 만났는데!"

루나는 이글을 감싸듯 끌어안고 절대 놓지 않겠다며 힘을 줬다.

친구의 다정함에 이글은 통곡하고 싶었다. 이 저주 때문에 또다시 소중한 사람을 잃게 된다면서.

이글은 필사적으로 루나를 떼어놓으려 했지만 그런 힘은 이미 남아있지 않았다.

이윽고 유사 천사의 거대한 발이 두 사람의 머리에 어두운 그림자를 드리웠다.

마지막 순간이 찾아왔다는 걸 안 루나는 수줍은 미소를 지었다. 그건 성녀라기보다는 루나 엘레강트라는 한 명의 소녀가 보여준 표정이리라.

"나 아주 높은 사람이 되었지…………? 계속, 계속 네게 보여주고 싶었어."

"응……. 너는 내 자랑이야."

"이글………………………………, 정말 좋아해………………."

두 사람은 행복한 듯 웃고는 조용히 눈을 감았다.

두려움을 흩뿌리는 듯한 흉악한 바람과 함께 유사 천사의 발이 떨어졌다. 두 사람은 부둥켜안은 채 마지막 순간을 기다렸으나, 아무리 시간이 지나도 그 순간은 찾아오지 않았다.

'무슨, 일이지……?'

루나가 조심조심 한쪽 눈을 뜨자 그곳에는 칠흑의 코트가 나부끼고 있었다. 아래로 내려오던 거대한 발은 무슨 상난이라노

하는 건지 곧게 세운 손가락 하나에 막혀 있다.
루나는 딱 한 명, 이런 황당한 일이 가능한 존재를 알고 있다.
가슴 밑바닥에서 치밀어 오르는 그 이름을, 가장 큰 목소리로 외쳤다.
"————마왕!"
루나의 부름을 받은 남자는 재주도 좋게 왼손만으로 담배를 꼬나물고, 지포 라이터로 조용히 불을 붙였다.
그런 여유 넘치는 동작까지 지금의 루나에게는 감동적으로 비쳤다.
뒤를 돌아본 얼굴에는 익숙하게 본 시니컬한 표정이 담겨 있었다. 평소와 다른 건, 마치 손이 많이 가는 장난꾸러기 고양이를 보듯 자상한 빛이 포함되어 있었다는 점이다.
루나는 그 입에서 나올 다음 말까지 전부 예상할 수 있었다.
"그러니까 말했잖아. 천천히 오라고, 쓸데없는 짓은 하지 말라고————."
"…………바보야."
루나가 울상으로 웃어버리자, 눈에서 눈물이 흘러나왔다.
그걸 본 마왕은 난처하다는 듯 한숨을 한 번 쉬고는 표정을 싹 바꾸었다.
"언제까지 나에게 발을 들이대고 있을 셈이지? 만들다 만 철 인형 비슷한 것이————."
마왕이 파리라도 뿌리치듯 오른손을 휘두르자, 유사 천사의 거구가 마치 트럭과 충돌이라도 한 것처럼 훌쩍 튕겨 나갔다.

"그럼 우리를 귀찮게 만든 어리석은 자의 얼굴이라도 배알하도록 할까――――?"

그 말과 동시에 멀리서 전신에 소름이 쫙 돋는 발포 소리가 간헐적으로 울려 퍼졌다. 한 명의 아인을 둘러싼 싸움이 하나의 피날레를 맞이하려 하고 있었다.

눌러두려는 게 아닐까?

마왕이 루나 앞에 나타나기 조금 전———.

수많은 짐마차가 라비 마을로 향하고 있었다.

그들은 마을에 짐을 내려놓자마자 바로 서둘러 되돌아갔다. 나르는 짐이 산더미처럼 쌓인 상태다 보니, 크게 벌 기회를 놓치지 않겠다며 필사적으로 일하는 것이다.

일손이 부족한 업자는 이웃 농가에까지 머리를 숙이며 소의 등에 짐을 잔뜩 실어서 나르는 경우도 있었다.

그 정도로 운반비를 비싸게 쳐줬기 때문이다. 타하라는 그 움직임을 곁눈질하고 만족스럽게 웃으며 온천여관으로 돌아갔다.

로비로 돌아오자 우아하게 홍차를 즐기는 마담의 모습이 눈에 들어왔다. 양옆에는 아쿠와 트론이 앉아있는데, 둘 다 눈이 반짝반짝 빛났다. 탁자 위에는 수많은 식기며 장식품이 놓여있었다. 아무래도 사교계에 대해 공부하는 모양이었다.

방해하면 안 된다고 생각한 건지 타하라는 윙크를 날렸고 마담도 가볍게 웃었다.

두 사람쯤 되면 말을 나누지 않아도 의사소통이 가능했다. 종업원실로 돌아오자 그곳에는 자료를 정리하는 유우가 있었다.

"꽤 많은 양의 짐이 도착했던데."

"그래, 마담의 호의라나 봐."

'호의'라고 칭하기에는 다소 규모가 크다.

심지어 저건 캐러밴의 선발대가 사들인 것이니, 앞으로 본체에서 사들인 게 도착하게 된다면 어마어마한 소동이 일어날 것이다.

"매번 그렇지만 장관님의 사람을 보는 눈은 확실하다니까."

"그러게. 아무리 유능하다고 해도 돈을 밝히는 인간은 믿을 수 없잖아."

유우의 말을 들으며 타하라는 조금 다르다고 생각했다. 유우는 두뇌 회전은 빠르지만 사람의 미묘한 사정이나 심리 변화, 강자의 논리, 약자의 사고방식, 입장 등은 일절 고려하지 않는다.

그런 것에 두뇌 리소스를 할애하는 건 낭비라고 생각하기 때문이다.

반면 정리한 자료는 매우 상세하고 빼어난 결과물을 자랑한다. 거기에는 인간이라는 생물이 보이는 온갖 변화와 반응이 극명하게 기록되어 있다.

'이 녀석의 머리도 조금은 다른 방향으로 향했으면 좋겠는데…………'

마담의 행동에는 보신도 있고 타산도 있지만, 투자라는 측면도 빼놓을 수 없다.

이 마을이 발전할수록, 사람이 모일수록 자신의 영향력이 커지고, 한 나라에서 멈추는 것이 아니라 마침내 대륙 전역에까지 미치게 될 것이다.

유우는 타인에게 그런 식으로 분석——아니, 시간을 들이지 않는다.

'압도적인 강자 입장의 사고방식. 그게 대제국의 붕괴를 불렀는데 말이지.'

타하라는 그런 생각을 하면서 소파에 털썩 누웠다.

일요일의 아저씨 같은 모습에 유우의 고운 눈썹이 꿈틀거렸다.

"일은 어떻게 됐어? 당신이 해야 할 일이 많을 텐데."

"으음, 오늘은 휴무일이야. 슬슬 장관님의 호출이 올 것 같은 느낌이 들거든."

"……무슨 뜻이지? 아직 이쪽에 돌아오실 예정은 없었을 텐데. 설마 아카네가 쓸데없는 짓을."

"아냐, 아니야. 그 녀석은 《대제국 메달》을 발견했다면서 엄청 칭찬받은 모양이더라."

"……! 그래. **나름대로** 일하고 있나 보네."

유우의 얼굴에 복잡한 기색이 감돌았다.

연구와 발견 등은 자신의 분야지만, '발굴' 쪽은 아카네가 훨씬 뛰어난 능력을 보유하고 있다. 유우에게는 썩 유쾌한 이야기가 아니었다.

"이봐, 유우. 우리가 지금 가장 원하는 건 뭐라고 생각해?"

"물론 장관님의 총애——."

"어, 그쪽 방면은 너에게 맡길 테니까."

타하라는 망양한 얼굴로 천장을 올려다보며 생각에 잠겼다.

얼핏 멍하니 있는 것처럼 보이지만, 이럴 때일수록 타하라의 머리는 팽팽 돌아가고 있다. 그걸 잘 아는 유우는 타하라의 질문에 바로 대답을 돌려주었다.

“‘‘———시간———.’’”

절묘하게도 두 사람의 입에서 같은 말이 튀어나왔다.

타하라와 유우는 생각의 방향은 달라도 지극히 효율적이고 논리적인 두뇌를 지니고 있다. 지금 이쪽 진영이 가장 원하는 게 무엇인지, 지극히 자연스럽게 같은 결론에 도달한다.

“지금의 우리는 이 작은 마을을 거점으로 삼아 사업을 막 개시한 상태야. 나라는커녕 주변 지역조차 손을 대지 못했어.”

사실 마왕 진영의 ‘영지’라고 부를 수 있는 건 현재 라비 마을뿐이다.

야전병원이나 온천여관이라는 시설을 보유하고 있지만, 그 영향력은 아직 한정적이다. 즉물적인 힘으로 보자면 귀족파의 발끝에서 미치지 못한다.

“이런 상태에서 황국이나 제노비아 같은 외압까지 들어오면 웃어넘길 수 없다고.”

“어머, 밟아버리면 그만이지. 그런 쓰레기들의 나라 따위는.”

“가능은 한데 기각. 허허벌판으로 만들어서 뭐 하게. 장관님이 바라는 건 합법적인 사냥이자, 반항의 싹조차 트지 않는——‘대제국과 정반대’의 시스템이야.”

타하라는 그렇기 때문에 성광국을 장악하는데 이렇게 시간을 들이고 있다고 판단했다.

장관님의 계획——이라고 하면 유우도 반박할 말이 없다. 이 두 사람이 움직이면 황국이나 제노비아를 무력으로 제압하는 건 불가능하지 않지만, 그에 의한 폐해도 셀 수 없이 많아진다.

정복된 나라는 원한을 잊지 않고 늘 반역의 기회를 노릴 것이다. 실제로 영요영화의 극치를 자랑했던 대제국조차 그로 인해 멸망을 맞았다.

신의 시점에서 봤을 때 그것은 한 GAME이 서비스를 종료한 것일 뿐이나, 타하라나 유우에게는 생생한 역사 그 자체다.

"두 번이나 같은 전철은 밟지 않아. 장관님은 그렇게 생각하는 거겠지. 그래서 말인데———."

유우가 가볍게 고개를 끄덕인 걸 본 타하라가 말을 이었다.

"이 나라를 장악하고 확고한 기반을 쌓아 올리려면 조금 더 시간이 필요해. 그때까지 외부에서 참견해대면 곤란하잖아."

"그렇지. 그래서 당신이 내린 결론은?"

"장관님은 슬슬 우리에게 집적거리는 놈들의 콧대를 **눌러**두려는 게 아닐까?"

그 말을 들은 유우가 '풉' 하고 묘한 웃음을 흘렸다.

실제로는 콧대를 좀 눌러두는 수준을 넘어서 피의 비가 내릴 것이다. 타하라는 지금부터 시작될 전투를 상상하며 리볼버를 꺼내 실린더를 돌렸다.

전투는커녕 사격대회라도 출장하는 듯한 분위기였다.

"……어이쿠, 절묘한 타이밍에 왔군. 잠깐이긴 하지만 뒷일 부탁한다."

마왕에게서 통신이 날아온 모양이었다.

타하라가 소파에서 일어나자 유우는 내키지 않는다는 얼굴로 고개를 끄덕였다.

"이번에는 장관님과 함께하지 못하는구나…………."

"너는 지난번에 실컷 날뛰었잖아. 혹시나 해서 하는 말이지만…… 집을 지키는 것도 중요한 임무다?"

"집을…… 장관님, 아니, 남편을 기다리는 새색시처럼……."

"응, 안 듣고 있겠지만 나 다녀온다?"

수상한 혼잣말을 중얼거리기 시작한 유우에게 손을 흔든 타하라가 전이동으로 모습을 감췄다.

교외에서 합류한 마왕과 타하라는 바로 스 네오를 향해 몸을 날렸다.

퍼펙트 게임

———스 네오, 언덕———

수도를 내려다볼 수 있는 언덕에 선 마왕은 내심 신음을 흘렸다.

무슨 일이 생긴 건지 거리는 업화와 비명으로 뒤덮였고, 무식하게 큰 악마로 추정되는 존재며 이 또한 무식하게 큰 골렘 비슷하게 생긴 녀석까지 우뚝 서 있다.

'이게 뭐여어어어어어어어어어!'

마왕이 아니어도 괴성을 지르고 싶어질 것이다.

옆에 있는 타하라는 헤실헤실 웃으며 태평하게 담배를 물고 맛있게 연기를 내뿜고 있었다.

"오오, 화려하게 저지르고 있잖아!"

"…………그런 모양이군."

"마치 노리고 있었다는 듯한 타이밍인데? 장관님."

'넌 무슨 소릴 하는 거야! 이거 완전히 괴수 대전쟁이잖아!'

마왕의 눈에는 고○라나 모○라가 난동을 부리는 것처럼 보였다.

애초에 마왕은 루나의 상황을 살펴보러 가려고 생각했을 뿐이며, 자세한 사정을 알고 있을 타하라를 데려가면 뭔가 부족한 게 있어도 타하라가 받쳐줄 테니 괜찮을 거라고 판단했을 뿐이다.

설마 이런 이상 사태가 일어났을 줄이야. 예상을 벗어나는 것도 정도가 있다.

"으음, 안쪽에 있는 게 그 아인인가. 제노비아 녀석들도 그늘에 숨어 움직이는 모양이고."

"……음."

"그나저나…… 사타니스트 녀석들까지 참전했을 줄은 몰랐어. 기왕 하는 거 3개의 세력을 한데 모아 콧대를 눌러주자고? 늘 그렇지만 당신의 **무대 설정**엔 감탄이 나온다니까."

"아니, 우연에 불과하다."

"으하하! 농담은 적당히 해, 장관님. 우연히 이런 무대가 만들어질 리가 없잖아."

'젠장, 이 녀석 안에선 전부 내가 꾸민 일이 되어 있잖아!'

마왕은 겉으로는 오만한 미소를 지으면서 속으로는 머리를 바삐 굴렸다.

정말 1미크론도 관여하지 않았으니 진지하게 생각하면 너무한 누명이다.

타하라로서는 외압 세력이라 할 수 있는 황국과 제노비아에게 가벼운 잽을 날리고, 경솔하게 손을 대지 못하도록 견제할 생각일 줄 알았으니 여기에 사타니스트까지 끌어들였다는 사실에 놀라고 있었다. 3개의 세력을 동시에 견제하는 무대를 만들어내는 건 쉽지 않다.

'정말 어떻게 처리하냐…………. 그나저나 처참한 광경이군.'

마왕의 머리를 스치는 건 여태까지도 봤던 몇 가지 장면.

야호에서 겪은 습격과 신도 공격. 그리고 얼마 전의 역침공.

전부 도시를 파멸시키는 사건들이었다. 이번에도 소란을 틈타 사타니스트와 정체를 알 수 없는 집단이 물건을 훔치고 방화를 저지르며 돌아다니고 있었다.

그중에는 겁탈을 하려는 자에 마물까지 활보하고 다녀서 지옥 같은 풍경이었다.

'분명 **그 녀석**은 이 사태를 보며 비웃고 있겠지…………'

감옥 미궁 최하층에서 대치한, 정체불명의 존재.

그 악의 덩어리라면 이 광경을 보고 킬킬거리며 웃을 것이다. 마왕은 그것까지 고려하며 냉정한 지시를 내렸다.

"소란을 진압한다. 적대하는 자는 한 명도 남김없이 처분해도 된다."

"알았어. 저 커다란 놈은 맡겨도 될까?"

"그래, 내가——."

그 순간 하늘에서 눈이 부시게 환한 황금빛 광선이 쏟아져 내리더니 거대한 악마를 꿰뚫었다.

그 어마어마한 파괴력에 헤실헤실 웃던 타하라의 얼굴까지 진지해졌다.

"크으! 역시 루나 아가씨는 위험인물이라니까……. 이거 장관님이 처음에 포섭해둘 만도 해. 저런 공격에 당했다간 아프다는 수준에서 끝나지 않을 거야!"

"…………그렇지."

알아서 과대평가해주는 타하라의 말에 두려워하면서도, 루나의 마법에 당한 적이 있는 마왕도 무심코 얼굴을 찌푸렸다.

그때는 황금빛 칼날이었지만 지금 이것은 '빔 캐논'이라고 할 수 있는 규모였다.

자신은 물론이고 측근들도 저 공격을 받으면 그냥은 넘기지 못할 것이다.

"지금 공격으로 커다란 놈 중 하나가 사라진 것 같아. 그럼 나도 슬슬 다녀올게."

"그래, 자세한 건 네 판단에 맡기마."

타하라는 손가락 두 개를 세워서 흔든 다음 아래로 훌쩍 뛰어내렸다.

바로 임무를 개시한 모양이었다. 타하라가 움직이기 시작한 것과 동시에 혼란에 빠진 도시 상공에 총이 나타나더니 용맹한 사냥개처럼 뿜어져 나갔다.

"좋아, 애들아, 일이다. 후딱 끝내자고."

처음에 '투다다' 하고 발포 소리가 울리더니, 다음에는 '투다다다다다다!' 하며 경쾌한 연사음이 울려 퍼졌다. 소리만 들으면 참으로 평화롭다. 지구에서 가장 많이 생산되었다고 하는 기관총, 'M16A4'의 총구에서 무자비한 탄환이 쏟아지고 있을 것이다.

1초에 15발의 탄환을 뿜는 기관총의 소리가 계속해서 울리고, 언덕에 놓인 저격총도 거리 전체를 내다보며 멀리 있는 표적을 저격해나갔다.

"뭐, 뭐야…… 저건?!"

"마법이다! 누군가가 마법을 썼…… 으아아아아악!"

사타니스트도 황국의 기사도 폭도도 타하라가 보기엔 전부 '적'이다. 총이 둥실둥실 지나간 자리에는 참으로 쉽게 시체가 늘어났다.

대로를 피해 골목길에 들어가면 그곳에서도 다른 소란이 일어나고 있었다.

"오오, 대낮부터 신나게 흥분했잖아. 아주 훌륭들 하셔."

신전기사로 추정되는 8명의 남자가 2인조의 여성을 바닥에 눕히고 옷을 벗기려 하고 있었다. 여성들이 얼굴이 퉁퉁 부어 있는 걸 보니 저항하려다 폭력에 당한 듯했다.

어느 시대든 극한상태에선 약자가 먹잇감이 되어 유린당한다.

"뭐?"

"뭐야? 넌…………."

"흥, 시골뜨기. 우리가 누구인지 모르는 거냐?"

"이 갑옷을 보고도 모른다니……. 이 녀석, 엄청난 시골에서 나왔나 본데?"

새 장난감이 왔다는 양 기사들이 비웃었다.

본래 신전기사는 사기도 높고 어떤 국면에서도 끈질기게 버티는 집단이다. 하지만 지방으로 파견된 인원 중에는 불량배나 마찬가지인 자들도 있는 모양이다.

타하라는 은색으로 빛나는 리볼버를 꺼내 말없이 방아쇠를 당겼다. 1발, 2발, 3발, 탄환이 발사될 때마다 기사들의 이마에 구멍이 뚫리고 6발의 탄환이 6명의 목숨을 날렸다.

타하라가 들고 있는 건 피스 메이커라고 불리는, 옛날엔 미국 서부개척시대의 보안관이 애용하던 총이다.

무법자를 제재하는 총으로 사용하는 건지, 무의식인 건지.

"뭐야 이거어어어!"

"이 녀석, 무슨 짓을 한 거냐!"

우왕좌왕하는 기사들을 무시한 타하라는 실린더를 옆으로 꺼내 재빠르게 탄환을 장전했다.

그 얼굴에는 신기한 생물이라도 보는 듯한 빛이 어려 있었다.

"으음, 너희 말이야. 사태 파악 안 되는 모양인데, 지금부터 죽는다?"

남은 두 사람에게 탄환을 박아 넣자 뒷골목에 정적이 돌아왔다.

흉행에 당할 뻔한 여성들은 어안이 벙벙해져 있었다가, 이윽고 환호성을 지르며 타하라에게 달려갔다. 그녀들의 눈에는 타하라가 정의의 히어로로 보였을 것이다.

"가, 감사합니다!"

"당신은 생명의 은인이에요. 용감한 분이세요!"

그렇게 말하며 달려온 두 사람을 타하라가 멋진 스텝을 밟아 피했다. 힘차게 달려오던 두 사람은 그대로 땅바닥에 얼굴을 박았다.

"마나미가 아닌 생물이 경솔하게 달려들지 말라고. 너희들 뇌가 없냐?"

정의고 히어로고 뭐고 없는 발언이었다.

타하라는 그 말만 남긴 뒤 외벽을 박차 지붕 위로 올라가서 주위를 둘러보았다.

그 눈동자에 비친 것은 부유한 스 네오 중에서도 대부호로 유명한 루트만 가의 저택——그 옥상이었다. 30명 정도 되는 인간이 한곳에 모여 있고, 그 주위를 잔인한 바바리안들이 에워싸고 있었다.

"히히히, 다음엔 어떤 녀석을 먹을까…………."

"어 · 느 · 것 · 을 고 · 를 · 까 · 요~? 히히히히!"

한곳에 모인 사람들은 서로를 감싸듯 부둥켜안고 덜덜 떨었다.

잔인한 손가락질 끝에 한 남자가 선택되었다.

"하, 하지 마! 나는 아직 죽기 시………, 끄어어어어어어어어어어어어억!"

남자의 전신에서 불꽃이 터지고 비참한 불춤이 시작되었다.

아무리 바닥을 굴러도, 물을 뿌려도 그 불은 꺼지지 않았다.

일종의 저주 같은 것이므로, 불을 지른 바바리안을 격파하지 않는 한 계속 타오른다는 몹시 성가신 특성을 지닌 불이다.

"히히히, 완성~~♪"

"이건 작은데. 다음엔 더 크게!"

까맣게 타버린 시체에서 피로 만든 듯한 붉은 돌을 적출했다. 사탕이라도 던지듯 그 돌을 입에 넣은 바바리안이 콰득콰득 깨물어 먹었다. 그들은 불의 마석을 아주 좋아하기로 유명한데, 인간을 태워서 '화석(火石)'이라 불리는 물질로 바꿔 먹는 것으로도 잘 알려져 있다.

광산 등에 이 녀석이 나타나면 터무니없이 큰 피해를 만들기 때문에 기피하는 마물이기도 하다.

"이번에는 여럿을 한꺼번에 태울까!"

"히히히! 너랑, 너랑, 너~!"

무작위로 지명된 여성과 아이, 노인의 전신에서 불꽃이 타올랐다.

소사는 보통 불이 직접적인 사인이 되는 게 아니라 질식사부터 하는 게 대부분이다. 산소가 사라질 때까지 세 사람은 비명을 지르며 발버둥 쳤다.

"인간, 약해! 인간, 탄다! 꼴불견! 꼴값!"

"인간, 운다! 웃겨! 한심해!"

마석을 먹고 무참한 살인을 즐기기 때문에 그들은 바바리안이라고 불린다.

이름 그대로 야만적인 마물이었다.

그들이 다음으로 눈독을 들인 건 이 저택의 주인인 루트만과 그 딸이었다.

"자, 잠깐! 딸에게는 손을 대지 마!"

"아버지…………!"

"응? 그럼 다음에 타고 싶은 녀석은 손들어~."

"히히히! 아무도 손을 안 들잖아! 인간, 꼴불견!"

바바리안들이 화석을 까득까득 갉아먹으며 비웃었다.

루트만은 예전부터 딸이 16살이 되면 약혼사를 모집한다고 고지했기 때문에 이날도 많은 희망자가 저택에 모여 있었다. 하지만 그들은 다들 고개를 숙이고 마물의 시야에 들어가지 않도록 필사적으로 몸을 웅크렸다.

이런 마물을 앞에 두고 손을 들 수 있는 사람이 있을 리 없다. 바바리안에게는 그 나약함과 두려움이 참을 수 없이 유쾌했다.

"인간 약해! 꼴불견! 그럼 아버지부터 먼저 먹자!"

"한심한 남자들이 먼저 아냐? 아니면 딸부터?"

"히히히! 다음에 먹히고 싶은 녀석은 누구냐~?"

"————너다."

"어엉……? 크헉!"

바바리안의 머리를 박살 낸 타하라는 의욕 없는 얼굴로 주위를 둘러보았다.

태평한 표정과는 달리 그 손에는 투박한 실루엣을 그리는 윈체스터 M1887이 들려 있었다. 레버액션식의 고전 산탄총이다.

"그나저나 마물이라는 놈들은 영 기품이 없다니까. 기가 막혀서 말도 안 나와요."

측근 중에서도 특출나게 품위 없는 남자가 뻔뻔하게도 그런 말을 했다.

갑자기 나타난 '강한 인간'에 바바리안들은 즉시 반격에 들어갔다.

"우쭐하지 마라, 인간! 히히히, 타버려~!"

그 손이 타하라를 향하자 여태까지 그랬던 것처럼 불꽃이 타올랐다. 하지만 타하라는 괴로워서 발버둥 치기는커녕 바바리안을 향해 천천히 걸어왔다.

“히히히히…………! 응?”

“뜨거워라.”

타하라가 한 말은 그게 전부였다. 어느새 바바리안의 이마에 총구를 들이대더니 다음 순간에는 머리가 산산조각으로 부서졌다.

타하라의 온몸을 덮고 있던 불꽃이 조금씩 사라지고 태평한 얼굴이 나타났다.

레버액션으로 탄피를 빼버린 타하라는 어깨에 남아있던 불로 담배에 불을 붙였다.

“라이터까지 빌려주다니. 의외로 친절한데?”

“이 녀석 뭐야! 인간 주제에!”

“불은 안 돼! 손톱으로 죽여!”

“너희들 정말…………, 아니, 뭐 됐다.”

뛰어드는 한 마리를 보고 타하라는 무슨 말을 하려고 했으나, 결국 눈을 감고 맛있게 담배를 피웠다. 옆에서 보면 체념한 모습으로 보일 정도였다.

“히히히히! 죽어라~~!”

바바리안이 흉악한 갈고리 손톱을 휘두르자 옥상에 모인 사람들이 비명을 질렀다. 저 손톱은 철로 만든 투구조차 쉽게 찢어버릴 만큼 날카롭기 때문이다.

하지만 이번 케이스는 거기에 해당되지 않았다.

————전투 스킬 ‘카운터’ 발동!

(50%의 확률로 받은 데미지를 상대방에게 고스란히 반사한다.)

"크헉?! 아, 아야야야야야 아파!"

"하아…………. 아무런 대책도 계획도 없이 나에게 덤비다니. 너희는 대체 무슨 교육을 받은 거냐? 예전 녀석들은 작전을 바꾸고 도구를 바꾸는 등 이런저런 궁리를 했는데 말이야."

타하라는 기가 막힌다는 듯 담배 연기를 내뿜으며 무모한 요구를 했다.

이 세계에 있는 자들은 마왕의 측근들에 대해 아무것도 모른다. 능력과 특성을 알 방법도 없으므로 대책을 짤 수도 없다.

"아무튼 귀찮으니까 한 줄로 서. 너희랑 놀 시간도 없는 것 같고."

"건방 떨지 마라, 인간!"

"히히히! 전원 공격!"

"죽여, 죽여, 죽여!"

물어뜯는 자, 손톱을 휘두르는 자, 불을 뿜는 자. 각각 일제히 타하라에게 공격을 시도했으나, 그는 표정 하나 바꾸지 않고 '저녁엔 뭘 먹을까?'라는 분위기였다.

"이, 이 녀석! 이상해, 안 죽어! 인간 주제에!"

"뭐 그럼, 수고."

무작위로 향한 총구에서 산탄이 쏟아지자 또다시 바바리안의 머리가 파괴되었다. 거기서부터는 일방적인 전개였다. 레버액션과 탄피 배출, 근거리 사격.

마치 움직이지 않는 사슴이라도 사냥하는 것 같았다. 이 세계의 주민들 눈에는 산탄총이 마법의 곤봉으로 보였다.

"그럼 이걸로 끝인가?"

타하라가 그렇게 중얼거렸을 때 도시 중앙에서 어마어마한 바람이 불어닥쳤다. 그제야 타하라의 안색이 바뀌었다. 사람들은 존재의 수준이 너무 다른 건지 아무것도 눈치채지 못한 모양이었다.

"어이쿠, 이거 끝났는데! 빨리 정리하지 않으면 나까지 죽겠어!"

싸우는 내내 안색 한 번 바꾸지 않았던 남자가 허둥지둥 옥상에서 뛰어내렸다.

옥상에 남은 건 어안이 벙벙해진 사람들뿐이었다.

살아남은 걸 기뻐할 새도 없이 어마어마한 충격파에 저택이 흔들렸다. 무슨 일이 일어난 건지도 모른 채, 그들은 폭풍에 휩쓸리지 않도록 필사적으로 몸을 숙였다.

"아버지, 그분은 어디로……?"

"모르겠다! 아무튼 숙여!"

두 사람이 소리치는 가운데 사타니스트도 수도에서 떠나기 위해 필사적으로 달리고 있었다.

그냥 약탈, 울분 해소. 그럴 생각으로 습격했을 뿐인데 지금은 터무니없이 큰 난리가 일어났다. 그들에게도 예상하지 못한 사태였다.

"젠장! 어째서 이런 일이 일어난 거야!"

"가르시아 동지는 어디 갔지?"

"아무튼 지하로!"

집합장소인 지하 참호를 향해 열심히 달렸다.

무사히 지하에 도착하자 살아남은 동지 대다수가 모여있었다.

"대체 어떻게 된 일이야!"

"지상은 완전히 엉망진창이라고!"

"살아남은 건 여기 있는 절반 정도인가…………."

의기양양하게 출발했을 때와 비교하면 믿어지지 않을 만큼 높은 사망률이었다. 하물며 파멸자와 악마소환까지 쓰고 패주라니, 말도 안 되는 사태다.

"――오, 길 안내 수고했어. 여기가 너희 소굴이냐?"

"누, 누구냐!"

"이 녀석, 위에서 봤어! 황국이나 성녀 일파겠지!"

타하라는 아무 대답도 하지 않고 지하를 둘러보았다.

황당하다――고 칭해도 될 만큼 넓은 규모였다. 어정쩡한 야구장보다 컸다.

무엇보다 시설이 너무 근대적이었다.

천장은 돌으로 되어 있고 벽도 콘크리트로 보였다. 천장과 벽 군데군데 배관과 조명 같은 것까지 있었다.

'상당히 옛날에 만들어진 시설이란 느낌인데, 마치 지하에 만든 **피난처** 같아………….'

그게 무엇을 의미하는지 타하라라고 해도 고민할 수밖에 없었다.

하지만 힌트로 추정되는 건 이미 주어져 있다.

'지난번에 장관님에게 '총'을 받았지. 이게 선사 문명이라는 건가? 그 사람이라면 어차피 이것도 고려하고 움직이는 거겠지만……. 아니, 이걸 보여주기 위해 불러온 느낌마저 들어. 하아, 머리 좋은 상관이라니 짜증 나.'

타하라는 지긋지긋해하며 고개를 절레절레 흔든 다음 담배에 불을 붙였다.

정작 본인이 지금 독백을 들었다면 '모르거든! 오히려 내가 물어보고 싶거든!'이라고 소리쳤을 것이다.

"그럼 후딱 치우고 돌아가야겠다. 이미 위는 끝났을 테니까."

그렇게 말하는 타하라의 등 뒤에 무수히 많은 미채 패널이 떠올랐다.

그건 타하라가 총을 수납하는 특수공간이지만, 사타니스트들의 눈에는 처음 보는 으스스한 마법진처럼 비친 모양이었다.

"저건…… 마법진인가? 저 남자, 뭔가 할 생각이야!"

"마법방진! 서둘러!"

"어, 어느 마법에 대응해야 하는데!"

사타니스트 무리가 부리나케 대응하려고 했지만, 미채 패널에서 나오는 건 처음 보는 총기들이었다. 곤봉 같은 것도 있고 짧은 창 같은 것도 있었다.

그게 어떤 걸 의미하는지 그들은 모른다.

따라서 사대원소나 물리 공격에 두루 대응할 수 있는 풍순(윈드 실드)을 잇달아 전개해나갔다.

47정이나 되는 총기가 허공에 떠 있는 모습은 장관이었지만, 그 위력을 알고 있다면 마법방진은커녕 허둥지둥 도망쳤을 것이다.

총기의 종류는 참으로 다양해서 권총부터 기관총, 산탄총에 중기관총, 대전차 라이플, 유탄발사기 같은 것도 포함되어 있었다.

"너희들, 그런 장비로 괜찮겠어――?"

어디선가 들어본 것 같은 대사와 함께 47정이나 되는 총기가 일제히 불을 뿜었다.

수많은 벼락이 떨어진 듯한 발포 소리가 지하에 울려 퍼지고, 사타니스트들이 폭풍에 날려가듯 쓰러졌다.

어마어마한 총탄의 비에 모든 방어행위는 백지가 되었다.

한 정 한 정이 각자 의지를 지니고 상대를 벌집으로 만드는 광경은 장관이라기보다는 소탕전의 모습을 하고 있었다. 타하라는 여기에 계속해서 '속성 스킬'을 추가해 폭풍 같은 총탄을 쏘아대니 적들은 견딜 수가 없다.

타하라는 지하를 산책하듯 천천히 걸어 다니며 오래된 민요를 불렀다.

"늦가을 스치는 비인가 억새밭의 비인가――――《FIRST SKILL : 연사》"

"소리 없이 내리며――――《SECOND SKILL : 탄막》"

"젖어드누나――――《THIRD SKILL : 난사》"

처음 《연사》는 15의 데미지를 추가로 더해주고, 다음 《탄막》

은 10~15의 데미지를 추가하며 덤으로 75%의 확률로 상대의 동맥부상이 발생한다.

이건 과거 회장에서 행동할 때마다 기력이 현저히 소비되는 성가신 부상이었다.

마지막으로 마무리를 날리듯《난사》를 발동했다.

이건 총에 장전된 탄환수×1.5의 데미지를 주는 특수한 추가 데미지가 발생하는데, 장전된 탄환을 전부 소모해버린다.

47정의 총기가 모든 탄환을 비워내고 침묵하자, 살아남은 사타니스트는 한 명도 존재하지 않았다. 그곳에는 사람인지 아닌지도 불확실할 만큼 잘게 토막 난 무언가가 흩뿌려져 있을 뿐이다.

"역시 묘한 장소야…………. 탄흔조차 안 남았잖아."

타하라는 주위에 널린 시체에는 눈길 한번 주지 않은 채 콘크리트로 된 벽으로 추정되는 것에 손을 댔다. 이게 평범한 콘크리트라면 탄흔만 남는 게 아니라 와르르 무너졌을 것이다.

최악의 경우 지하 자체가 붕괴했을 가능성도 있다.

'내 총탄에도 버티는 벽이라니, 듣도 보도 못했는데…………'

타하라는 벽을 확인하듯 몇 번 두드려 봤지만 그저 투박하고 딱딱할 뿐이었다.

마법으로 보강된 건지, 아니면 다른 무언가가 있는 건지 전혀 알 수 없었다.

'뭐, 됐어. 이건 장관님이 수수께끼를 풀어주겠지.'

본인이 들으면 경악할 법한 생각을 하면서 타하라는 지하를 뒤로했다.

시간을 조금 거슬러 올라가서———.

타하라가 시가지로 뛰쳐나간 뒤, 마왕은 언덕 위에서 마을을 내려다보며 이 남자 나름대로 상황을 파악하고자 노력했다. 잘 모르는 사이에 전쟁 같은 난리가 났으니 그럴 만도 하다.

타하라와 나눈 대화와 통신을 필사적으로 되짚으며 눈앞의 상황과 대조해갔다.

'아마 저기 매달려있는 소녀가 루나의 친구일 테지. 그리고 황국이라면 그 용사의 나라…………'

마왕은 자신이 알고 있는 범위 안에서 조금씩 대답을 찾아갔다.

루나라면 설령 상대가 누구라고 해도 본인의 소중한 것을 탈환할 것이다. 통신에서 노예라는 단어를 들은 적도 있었기에 마왕은 어느 정도 이해했다.

'하지만 그 남자가 소속된 나라는 이런 지독한 짓을 하는 건가…………?'

홀리 브레이브, 성스러운 용사에게 마음의 끌림 같은 것을 느끼던 마왕에게 눈앞의 광경과 먹을 것을 나누어주던 따뜻한 풍경이 겹쳐지지 않았다.

'요컨대 그 남자는 영 글러 먹은 나라에 잡혀있다는 건가?'

마왕은 중간을 확 건너뛰고 그런 결론에 도달했다.

황국이라는 존재가 루나의 친구를 붙잡고, 그 용사마저 속박하고 있다면 이야기는 간단해진다.

'빛인지 신의 나라인지는 모르겠지만 쓸데없이 집적거리다니…………'

마왕의 가슴에 점점 분노가 치밀어 올랐다.

이 남자도 루나에게 뒤지지 않을 만큼 자기 멋대로인 성격이고, 그 오만함과 이기심은 타의 추종을 불허하는 수준이다.

'저건 루나인가…………?'

비틀거리면서 걷는 모습은 평소의 잘난 체하는 태도에서는 상상도 가지 않는 모습이었다.

이미 주위를 신경 쓸 여유조차 없는 모양이었다. 마왕의 머리에 언젠가 루나와 대화를 나눈 밤의 일이 떠올랐다.

《여기가 유명해지면…… 멀리 떨어진 곳에 사는 사람에게도, 그, 이 마을의 평판 같은 게 전해질까 해서.》

《……유명해질 거다. 이 세계의 어떤 마을보다, 도시보다.》

그때 당당하게 대답했던 말을 떠올린 마왕의 얼굴에 체념 같은 미소가 번졌다.

책임을 져야만 한다.

'그나저나 친구를 위해 타국에 시비를 걸다니……. 참 대단한 여자다, 너도.'

그런 생각을 한 것과 동시에 부들부글 치솟는 감정에 맡겨 차례차례 스킬을 발동했다. 절묘하게도 골렘 같은 존재가 날뛰기 시작한 타이밍이었다.

——생존 스킬 '투쟁심' 발동!

——전투 스킬 '탈력', '위압', '무쌍' 발동!

몸속 깊은 곳에서 강력한 힘이 휘몰아쳤다. 마왕은 그대로 《전이동》을 사용해 루나 앞으로 날아갔다.

아래로 떨어지는 발에서는 아무런 힘도 느껴지지 않았다. 마왕은 손가락 하나로 그것을 막으며 느긋한 동작으로 담배에 불을 붙였다.

루나의 목소리에 여느 때와 같은 농담을 돌려주며 성가신 인형을 밀어버린 마왕은 친구 쪽을 쳐다보았다. 상상했던 것보다 더 비참한 환경에 있었던 모양이다.

'안쓰러운 모습이군……. 이 녀석들, 제정신인가?'

완전히 너덜너덜했다. 전신 여기저기에 채찍으로 맞은 듯한 자국이 남아있었다. 무엇보다 얼굴이 가장 처참했다.

'시합이 끝난 직후의 복싱 선수도 이 정도는 아닐 거다…….'

차마 똑바로 쳐다볼 수도 없을 정도인 모습을 본 마왕은 아이템을 척척 작성했다.

이번에 고른 건 홍차 세트×2였다. 쟁반 위에 홍차와 애플파이가 사이좋게 놓여있는 아이템은 겉보기에도 참 귀여웠다.

"모처럼 재회했으니 홍차라도 마시면서 축하하도록."

"너, 너 말이야…… 이럴 때…… 헉, 맛있어어어어어어어어!"

반사적으로 애플파이를 먹은 루나가 무심코 소리쳤다.

맛도 좋지만, 홍차 세트에는 체력과 기력을 동시에 30이나 회복해주는 효과가 있다. 동시 회복 아이템은 GAME 회장에서도 수가 적었기에 몹시 귀한 대우를 받았다.

"맞다, 아츠도 다쳤어! 마왕, 어떻게 좀 해 줘!"

"너는 사람을 무슨 도라○몽이라도 되는 것처럼…………."

투덜거리면서 루나가 말하는 곳에 시선을 주자, 그곳에는 크게 다친 노인이 있었다.

두 팔은 이상한 방향으로 꺾였고, 오른쪽 다리도 날아가 버렸다.

'아츠라면 분명…………'

마왕이 흐릿한 기억을 뒤져서 타하라와 마담이 곧잘 입에 담은 이름이었다는 걸 떠올렸다.

심지어 무관파라 불리는 집단의 맹주였다.

'이거 은혜를 입히기에는 좋은 기회일지도 모르겠는데. 권력자에게 찍히면 귀찮으니까…….'

마왕의 태도가 확 바뀌어 안타까워하는 눈으로 날아간 다리를 주웠다. 다 피운 담배를 휴대용 재떨이에 집어넣으며 동시에 아이템 작성으로 《붕대》를 생성했다.

"노익장, 당신의 무용에 경의를 표한다."

"경은 대체…… 누구지…………."

아츠가 통증도 잊고 물었다.

유사 천사의 공격을 손가락 하나로 막질 않나, 조금 전부터 정체를 알 수 없는 공간에서 차례차례 먹을 것이며 도구를 꺼냈기 때문이다.

아츠가 봤을 땐 도저히 인간으로 보이지 않는 존재였다.

"응급처치이긴 하지만, 이걸 사용하도록. 나중에 내 부하를 시켜 치료하지."

그렇게 말하며 마왕은 뜯겨 날아간 다리를 가져다 댄 다음 붕대로 연결하듯 묶어놓았다. 그러자 다리에 감각이 돌아와 아츠의 입에서 신음이 나왔다.

"이쪽에도 감아두겠다. 그 손이 지휘봉을 휘두를 수 없게 되면 큰일이니까."

마왕은 꺾인 팔을 되돌리듯 착착 붕대를 감아나갔다.

이 붕대에는 시간 경과와 함께 모든 장소의 부상을 낫게 하는 효과가 있다. 이 아이템 또한 아주 귀한 대우를 받았다.

뜯겨나간 다리의 감각이 돌아오고 아픔이 점점 흐려져 가자 아츠는 공포를 느꼈다.

"경은 설마…… **진짜** 마왕이기라도 한 건가…………!"

"이걸 먹도록. 아픔도 누그러들 거다."

아츠의 입을 틀어막듯 마왕은 《위너 젤리》라 적힌 팩을 쑤셔넣었다. 이것도 체력과 기력을 동시에 50 회복해주는 뛰어난 아이템이다.

"마, 말도 안 돼……. 어째서 상처가, 통증이 사라지는…… 거지……!"

마왕은 아무 대답도 하지 않고 손가락으로 날려버린 인형에게 시선을 주었다.

어지간히 중요한 존재인 건지, 황국 인간으로 추정되는 집단이 인형을 에워싸고 필사적으로 뭐라 소리치며 말을 걸고 있었다.

"한심하군. 저런 영혼 없는 인형이 뭘 할 수 있다는 건지…….

어느 시대든 무언가를 생성하고 만들어내는 건 **인간**인데 말이야."

기계 같은 인형을 보고 마왕이 절절히 중얼거렸다.

그건 한 명의 창작자로서 하는 말이기도 했고, 마왕 안에 있는 '오오노 아키라'의 자존심이기도 하다. 자신이라면 저런 되다 만 존재는 만들지 않는다고.

하지만 아츠의 귀에는 완전히 다른 말을 하는 것처럼 들렸다.

눈앞에 있는 존재가 전승 속 타천사이자 마왕, 진짜 루시퍼라고 한다면――.

왜 인간에게 그런 **기대**를 품고 있는가. 위대한 빛에 항거해 인간과 적대하고 밤을 지배했다고 일컬어지는 전승이 전부 이상해진다.

"경은………."

"잠시 쉬고 있도록―――."

아츠가 혼란스러워하거나 말거나 마왕은 조용히 일어나 루나에게 걸어갔다.

그 루나는 마왕이 나타나서 안심한 건지 이글의 입에 애플파이를 억지로 쑤셔 넣는 중이었다.

"자, 먹으라고. 분하지만 저 녀석이 주는 과자는 아주 맛있거든……. 이유는 모르겠지만 기운도 퐁퐁 솟아나고."

"자, 잠깐, 루나. 지금은 과자를 먹을 때가……… 우웁."

"아무튼 먹어! 내가 시키는 걸 못 듣겠다는 거야?! 자, 다음은 홍차!"

"우우우웁……!"

우아한 티타임과는 거리가 먼 광경이었으나, 그걸 억지로 위에 밀어 넣은 덕분인지 이글의 얼굴에 즉시 생기가 돌아왔다.

그녀에게는 최고급이라 할 수 있을 대제국산 애플파이와 홍차의 맛에도 일종의 문화충격을 받았다. 그런데 상처까지 치유되니 더욱 영문을 알 수 없었다.

조금 기운을 되찾은 두 사람의 모습을 본 마왕은 거드름 떠는 표정으로 말을 걸었다.

"루나의 친구라고 했던가? 꽤 심한 일을 당한 모양이군."

"아, 으, 저기………… 가, 감사합니다……."

"잠깐, 마왕! 그 무서운 얼굴로 이글을 겁주지 마!"

'평범하게 말을 걸었을 뿐이잖아!'

이 녀석이고 저 녀석이고……. 마왕이 투덜거리면서 담배에 불을 붙였다.

루나의 친구가 여전히 어두운 표정이라는 게 조금 마음에 걸렸다.

"구, 구해주셔서 정말 감사합니다…………. 하지만 저에게는 저주가."

"괘, 괜찮아. 내가 언니에게…… 부탁해볼게. 분명 어떻게든 될 거야."

"안 돼, 루나………. 나는 이미 널 만난 것만으로도 충분해."

두 사람이 심각한 표정으로 마주 보고 있는 걸 보면서 마왕은 말없이 담배 연기를 뿜어냈다.

머릿속에 떠오른 것은 당연히 신사에서 일어난 일이었다.

"…………또 저주냐. 그 단어는 이미 듣기 지겹군."

마왕이 《해주의 제단》을 작성해 이글을 향했다. 그 순간 이글의 전신에서 검은 독기가 몸부림치며 피어오르더니 갈가리 흩어지면서 사라졌다.

루나와 이글은 잠시 어안이 벙벙한 표정을 지었다가, 무슨 일이 일어난 건지 알아차리자 큰 목소리로 소란을 피웠다.

"너, 너어! 뭐, 뭐뭐뭐, 뭘 한 거야! 마왕!"

"몸, 에서…………, 거짓말…………. 이런 일이…………!"

"저주 공부는 이제 끝이다. 그럼 저자들의 주장을 들어볼까."

마왕이 수도 중앙을 향해 걸어갔다.

그들이 어떤 의도로 움직이고 있다 한들, 루나를 위험에 빠뜨리고 친구를 저렇게까지 짓밟았으니 수긍할 수 있는 설명을 들어야만 한다.

"이 난리는 누가 책임지고 수습할 거지——?"

"네, 네, 네놈! 천사님 앞에 무슨 무례한 말을 하느냐!"

착란에 빠진 대신관이 소리치자 마왕은 눈썹을 찌푸렸다.

이 기계 같은 인형에 매달리는 것만이 아니라 천사라고 부르기까지 하다니, 차마 들어줄 수 없었다.

"이 거대한 놈이…… 천사라고?"

"주위에서 자네를 마왕이라 부르던데! 네놈도 악마 숭배자구나! 성광국의 성녀가 아인만이 아니라 사타니스트와도 이어져 있었다니! 이렇게까지 더러운 존재일 수가! 이 일은 반드시 고국에 알려 네놈들을 한 마리도 남김없이 근절해주마!"

마왕은 잠시 아무 말 없이 담배를 피웠지만, 그 안광은 점점 날카로워졌다.

이들에겐 자신이 원한 설명은 전혀 없고, 엉뚱한 대답만 있을 뿐이었다.

"…………여자를 짓밟으며 기뻐하는 쓰레기가 건방지게 인간의 말로 나불거리지 마라."

마왕의 입에서 마치 제로처럼 매서운 독설이 날아갔다. 그 용을 만들어낸 것도 이 남자이니, 어느 의미 자연스러운 건지도 모른다.

"무슨, 이, 놈……. 누구 없느냐! 이 사타니스트를 죽여라! 빛에 저항하는 반역자다!"

"네! 제게 맡겨주십시오!"

검을 빼든 무관장을 본 마왕은 눈에 보이지도 않을 만큼 빠르게 소돔의 불꽃을 투척했다.

무슨 말을 할 새도 없이 무관장의 머리가 날아가고 몸뚱이는 검은 불꽃에 휩싸였다.

순식간에 벌어진 일에 어안이 벙벙해진 황국의 기사들은 한때 무관장이었던 육체가 검은 불꽃에 타오르며 무너지는 걸 목격하고 공황 상태에 빠졌다.

"뭐, 뭐냐, 이 녀석은! 역시 괴물 아니야?!"

"천사님, 빨리 눈을 떠 주십시오!"

"악마, 또 악마가 나왔어!"

그들의 당혹이 전해진 건지 어쩐 건지, 유사 천사의 몸에 붉은 빛이 들어오더니 상반신을 일으켰다. 그걸 본 황국의 기사들은 펄쩍펄쩍 뛰어오를 기세로 환호성을 질렀다.

"삐빅――이상 개체를 보충――데이터베이스 검색――해당 사항 없음――――검은 잔해, 하얀 잔해, 패턴 999호라 판단. 즉시 말소한다――."

"오오! 천사님의 기도가 시작되었다!"

"흐하하! 천벌이다! 천벌이 내린다!"

"이 악마 놈! 신의 벌을 받아라!"

"천사님, 부디 이 더러운 악마에게 신의 분노를!"

이들의 목소리를 들으며 마왕은 뱃속에서 끓어오르는 웃음을 참기 힘들었다.

비웃음을 넘어서서 희극이라도 보는 듯한 기분이었다.

"도시를 이렇게 파괴하고 여자를 유린하는 짓밖에 못 하는 너희들이 하필이면 신벌, 천벌이라고? 으하하하!"

웃음을 참다못한 마왕이 시커먼 너털웃음을 터트렸다. 천사를 전혀 두려워하지 않는 그 사악한 모습에 황국의 기사들은 마침내 격분했다.

"이놈, 천벌이 무섭지 않은 거냐!"

"천사님의 철퇴를 받고 지옥에 떨어져라!"

"위대한 빛이시여, 우리의 신이시여! 이자에게 신벌을 내려주소서!"

그런 염불을 들을 때마다 마왕의 웃음이 커졌다. 이 남자는 옛날부터 하느님도 부처님도 믿지 않았다. 그런 부류를 믿은 적이 한 번도 없다.

이 남자가, '오오노 아키라'가 믿는 것은 늘 자신과 자신이 만들어낸 세계뿐이다.

"그래. 그렇다면 기도해라. 네놈들이 믿는 '신'이라는 양반에게――――――!"

――――결전 스킬 《몰살 선언》 발동!――――

(공격 · 방어 · 민첩 +44. 최대 체력 +444. 온갖 카운터 효과를 무효화. 시간 한정.)

지옥의 결전 스킬이 발동되자 수도 전체를 흉악한 광풍이 뒤덮었다.

끓어오르는 '폭력'에, 파괴 충동에, 마왕의 눈에서 검은 잔광이 흘러나왔다.

그 모습은 틀림없이, 현세에 강림한 마왕 그 자체였다.

수호의 풍천사도 일어나서 오른손에 빛을 보았다. 마왕과는 대조적인, 사악함을 멸하는 성스러운 빛이었다.

수도에 있는 모든 이가 군침을 삼키며 지켜보는 가운데 성스러운 빛이 한곳으로 수렴되었다.

그것이 날아가면 아무리 거대한 힘을 휘두르는 악마라고 한들 가루 하나 남기지 못하고 소멸해버릴 것이다.

마왕은 그걸 곁눈질하며 작게 중얼거렸다―― '다시는 일어나지 못하게 해주마'라고.

한곳에 모인 거대한 광선이 발사되자, 마왕도 온 힘을 담아 소돔의 불꽃을 투척했다. 찬연한 빛과 모든 것을 멸하는 검은 격류가 수도의 중앙에서 충돌했다!

눈부신 광선은 순식간에 파스스 깨져서 8방향으로 갈가리 찢기며 소멸했다. 마왕이 던진 소돔의 불꽃은 속도를 늦추지 않고 유사 천사의 몸통에 직격했다.

무시무시한 굉음과 함께 몸통에 무수한 균열이 갔다. 그곳에 극연격이 작렬하자 마침내 유사 천사의 몸은 산산이 조각나버렸다.

"이럴, 수가………."

"천사님이…… 졌다, 고………?"

황국의 기사들은 멍하니 서 있었지만, 마왕의 움직임은 멈추지 않았다. 대상 중 한 명을 뺀 뒤 시야에 들어온 기사들을 전부 조준했다.

———FIRST SKILL '돌격' 발동!

극한까지 강화된 마왕의 육체가 한순간에 워프하여 기사 무리와 '충돌'했다. 기사들이 차에 치인 것처럼 허공을 날았고, 마왕은 그 중심에 심판의 빛을 꽂아 넣었다.

"콤보 캔슬———《THIRD SKILL : 신뢰》."

투척된 소돔의 불꽃에서 하늘을 뒤덮는 번개가 종횡무진 쏟아졌다. 기사들은 고통을 느낄 새도 없이 순식간에 소멸되었다.

마치 신의 분노를 산 인간들에게 하늘이 벼락을 떨어뜨린 듯한 모습이었다.

마왕은 딱히 의식해서 한 건 아니었으나, 이길 연출이라는 관점에서 본다면 이 이상 좋은 선택도 없었으리라.

"이럴 수가……. 나의 천사가…… 기사들, 이…………."

남은 대신관은 모든 것을 잃은 도박중독자처럼 망연자실한 표정으로 무릎을 꿇었다. 천사가 쓰러졌고, 위용을 떨치던 기사단도 어느새 한 명도 남김없이 지상에서 사라졌다.

"말도, 안 돼……. 빛이, 천사가 패배하다니…………."

마왕은 그 말을 들으며 천사라 불리던 금속 파편을 대신관 앞으로 걷어찼다.

덜그럭거리는 소리를 내는 그것에 아무런 가치도 느끼지 못하는 모양이었다.

"나는 전능한 플레이어, 신들을 전부 죽여 온 남자다. 그런 고철과는 차원이 다르지."

"플레이, 신……? 모, 모이라 님! 왜 당신을 섬기는 제게 이런 처사를!"

갑자기 소리친 남자를 본 마왕은 눈살을 찌푸리면서 담배에 불을 붙였다.

맛이 간 것 같다고 생각했기 때문이다.

"운명의 여신이시여, 모이라시여! 저는 언제나 당신을 숭배하고 경건히 섬겼습니다! 한 번 더 제게 기회를! 여신의 힘으로 운명을 뒤집어주소서!"

마왕은 담배 연기를 뿜으며 먼 과거를 떠올렸다.

자신도 기도하고 싶었던 적이, 도움이 필요했던 적이 아주 많았다. 비참하게 울부짖고 싶을 때도 있었고, 자신이 어떻게 할 수 없는 부당한 상황도 썩어날 만큼 겪었다.

이 남자는――그때마다 자기 자신을 질타하며 자신의 발로 일어났다.

"운명의 여신이시여…… 간절히 비나이다! 저는 더 큰 신앙을 당신에게…………!"

입을 벌리고 하늘이 돕길 기다리는 모습에.

궁지에 몰렸는데도 계속 기도하는 목소리에.

마왕은 배 속에서 끓어오르는 불쾌함을 그대로 뱉어냈다.

"뭐가 운명의 여신이냐! 정말로 그런 존재가 있다면 그 여신이라는 양반은 그때그때 상황에 따라 더 강한 자에게 빌붙는 기생충에 불과하다!"

"모, 모이라 님께 무슨 말을……!"

"적어도 지금 상황에선 그 여신은 나에게 무릎을 꿇는 걸 선택한 모양이군."

마왕은 대신관의 멱살을 잡고 얼굴에 주먹을 꽂았다.

극한까지 자중하긴 했지만, 코가 부러지고 이가 몇 개 빠져버렸다.

"이렇게 개판을 쳐 놨으니, 쉽게 도망갈 수 있으리라고 생각하진 않겠지?"

일부러 공격에서 제외한 것도 이 사건의 모든 책임을 떠넘기기 위해서였다.

자신에게 이런 참사의 청구서가 넘어왔다간 미치고 팔짝 뛸 일이다. 외모만큼은 더없이 중후하지만, 알맹이는 책임회피에

여념이 없는 정치가 같았다.

“저기, 잠깐 괜찮을까? 장관님.”

“타하라냐. 그쪽도 끝난 모양이군.”

“어, 후딱 끝내고 왔어. 그래서 그 녀석 말인데…… 나에게 맡겨주지 않을래?”

“…………어떻게 할 생각이지?”

마왕은 내심 조마조마한 걸 숨기며 물었다.

자칫 자신이 이 소란의 책임자가 되었다간 곤란하다.

한편 타하라도 발치에 있는 돌을 걷어차질 않나, 엉뚱한 방향을 쳐다보질 않나, 마왕과 절대 눈을 마주치려 하지 않았다.

전신에서 흐르는 검은 폭풍── 모든 것을 ‘몰살’한다는, 결전 스킬의 영향이 덜 빠졌기 때문이다. 타하라에게는 마왕 옆에 가는 것조차 벌칙을 받는 기분이었다.

타하라는 입에 문 담배를 피우면서 마음속으로 소리쳤다.

‘환장하겠네! 왜 내 상사는 이렇게 죽도록 무서운 거야! 전신에서 검은 바람을 풀풀 날려대질 않나, 미치겠다! 이중적인 의미로 블랙이잖아!’

마왕도 하늘을 향해 담배를 피우면서 마음속으로 소리쳤다.

‘이 녀석, 진짜 이 소란을 내가 꾸몄다고 생각하는 거 아니야?! 미쳤냐, 나는 휘말렸을 뿐인 선량한 일반 시민이야! 배상금 못 내!’

서로가 서로를 두려워한다──는 참으로 꼴사나운 구도가 만들어졌다. 그런 분위기를 먼저 무너뜨린 건 타하라 쪽이었다.

조용히 저격총을 겨누고는 벽 한구석에 탄환을 박았다.

벽에서 한 장의 종이가 벗겨지더니 그 아래에서 한조가 허둥지둥 기어 나왔다. 아무리 봐도 닌자로 보이는 모습에 마왕도 입을 떡 벌리고 말문이 막혔다.

"오, 제노비아의 누님. 또 만났네? 이래저래 신나게 고생한 모양인데, 보다시피야. 본 걸 그대로 위에 전달해줘."

"무슨, 소리냐……. 나는 너와 만난 적이."

"뭐야, 라비 마을에서 한 번 만났잖아. 매정한 소리 하지 마."

"뭔가 오해하는 것 같지만 나는 너와 만난 적이."

"있잖아, 아무리 변장을 하든 목소리를 바꾸든 내 눈은 못 속이거든? 숨소리, 눈을 움직이는 방식, 골격, 행동거지, 걸음걸이, 기척. 목의 움직임과 눈을 깜빡이는 빈도. 조금만 생각해봐도 주목할 곳이 넘쳐나지 않아?"

"…………!"

대체 무슨 이야기를 하는 건지 알 수 없었던 마왕은 흐릿한 미소를 지으며 '전부 다 안다'는 자세로 태평하게 담배를 즐겼다.

옆에서 보면 두 사람이 함께 몰아세우는 것처럼 보였다.

"기왕 생긴 기회인데, 장관님도 제노비아에 뭐 한마디쯤 하는 게 어때?"

'잠깐만! 그러니까 날 끌어들이지 말라고!'

뭔가 한마디를 하라고 해도 아무것도 모르는 마왕에게는 무슨 말을 할 수가 없었다.

따라서 본 그대로 말했다.

"퍽 **유쾌**한 나라인 모양이군. 조만간 인사 겸 들르도록 하지."
"크하하! 장관님의 인사라고? 이렇게 무서운 말은 처음 들어봐!"
'왜 인사가 그렇게 무서운 카테고리로 분류되는 건데!'
타하라의 열렬한 신뢰(?)에 마왕은 울고 싶어졌다. 하지만 그 말을 들은 한조야말로 울고 싶을 것이다. 이 상식을 초월한 괴물 같은 존재가 고국에 찾아오겠다고 했으니까.
"성광국에…… 알린다. 우리나라는 이 문제엔 전혀 관여하지 않았어……!"
"그래, 그렇겠지. 나도 그렇게 생각하고 싶은데 장관님의 심기는 영 별로인 것 같다?"
타하라가 실실 웃었다. 마왕의 누명이 또 하나 늘어났다.
한조는 입술을 깨물며 질풍처럼 그 자리를 떠났다.
"그럼 장관님――? 황국은 이쪽에서 준비를 진행하면 되는 거지? 제노비아 쪽은 맡길 테니까."
"……으음."
마왕이 작게 고개를 끄덕인 걸 본 타하라는 대신관을 들쳐메고 의기양양하게 루나와 이글 쪽으로 향했다.
전원을 회수한 뒤 라비 마을로 돌아갈 생각인 모양이다.
결과만 보면 황국과 제노비아에게 무위를 보여줘서 이쪽에 쉽게 손을 대지 못하도록 만들었으며, 루나의 친구를 구출했고, 무관파의 맹주에게도 빚을 지워뒀다.
덤으로 사타니스트를 섬멸하면서 스 네오도 도와준 꼴이 되었다. 이 나라는 당분간 마왕 진영에게 저자세로 나올 것이다.

타하라는 절절히 느꼈다——'퍼펙트게임'이었다고.

체스판 위의 말, 그 모든 움직임을 지배하는 마왕의 소행이 틀림없다.

한편 그런 가혹한 누명에 고뇌하는 마왕에게 아카네의 《통신》이 날아왔다. 머릿속에 울리는 태평한 목소리에 조금 구원을 받은 기분이 들었다.

《헬로헬로, 하쿠토! 들려~?》

《무슨 일이 있었나?》

《뭐야, 조금 더 기뻐하라고~. 원거리 연애 중인 여친에게 전화를 받은 사람처럼.》

《누가 원거리 연애냐. 쓸데없는 용건이라면 끊는다.》

《으악, 농담이야, 농담! 그, 전에 말했던 나쁜 장소를 찾았거든. 나 지금부터 가서 날려버리고 오려고 하는데.》

《…………잠깐만. 그 장소가 뭔지 모르겠지만 내가 도착——.》

《나 열심히 할게. 나중에 칭찬해줘, 하쿠토. ………………사랑해♥》

《잠깐…….》

아카네가 그 말을 끝으로 통신을 끊어버리자 마왕은 다시 머리를 부여잡았다.

마지막 말은 농담이라고 생각하고 싶었으나, 아카네를 내버려뒀다간 무슨 짓을 저지를지 모르기에 마왕도 급히 전이동을 써서 날아갔다.

혼란에 혼란이 겹쳐져, 이윽고 대륙 전역이 혼란의 소용돌이에 삼켜져 간다. 그 끝에 무엇이 기다리고 있는지———지금은 아직 신만이 아는 세계이다.

Maousama
Retry!
마왕님, 리트라이!

에필로그

한 마리의 이형이 밤길을 달린다.

한때 가르시아라는 이름을 쓰던 남자였으나, 그 모습은 이미 인간의 것이 아니다.

몸통과 팔다리는 인간에 가깝지만 머리는 으스스한 방패 같은 것으로 형성되어 있고, 거기서 수많은 촉수 비슷한 게 기어 나와 있었다.

세간에선 메신저라 불리는 마물이었다.

개별로 보면 전력은 별것 아니나, 종족을 불문하고 선동해서 많은 생물을 현혹하는 능력을 지니고 있다.

"젠장, 일이 꼬였잖아……!"

촉수 중 하나에서 무심코 저주의 말이 흘러나왔다.

성녀 암살은 핑계고, 실제로는 인간을 대량으로 죽이면 그만이었다. 그 고대 악마는 그에 딱 맞는 존재였으나 토벌당할 줄은 몰랐다.

전투 중 성녀의 힘이 폭발적으로 증가했던 걸 생각하면 적을 도와준 셈이라고도 할 수 있다.

"뭐, 됐다. 다음엔 인간이 많은 장소에서 선동할까. 중앙이나 도나의 영지에서 하는 것도 나쁘지 않지."

촉수 중 하나가 불길하게 웃었다. 밤길을 달리는 속도가 빨라졌다. 그는 많은 인간을 선동하여 농락하는 걸 좋아한다. 삶의 보람이라고 해도 될 정도다.

다음엔 어떤 인간을 가지고 놀지 망상에 잠긴 메신저였으나, 그 자세가 갑자기 무너졌다.

아래를 보자 자신의 오른쪽 다리가 없다.

무릎 아래가 무언가에 먹힌 것처럼 사라졌다. 힘차게 자빠지면서 형용할 수 없는 통증이 치미는 걸 느꼈다.

"이…… 무슨, 끄어어어어억…………!"

"실례합니다. 당신이 돌아가면 귀찮아질 것 같아서요. 우선 다리를 절단했습니다."

뒤를 돌아보자 그곳에는 집사복을 입은 아주르가 있었다.

메신저의 기억으론 도나의 저택에서 일하는 사용인 중 한 명이다.

"네놈, 어떻, 게에에엑…… 무슨 생각이냐………!"

"주인님의 저택에서 그런 소동이 일어나면 곤란하니까요."

아주르는 덤덤하게, 오늘 저녁 메뉴라도 읊는 듯한 말투로 말했다.

그 눈동자에는 아무것도 비치지 않아 어두운 유리구슬 같았다.

"자, 잠깐! 날 놓아주면 거금을 주마……. 여자든, 보석이든."

"관심 없습니다."

메신저의 목에 예리한 실이 휘감겼다. 다음 순간, '툭' 하는 소리를 내며 목이 날아갔다.

어떤 인간이든 마물이든, 머리가 잘리면 살 수 없다. 마물에 따라서는 심장이 여럿 있는 자도 있기 때문에 아주르는 늘 목을 노린다.

"그나저나 뜻밖의 일이 너무 많이 일어났군요………….."

아주르는 조금 전의 소동을 회고하며 절절히 중얼거렸다.

마담의 캐러밴, 루나의 각성, 천사와 악마의 충돌, 타하라라는 남자.

그리고 그 마왕이라 칭하는 비상식적인 존재. 그런 것을 보고 말았으니 자신의 암살기술은 어린아이 장난처럼 느껴졌다.

'하늘 무서운 줄 모른다는 말은 그런 존재를 가리키는 거겠죠…………..'

황국이 소환한 천사를 고철이라 부르고, 운명의 여신을 기생충이라며 조롱한다.

오랫동안 뒷세계에 있던 아주르라고 해도 그런 남자는 본 적이 없다.

그 존재를 무언가에 비유한다면, 참으로 '마왕'이라는 말 말고는 표현할 길이 없지 않을까.

'어떻게든 시간을 벌어 장소를 확보해야…………..'

아주르의 얼굴에는 드물게도 초조한 빛이 감돌았다.

그 터무니없이 검은 존재는 반드시 도나의 영지에도 손을 뻗을 것이다. 그런 존재와 부딪힌다면 아무리 낙관해봐도 승리를 장담할 수 없다.

'어떻게든 그 아이들만은…………..'

도나의 성에 잡혀있는 많은 아이들, 넘버즈를 떠올리고 표정이 어두워졌다.

만약 아주르 혼자였다면 상황은 쉬워진다.

도나의 성에서 도망치면 그만이다. 물론 그럴 경우엔 한조가 이끄는 닌자단에게 죽을 때까지 쫓기게 될 테지만.

아주르는 여태까지 잡힌 아이들을 데리고 도망치려는 생각을 수도 없이 해봤다.

하지만 그 후 어떻게 될지 상상하면 새카만 미래밖에 보이지 않았다.

아이들을 데리고 그 닌자단으로부터 도망치면서 살라니. 어떤 곳이든 불가능하다.

단순히 경제적인 문제도 있다.

지금은 약 40명이나 되는 아이들을 부양하려면 아무리 돈이 많아도 부족하다.

'최악의 경우 **옛 소굴**에 의지할 수밖에 없을지도 모르겠군요――――.'

아주르는 어두운 표정으로 그런 생각을 하며 밤의 어둠 속에 녹아들었다.

――――수인국, ???――――

아름다운 묘령의 여성이 거대한 동굴에서 무릎을 꿇고 무언가 말하고 있다.

그 앞에는 푸르른 어렴이 드리워져 있었다. 어지간한 귀인이 안에 있는 모양이었다.

"위대하신 어머니시여. 우리의 발치에 정체를 알 수 없는 인간이 파고들었습니다."

모습만이 아니라 담담하게 설명하는 목소리마저 아름답다.

그녀가 바로 세간에 '용인'으로 알려진 존재이다. 그 힘은 타의 추종을 불허할 만큼 강하다. 그런 그녀가 공손히 무릎을 꿇을 상대는 오직 '용'뿐이다.

용인이 각종 보고를 해도 어렴 너머에서는 대답이 돌아오지 않았다. 용은 몹시 까다롭고, 몇십 년이든 몇백 년이든 침묵할 때가 많다.

따라서 용인도 대답을 기대하는 건 아니라, 정기보고라는 형식이었다.

여느 때처럼 보고를 마치고 떠나려 하는 그 등을 향해 탁한 목소리가 울렸다.

용인은 허둥지둥 절하며 옥음을 놓치지 않기 위해 모든 신경을 귀에 집중시켰다.

———버려라.

짧은 말이었지만 용인의 몸은 환희로 떨리고 시야는 흐릿해졌다. 그 고귀한 목소리를 들은 건 여태까지 한 번밖에 없었기 때문이다. 그녀가 얼마나 기쁜지 알고도 남으리라.

용인이 떠난 뒤, 동굴은 작은 소리 하나 나지 않는 고요한 공간으로 돌아왔다.

얼마나 시간이 흘렀을까.

어렴 너머에서 작은 목소리가 새어 나왔다.

"그 남자, 드디어 왔나. 어디, 이번 **재도전**은 어떻게 될는지——."

하늘에서 공포의 대왕이 내려온다.

세계는 붕괴하고, 인류는 멸망하리라.

기도를 바쳐라. 신앙에 몸을 맡겨라. 천사 앞에 무릎 꿇어라.

아마겟돈은 눈앞까지 들이닥쳤도다.

"허황된 소릴……."

2007년, 낡은 잡지를 읽으며 아키라는 기지개를 켜고 하품했다.

오늘도 신물이 날 만큼 평화롭다.

세간은 여자 배우의 거만한 태도를 욕하거나, 복싱 선수의 반칙을 비난하거나, 오카마 캐릭터를 내세운 탤런트가 속속 TV에 나오는 등 바쁘다.

또한 연예인이 쓴 홈리스 중학생 이야기가 대히트를 치기도 하고, 넷카페 난민이라는 말이 생기는 등 매일 화제가 끊이질 않는다.

"아아, 더 재미있는 의뢰는 안 오려나……."

아키라는 어떤 게임 회사에 근무하면서 하루하루 나태하게 보내고 있었다.

클라이언트가 요구하는 게임을 제작하고, 완성된 걸 납품한다.

매일같이 그걸 반복한다.

아키라에게는 참으로 따분한 나날이었다.

아키라는 다채로운 장르의 게임을 제작하기에 충분한 능력을 지니고 있으며, 그걸 실행하는 프로젝트 리더로서의 자질도 타고났다.

하지만 아무리 능력이 있어도 본인의 성격이 문제였다.

"뭐냐, 이 기획은……. 퍼즐을 모아서 부딪힌다? 자기 아바타를 만들어서 가챠로 옷을 뽑아 입힌다? 또 이런 게임이냐……."

기획서를 읽으면 불평을 늘어놓으며 툭툭 내던졌다.

세간에선 SNS가 크게 유행해 모르는 유저와 교류하는 게임이 인기를 끌었다.

그중에서도 자신의 분신, 아바타를 만들어 게임에 마련된 마을에서 생활하는 패턴이 많다.

누군가와 대화하거나 낚시를 하거나 레스토랑을 경영하거나 농장에서 작물을 기르는 등, 창조된 전자 마을에서 유사 인생을 즐기는 것이다. 많은 남녀가 모이는 마을이니 연애로 발전하기도 하고, 실제로 사귀거나 결혼까지 하는 커플도 있다.

당연히 직접 만나니 상상했던 것과는 다르다며 파국이 나는 패턴이 더 많다는 건 말해봤자 입이 아플 정도다.

"평화구나, 평화야…………."

낡은 잡지를 보며 아키라가 절절히 중얼거렸다.

견실 · 검소를 주장하는 사장의 감사한 방침에 따라 회사 자료실에는 몇십 년도 더 된 잡지가 아무렇게나 굴러다녔다.

사내의 물건을 버리는 건 엄격히 금지되어 있고, 연필 하나를 살 때도 청구서를 제출해야 한다.

아키라 기준에선 검소가 아니라 실소였다.

아키라는 자료에 파묻히며 빠르게 작업을 진행해나갔다.

지금 의뢰받은 일은 농원을 경영하는 앱의 업데이트다. 그곳에선 각양각색의 농작물을 심고 수확해 팔며, 소와 닭도 살 수 있다.

그렇게 산 가축에서 우유와 달걀 등의 제품을 생산한다.

자금이 쌓이면 트랙터 같은 기계를 구입할 수 있다.

트랙터가 효율 좋게 수확 속도를 올려주고, 밭을 더 확장하고 ────.

"참나, 너희들………… 그렇게 농작물이 좋으면 밭에 다녀오라고! 이런 곳에서 채소를 길러봤자 무의미하잖아! 애초에 이거, 무한루프 아냐!"

불평이라고 해주기도 뭣한 불평을 늘어놓으면서도 손은 멈추지 않았다.

이윽고 의뢰받은 내용을 마친 건지 목을 돌리고 어깨 운동을 했다.

"이럴 바에야 노스트라뭐시기의 예언이 적중하는 게 더 나았어."

공포의 대왕.

하늘에서 내려오는 것.

그런 건 아무리 시간이 지나도 오지 않았다.

"응? 또 XX냐……. 이쪽은 일하는 중이거든."

컴퓨터의 작업 표시줄이 붉게 깜빡이며 통신 전화를 알렸다.

아키라는 헤드폰과 마이크를 장착하고 대충 대답했다.

"일해, 밥벌레."

"헉, 첫말이 그거야?! 너무하지 않아?"

"너무한 건 평일 낮에 전화하는 너고."

"아키라의 앱 게임 해 봤는데, 소가 영 우유를 안 줘~."

"내가 아냐. 소에게 물어봐."

"이 소도 아키라가 만든 거잖아? 부모로서 책임을 지라고. 부양해야지~."

"부양은 무슨……. 우유가 안 나오면 구워 먹든가."

당연히 그런 기능은 존재하지 않는다.

만들어진 세계는 더없이 동화 같고 평화로우며, 철저하게 아름다운 세계이기 때문이다.

열심히 기른 소를 죽여서 식용으로 쓸 수는 없는 노릇이다.

그런 기능이 업데이트된다면 유저 클레임이 쇄도할 게 분명하다.

만약 이 앱을 아키라가 운명했다면 알을 낳지 못하게 된 닭이나 우유가 나오지 않는 소는 가차 없이 고기로 바꿨을 것이다.

소가 싸는 분뇨도 퇴비나 비료로 활용하며 건축자재로도 썼을 게 분명하다. 입수한 자금을 활용해 다른 유저의 밭을 침략하는 내용으로 바뀌었을 것이다.

유저들은 '이런 게임은 싫어!'라며 순식간에 빠져나갈 게 뻔하다.

오오노 아키라가 창조하는 세계와 시대가 요구하는 수요는 치명적일 정도로 **차이**가 난다.

이 남자가 만드는 세계에선 오직 한 명만이 영광을 움켜쥘 수 있다.

따라서 타인과의 알력이나 싸움을 두려워하지 않는다.

아키라는 코어층을 잡는 기술은 뛰어나지만, 그것만으로 유행은 만들 수 없다. 거기에 라이트 유저를 끌어들여야 시대를 대표하는 명작이 탄생된다.

"아키라는 게임이 완성되면 금방 쫓겨난단 말이야~."

"시끄러워."

그렇다. 아키라는 프로젝트가 끝나면 그럴싸한 이유로 쫓겨난다.

그리고 비위를 맞추듯 다음 일을 준다.

완성되고 나면 또 다음 일감으로.

그걸 반복해온 걸 떠올린 아키라는 작게 본심을 흘렸다.

"…………완성되고 나면 나에겐 볼일이 없다는 거겠지."

괜한 짓은 하지 마라, 이상한 기능을 추가하지 마라, 클라이언트의 요구만 수행해라.

개인으로서 마음대로 게임을 만들던 시대와는 다르다. 회사의 업무란 그런 법이다.

"그럼 이게 끝나면 다음은 뭐야?"

"아바타를 만들어서 옷 갈아입히는 게임…………."

"시시해. 그런 거 만들지 말고 무한 하자~ 인피니티~."

"끝났어. 그건."

과거에 자신이 만들었던 게임의 이름을 듣고 아키라의 표정이 괴로워졌다.

지금은 그리 듣고 싶지 않은 이름이다.

그 시절의, 눈부신 시간을 떠올리게 되니까.

"아키라는 안 내키는 일을 하는 건 영 안 어울려."

"싫어도 하는 게 프로다. 니트에게 말해봤자 잘 모르겠지만."

"응, 모르겠어! 난 좋아하는 것만 하며 살고 싶거든."

"……애초에 너는 일한 적이 있긴 하냐?"

마침내 아키라는 근본적인 질문을 던졌다.

생활비는 어떻게 충당하는 건지 완전히 수수께끼였기 때문이다. 보통 부모가 보내주는 돈이 떠오를 법하지만, XX의 입에서 부모 이야기는 제대로 들은 적이 없다.

"있어! 회 위에 민들레 올리는 거."

"뭐?"

"회가 컨베이어벨트를 타고 흘러오거든? 거기에 민들레를 올리는 거야. 완전 웃긴다니까. 중간에 배가 고프면 몇 점 홀라당 한 적도 있어."

"인생을 우습게 보는 거냐…………."

황당하기 짝이 없는 내용에 아키라는 무심코 천장을 우러러보았다.

정말로 그런 일자리가 있는지는 모르겠지만, 이 남자라면 3분만에 질려서 내던질 것이다.

"다음 회의 있으니까 끊는다."

"에이, 내 민들레 올리는 이야기 더 들으라구."

"뭐가 민들레냐. 너는 지구가 멸망할 때까지 그 작업이나 해."

"싫어! 그 일은 시급 600엔이었단 말이야."

"왜 이렇게 싸!"

마지막 외침을 끝으로 XX와의 통화를 끝냈다.

시시껄렁한 이야기뿐이었지만, 아키라의 표정은 조금 전에 비해 많이 밝아졌다. 무슨 영문인 건지 XX와 대화하다 보면 고민하는 것조차 우스워진다.

"안 어울린다고……. 뭐, 그렇겠지."

"여기 있었어? 오오노 씨. 슬슬 출발하자."

사장이 자료실에 나타나 아키라를 재촉했다.

보통 회의에 사장이 동행한다는 건 말도 안 되는 일이지만, 이번에는 아키라가 엮여있기 때문에 일부러 출장하게 되었다.

자꾸 독단으로 일을 저지르곤 하는 아키라를 제어하기 위해서다.

"이번 프로젝트는 거액이 걸려있어. 절대 놓칠 수 없지."

"……그렇겠죠."

뭔가 불만이 있는 건지 아키라의 반응은 쌀쌀맞았다.

그 태도에 사장의 눈썹이 꿈틀거렸지만 아무 일도 없었다는 양 다음 말을 이었다.

"각 기업과 콜라보도 하고 유명한 만화나 게임에서 옷을 들여온다더군. 1년 차의 목표로 유저 등록 100만 명을 노린다는 이야기를 들었지."

"포부가 크군요."

남성만이 아니라 여성이나 어린아이로 대상층을 넓히면 목표 도달까지 그리 어렵지는 않을 것이다.

"이 프로젝트를 따오면 우리 회사에 하늘에서 돈이 내릴 거야. 보너스도 올려줄 수 있어."

아키라의 비위를 맞추듯 사장이 금전적으로 혹할 만한 이야기를 했다.

영 다루기 까다로운 이 남자에게 어떻게 의욕을 심어줄지 고뇌하는 모양이었다.

'하늘에서 내려온다라…………'

아키라는 낡은 잡지에 시선을 주고 자료실을 뒤로했다.

두 사람을 태운 차가 클라이언트가 있는 곳으로 향하고, 따분한 회의가 시작되었다. 회의장으로 선정된 호텔 로비에는 다양한 인간이 있었다.

다들 고급 정장을 입고 고급 커피를 마시며 고급스러운 이야기를 나눴다. 미술품 이야기, 부동산 이야기, 주식 이야기, 해외 투자 이야기. 서민과는 연이 없는 화제투성이다.

"저는 이 공간을 MIZI나 GREEN 같은 서비스에 필적하는 존재로 만들고 싶습니다."

"그렇군요, 이 규모라면 꿈도 아니겠어요."

클라이언트의 말에 사장이 경쾌한 맞장구를 쳤다.

아키라는 다시금 기획서를 읽고 살며시 한숨을 쉬었다.

'친목이라…………'

요즘 시대에 어울리는, 다른 유저와 교류하는 걸 메인으로 내세운 거대 전자 공간의 제작.

그곳에서 사람들은 자기소개 페이지를 만들고, 친구끼리는 낯간지러운 소개문을 작성해 서로에게 보낸다.

마치 피부 표면을 어루만지는 듯한 감각에 아키라는 무심코 천장을 올려다보았다.

가공의 마을.

가공의 아바타.

가공의 언어.

가공의 연애.

전자 의상.

전자 작물.

전자 물고기.

아키라의 머리에 그런 글귀가 빙글빙글 맴돌았다.

그곳에는 이 남자가 추구하는 격렬함은 하나도 없다.

이 남자가 추구하는 건 오직 하나.

일상을, 인생을 태워버릴 듯한 자극으로 넘치는 공간이다.

'그나저나 옷이라는 게 그렇게 중요한 건가…………?'

유저들은 가공의 자신에게 입히는 의상, 액세서리, 파츠에 어마어마한 돈을 쏟아붓는다.

다른 사람이 없는 것을 소지하는 것.

다른 사람과 다르다는 것은 그토록 매력적인 걸까.

많은 유저는 그걸 입수하기 위해 과금하고 가챠를 돌린다. 개중엔 한 달에 몇천만, 몇백만씩 들이는 고래까지 나타나는 형국이다.

아키라는 여기서 라이트 유저가 원하는 것을 조금씩 배워갔다.

지루하다고 칭한 나날 속에서도 깨닫고, 성장하는 게 있다.

'이걸 잘 이용하면 몰입감이 올라갈지도 몰라. 이벤트 때만 입수할 수 있는 의상이나 특별한 스킬, 트로피를 표시하는 것도 좋을 것 같아.'

어느새 과거의 회장을 떠올리는 자신을 발견했다.

거대한 SNS 유행에 떠밀려가듯 사라진 세계를.

"어때? 오오노 씨. 기일까지 맞출 수 있겠어?"

사장의 말이 왠지 아득하다.

"저는 실제 아이돌도 참가하는 걸 생각하고 있습니다."

클라이언트의 말도 점점 흐려진다.

"그거 좋은 아이디어군요! 라이브 때 입는 의상도 가챠로——
——."

공허한 말이 빙글빙글 돌아간다.

아키라는 조용히 일어나 깊이 허리를 숙였다.

"죄송합니다. 제 힘으로는 부족합니다."

"이, 이봐……!"

어안이 벙벙해진 클라이언트와 화내는 사장을 두고 로비에서 나왔다.

지금 아키라의 머리를 점령하는 건 새로운 방식이자, 새로운 구조이자, 다양한 시스템이다.

머릿속에 떠오른 이것들이 사라지기 전에 서둘러 정리할 필요가 있었다.

'올 리셋은 너무 지나쳤어…………'

아키라의 세계에선 온갖 것들이 일주일이면 리셋된다. 다른 사람과 다른 걸 입수해도 사라져버리니 라이트 유저가 매달리기 어렵다.

자신을 보여줄 수 있는 것, 자랑할 수 있는 것은 남기고 마음껏 장식하게 해줘야 했다.

"좋아, 돌아가자마자 바로 정리해봐야지…………. 유급휴가가 며칠이었더라?"

열중하기 시작한 아키라에겐 상식이 통하지 않는다.

그저 끝없이 자신의 세계에 몰두할 분이다. 흥겨운 발걸음으로 걷는 아키라의 등을 향해 어디선가 날아온 굵직한 목소리가 울렸다.

"듣던 것보다 더 귀찮은 애송이군."

"응?"

뒤를 돌아보자 그곳에는 비싸 보이는 정장을 입은 체격 좋은 중년 남성이 있었다.

단, 넥타이는 하지 않았고 가슴께도 크게 벌어져 있다. 입과 턱 주위에도 멋들어진 수염을 길러서 마치 산적 같은 외모였다.

"당신 누구야?"

"날 모른다고? ………미키 녀석, 뭘 한 거야."

남자는 짜증이 난 듯 궐련을 물고 불을 붙였다.

"42-OMG의 아오키다."

그렇게 말한 뒤 불쑥 쥐여준 명함에는 상무이사라고 적혀 있었다.

"당신, 미키티의 회사 사람……?"

"크하하! 미키티라니…………. 그 영감에겐 잘 어울리는 별명인데."

아오키라고 이름을 밝힌 남자는 껄껄 웃어젖힌 뒤 호쾌하게 담배를 내뿜었다. 아키라도 애연가이긴 하지만 궐련의 강렬한 연기에는 숨이 막혔다.

"그런데…… 무슨 용건이야?"

"이봐, 애송이. 내가 누구인지 알고도 반말이냐?"

"미안하지만 급하거든. 무례한 건 사과하지. 그럼."

그 말에는 성의가 눈곱만큼도 담겨있지 않았다.

아키라의 머리에는 이미 아이디어를 빨리 정리하고 싶다는 생각밖에 없었다. 빠르게 그 자리에서 떠나려고 했는데, 아오키의 말에 그 발걸음이 멈췄다.

"네가 말하는 '세계'라는 건 우리 회사에서밖에 못 만들어."

"…………뭐?"

"미키 녀석이 굼뜨니까 내가 친히 출진한 거다. 이쪽에선 완전히 민폐라니까……. 사장님도 이런 애송이에게 뭘 기대하는 건지."

아오키의 투덜거림에 아키라의 얼굴이 험악해졌다.

예전에 받았던, '대규모 게임으로 운영해보지 않겠습니까?'라는 권유의 연장선인 모양이다.

보통 세계적으로 유명한 게임 회사의 권유라면 복권에 당첨된 셈이라 할 수 있다.

하지만 아키라의 태도는 완고했다.

"제안은 감사하지만 나는 누군가의 손을 빌릴 생각은 없어. 남의."

"이봐, 돈은 있냐? 애송아──────."

그 날카로운 말에 아키라의 말문이 막혔다.

뭐라 반박하려고 해도 이미 아키라의 수중에는 예전 같은 거금은 존재하지 않는다.

깨끗하게 써버린 뒤이기 때문에 대형 게임을 제작할 자금은 지갑을 탈탈 털어도 나오지 않았다.

"그런 점이 애송이라는 거야. 잘 들어. 세상은 아이디어만으로 헤쳐나갈 수 있을 만큼 만만하지 않아."

"시끄러워. 그렇다면 네가──────어?"

뭐라 반박하려던 아키라였지만 그 말은 중간에 멈추고 말았다.

거대한 폭발음과, 똑바로 서 있을 수 없을 만큼 큰 땅울림이 퍼졌기 때문이다.

"으, 으어어어…………. 뭐, 뭐야? 이거!"

아오키도 비명을 지르며 엉덩방아를 찧었다.

아키라는 순간 지진이 일어난 줄 알았으나 그게 아니었다.

주위를 둘러보자 조금 전까지 자신이 있던 호텔 여기저기에서 불꽃이 솟구치고 있었다.

"화재…… 아니, 가스 폭발 같은 건가?!"

아오키는 멍하니 중얼거렸지만, 아키라의 눈은 전혀 다른 것을 보고 있었다.

호텔을 감싼 업화 속에, 검은 연기 속에.

흉악한, 세 개의 머리를 지닌 거대한 괴물이 얼핏 보였기 때문이다.

그건 애니메이션이나 만화에서 곧잘 보는, 케르베로스라 불리는 것과 몹시 흡사했다.

"이봐, 애송이! 구급차를…… 으어어어어어억!"

연속으로 또 다른 폭발이 일어나자 호화롭기 그지없던 호텔이 무너져내렸다. 사람들의 비명과 절규, 도망치는 모습이 아키라의 눈에 슬로우모션처럼 비쳤다.

"저건 틀렸어……! 여기서 도망치자, 애송아! 이봐, 듣고 있어?"

아오키의 급박한 목소리와 무너지는 호텔.

어째서인지 아키라의 머리에는 불길한 글귀가 맴돌았다.

——— 1999 ———

공포의 대왕은 하늘에서 내려오지 않은 세 이니다.

그건, **이미 오래전에 내려와 있었다.**

TOP SECRET

대제국 기밀문서

제3789호

「악마」의 작성

일반인을 이용해 악마의 마음을 심는 것에 성공. 운동능력에 문제없음.
서양의 지킬과 하이드처럼 변모하기 때문에 시험 운용에는 주의 필요.

「흡혈귀」의 작성

한정적인 불로불사를 재현. 단 대량의 혈액이 필요.
원로원 쪽의 재촉을 받고 있기 때문에 조속히 연구 성과를 발표할 필요 있음.
그 틀딱들 빨리 죽었으면 좋겠다. 아니, 죽어라. 좀.

「사신의 작성」

세계 각국에서 후보자를 2만 명까지 추려내고, 단계적으로 실험 · 가려내기를 반복한 결과 최종 생존자는 68명.
앞으로 마지막 1명을 선별함.

PS 사에구사가 사랑하는 장관님께
얼마 전에 NINE 로고가 들어간 모자를 샀습니다!
다키마쿠라도 샀어요!
꼭 한 번 연구소에도 방문해주세요. 기다리고 있겠습니다.

후기

4권을 구매해주셔서 대단히 감사합니다.

작가인 칸자키 쿠로네라고 합니다.

오랫동안 기다리게 해드렸지만, 드디어 새로운 챕터를 보여드릴 수 있게 되어 안심했습니다. 어휴, 정말 길었네요.

아무도 읽은 적이 없는 새 에피소드이기 때문에 감상이 궁금해서 조마조마합니다.

이번 4권이 나오기까지 애니메이션을 비롯해 아바벨 온라인과의 콜라보, 알테일 크로니클과의 콜라보, 고고 카레와의 콜라보, 스탬프 랠리 등 작품 외의 기획도 많아서 눈이 빙빙 돌아가는 나날을 보냈습니다.

틀림없이 올해 여름은 제 기억에 오랫동안 남게 되겠죠.

다른 이야기지만, 여름이라고 하면 즐거운 이미지가 있는데요. 동시에 제 안에선 애절함이 느껴지는 계절이기도 합니다.

여름이라는 단어를 듣고 떠올리는 건 늘 초등학생 때의 여름방학.

그, 말로 다 할 수 없는 해방감과 귀찮은 숙제, 이웃에서 열리는 본오도리, 산에서 하는 곤충 채집, 가족과의 캠핑, 불꽃놀이 대회, 우물에서 식힌 수박, 아침의 라디오 체조.

지금 생각해보면 초등학생 때는 돈도 별로 없었으니까 거창한 놀이도 못 했는데, 모든 것이 너무 눈부십니다.

지금 그 무렵과 같은 놀이를 해도 이젠 같은 즐거움은 맛보지 못하겠지…… 라는 생각을 하곤 합니다. 지나간 계절은, 시간은 다시는 돌아오지 않는 법.

하지만 올해 여름은 제가 호호 할아버지가 되어도 몇 번이고 반짝반짝한 기억으로 추억할 수 있을 테죠.

원호가 레이와로 바뀐 첫 번째 여름——언젠가 이 더운 계절을 돌이켰을 때 독자님의 머릿속에서도 이 작품이 떠오른다면 기쁘기 그지없겠네요.

그럼 길어진 후기를 이쯤에서 끝내고 다음엔 5권에서 만납시다!

이 4권이 발매될 무렵에는 애니메이션 쪽도 거의 끝나고 있겠네요. 마지막까지 함께 즐겨주셨으면 좋겠습니다.

[마왕님, 리트라이!] 4

2021년 4월 1일 1판 1쇄 인쇄

저자 칸자키 쿠로네
일러스트 이이노 마코토
옮긴이 현노을
발행인 유재옥
본부장 조병권
담당편집 정영길
편집1팀 이준환 정현희
편집2팀 정영길, 김민지, 조찬희
편집3팀 오준영, 곽혜민, 김혜주
미술 김보라, 서정원
라이츠담당 김슬비, 한주원
디지털 박상섭, 이성호, 최서윤
발행처 ㈜소미미디어
제작처 코리아피앤피
등록 제2015-000008호
주소 서울시 마포구 토정로 222, 403호 (신수동, 한국출판콘텐츠센터)
판매 ㈜소미미디어
마케팅 한민지, 이주희
경영지원 우희선
전화 편집부 (070)4164-3962, 3963 **기획실** (02)567-3388
판매 및 마케팅 (070)4165-6888 **Fax** (02)322-7665

ISBN 979-11-6611-122-8 (04830)
ISBN 979-11-6389-652-4 (세트)